微光

青年批评家集丛

新文化的位置

"五四"文学与思想论集

季剑青 著

上海文艺出版社
Shanghai Literature & Art Publishing House

"微光/青年批评家集丛"策划人语

金　理

在今天这样的时代里,尝试获取对于"文学批评"的共识,恐非易事。不过,既然我们的集丛以此为名义来召集,势必需要提出若干"嘤鸣求友"般的呼声——

首先,文学批评"能够凭借自身而独立存在"(弗莱:《批评的解剖》),其意义并不寄生于创作,批评与创作并肩而立,共同面对生机勃发的大千世界发言,"如共同追求一个理想的伴侣"——这个说法来自陈世骧先生对夏济安文学批评特质的理解:"他真是同感的走入作者的境界以内,深爱着作者的主题和用意,如共同追求一个理想的伴侣,为他计划如何是更好的途程,如何更丰足完美的达到目的。……他在这里不是在评论某一个人的作品,而是客观论列一般的现象,但是话

尽管说的犀利俏皮,却决没有置身事外的风凉意,而处处是在关心的负责。"(陈世骧:《〈夏济安选集〉序》)

其次,在理性的赏鉴与评断之外,批评本身是一门艺术,拒绝陈词滥调,置身于"陌生"的文学作品中,置身于新鲜的具体事物中。文学批评应该是美的、创造的,目击本源,"语语都在目前"。

再次,诚如韦勒克的分疏:"'文学理论'是对文学原理、文学范畴、文学标准的研究;而对具体的文学作品的研究,则要么是'文学批评'(主要是静态的探讨),要么是'文学史'。"但他尤其强调这三种方法互为结合、彼此支持,无法想象"没有文学理论和文学史又怎能有文学批评"(韦勒克:《文学理论、文学批评和文学史》)。故而,凡在文学理论的阐释、文学史的建构方面有新发见的著述,均在本集丛收入之列。

丛书名中的"微光"二字,取自鲁迅给白莽诗集《孩儿塔》作序:"这是东方的微光,是林中的响箭,是冬末的萌芽,是进军的第一步……"借用"微光"大概表示两个意思:微光联系着新生的事物和谦逊的态度,本书是一套为青年学者开放的集丛;态度谦逊但也不自视为低,微光是黎明前刺破黑夜的第一束光,我们也寄望这套书能给近年来略显沉闷的学界带来希望。

此外,"微光"还让我们联想起加斯东·巴什拉笔下的"孤独烛火",联想起巴什拉在《烛之火》中描绘的一幅动人图画:遐想者凝视孤独烛火,这是知与诗、理性与想象的结合。"在所有的形象中,火苗的形象——无论是朴实的还是最细腻的,乖巧的还是狂乱的——载有诗的信息。一切火苗的遐想者都是灵感丰富的诗人。"(《烛之火·前言》)——在这一意义上,"微光"献给"一切火苗的遐想者"。

我们期待有更多志同道合的师友加盟后续的出版计划。最后,集丛出版得到上海文艺出版社陈征社长、毕胜社长前后两任社长及李伟长兄的鼎力支持,胡远行先生与林雅琳女史亦献策出力,尤其远行先生本是集丛策划者,但他甘居幕后不愿列名,这都是我们要特为致谢的。

目 录

自序 / 1

第一辑　语言和文体
　　近代散文对"美文"的想象 / 11
　　语言方案、历史意识与新文化的形成
　　　　——清末民初语言改革运动中的世界语 / 36
　　"声"之探求：鲁迅白话写作的起源 / 73

第二辑　文学之观念
　　胡适与《新青年》的相遇：从文学翻译到文学革命 / 105
　　思想如何进入"文学"：《新青年》与新文学的思想性 / 124
　　从文类视角看现代"文学"的构造
　　　　——读张丽华《现代中国"短篇小说"的兴起——以文类形构为视角》/ 152

第三辑　社会互动的图景
　　地方精英、学生与新文化的再生产
　　　　——以"五四"前后的山东为例 / 165

国家与道德：民初共和危机与新文化人伦理关切的发生 / 206
新文化运动是启蒙运动吗？/ 243
激活历史的方法
　　——读陈平原《作为一种思想操练的五四》/ 253

第四辑　长时段的视野
什么是"现代文学"的"现代"？
　　——中国现代文学起点问题的历史考察和再思考 / 263
"早期现代中国"论述的谱系与可能性 / 292

自 序

"五四"曾经是中国现代文学研究中最引人注目也最具活力的课题,如今似乎已风光不再。就学术工作自身的伦理而言,任何对象都不应要求得到比其他对象更多的关注,在这个意义上,也许"五四"的祛魅代表了现代文学研究的某种进步。一门学科摆脱了前提性的价值判断的干扰,可以看作它走向成熟的标志。然而,与之伴随的代价是,现代文学研究日渐失去了介入当下思想论争和回应现实关切的能力与兴趣,成为学院体制内部一个规范化的知识生产的门类。"五四"在学科内部的边缘化与这门学科在整个人文思想界的边缘化几乎同步发生,这或许不是偶然的。无论我们是否愿意接受,一个无法否认的历史事实是,这门学科最初得以成立的根据,就基于对"五四"新文学的性质的认定和价值的判断。这种特殊的共生关系曾经给现代文学的研究者带来很大的困扰,上世纪80年代的前辈们在挣脱意识形态束缚的同时努力寻求着学科的自主性,但两者之间的紧张也赋予现代文学研究以活力,至少经由"五四"这一频道,现代文学的研究者可以理直气壮地对历史和现实发言,而今天我们已经很少听到这样的声音了。

二十年前,当我还是现代文学的门外汉时,把我引入这门学科的是这样一种朴素的感受和由此引起的疑问:为何从"五四"发端的新文学,在中国的现代转型过程中,在现代中国人的精神生活中,占有如此重要的地位?似乎只有在现代中国,文学才被赋予超出文学自身的意义,扮演超出文学自身的角色。当然,这也许只是我的主观认识和想象,在严格的学术意义上,它是无法被证实和证伪的,但它却成为我投身这门学科的最初动力。考入北大中文系以后,在系统的学术训练过程中和之后学术研究的起步阶段,我必须选择具体的个案和课题作为研究对象,但最初的困惑仍萦绕在我的心头,等待着被表达和清理的时机。

而在另一方面,最近二十年正是现代文学学科走向规范化和成熟的时期,宏观地表达对"五四"的看法不再受到鼓励和提倡,对初学者就更是如此。北大中文系的现代文学研究传统历来重视史学的训练,强调原始文献的梳理和解读,要求我们尽可能地回到历史现场,从具体的材料中生发出有意义的问题,并通过逻辑绵密的论证来处理和解决这些问题。这是有效的历史研究应该采取的工作程序,也是学术成果的质量的基本保证,我从中受益匪浅。但与此同时我也在思考和追问,当"五四"被拆解成一个个片断的时候,"五四"之为"五四"的那种整体性还存在吗？失去了对这种整体性的把握，还能理解"五四"之于现代中国的意义吗？我相信"五四"仍旧是现代文学研究者无法回避的历史坐标，任何研究者在进入"五四"时，都不可避免地携带着自己对"五四"的某种价值判断和立场，无论他对此是否有充分的自觉。我也相信，那种脱离了历史语境的、泛泛而论的"五四"叙事除了标榜某种姿态外，在今天也没有什么意义。问题在于，如何以有效的学术工作的方式，来重新认识和理解作为政治实践和文化运动的"五四"，进而释放出被单纯的学院化知识生产和意识形态表达所冻结的、"五四"本身所蕴含的历史能量？

且不论这一课题对研究者的要求，"五四"作为对象自身的丰富性和复杂性就构成了巨大的挑战。今天我们会大致区分1919年5月4日发生的"五四"学生运动和此前此后的思想文化潮流，姑且不论两者间剪不断理还乱的纠葛，把"政治"的五四放在一边，仅就"五四"新文化而言，内部就包含了诸多思想和文学的脉络。今天已有研究者指出，"新文化"本身就是一种后来者的命名和建构，将其视为不言自明的实体是很危险的。但仅仅把新文化历史地还原为具体的个别的思潮和脉络仍然是不够的。如果我们不想落入后结构主义或唯名论的陷阱，就需要努力去辨析，新文化内部那些不同的脉络各自的来源和去处，以及它们是如何在"五四"这个历史节点上相互关联和彼此纠缠起来，并释放出巨大的历史能量的。为此我们需要在一个更开阔的时空范围内，在上下左右的参差对照中，来观察新文化及其内部诸多脉络的位置和轨迹。

这本小书就是这项工作的初步尝试，它也是我十多年来围绕"五四"展开的一系列研究和思考的小小总结。收入书中的各篇文章或长或短，都带着年轻学者学徒期的稚拙痕迹，但至少对我本人而言，它们是我独立进入"五四"新文化这片土地时留下的一连串脚印，是我摸索着树立起来的一系列路标，帮助我勘测新文化的地形，理清它内部纵横交错的沟壑的走向，以及它在中国现代文化版图中的位置。这同时也为自己认识当下身居何处，提供了某种历史的参照系。

书中的文章按照主题的相关性，大致分为四辑。第一辑从语言和文体问题入手，尝试探讨"五四"语言改革运动的多重面向。《近代散文对"美文"的想象》是我的硕士论文的一部分，论文的主旨是考察"散文"作为现代文学的文类，如何在"五四"新文学运动中得以成立并获得某种文类自觉。与小说、诗歌等具有形式规定性的文类不同，散文的文类特征必须参照主流书面文体及其变迁才能得到认识。在梳理近代书面文体的流变过程中，我认识到"五四"白话文与其说接续的是晚清模拟口语的白话文，毋宁说更接近近代以来日益浅近的报章文体。另外，与晚清白话文运动专注于开启民智不同，"五四"的语言改革运动包含了更严肃更深切的文化层面上的思考。《语言方案、历史意识与新文化的形成——清末民初语言改革运动中的世界语》一文选择世界语为个案，重点却在于透过世界语作为一种语言方案在清末无政府主义者和"五四"新文化人那里的不同意义，来揭示内在于五四语言改革运动之中的独特的文化批判的维度。"五四"白话文不只是一种语言工具而已，它与新文化人对现代中国人主体状态的探索紧密相关，这一点也体现在鲁迅的语言选择上。《"声"之探求：鲁迅白话写作的起源》试图从鲁迅对"声"的持久的敏感和探求出发，把握"五四"时期鲁迅几乎是毫无阻碍和征兆地从文言转向白话的选择背后的内在动力。这三篇论文前后跨越十余年的时间，但贯穿其中的思考方向似乎仍有迹可循。

第二辑侧重对"五四"时期"文学"观念的考察，我试图跳出概念史的思路，在具体的历史语境中分析"文学"作为一个论域如何在"五四"时期的媒介转型、翻译实践、文类重塑和思想运动的彼此激荡中脱颖而出。《胡适与〈新青年〉的相遇：从文学翻译到文学革命》一文追溯胡适早期的文学翻译实践，这一段文学革命的"前史"，为我思考新文学运动的发生打开了一个新的视野，那就是"文学"在民国初年文化场域中的位置的变动，为文学翻译推动本土文学变革提供了契机。带着相近的问题意识，我在《思想如何进入"文学"：〈新青年〉与新文学的思想性》一文中，试图更深入地分析造成"文学"的这种结构性的位移的机制和条件。我从"文学"观念的变迁入手，指出《新青年》上关于文学革命的讨论，由于引入"白话"这一因素，松动了晚清时期即已成型的自律性"文学"观念的边界，从而开辟了"文学"与思想界交流和互动的渠道。文学革命能够与思想革命汇流，成为新文化运动的组成部分，端赖于此。《从文类视角看现代"文学"的构造》虽然是一篇书评，其主旨则是借助具体"文类"的视角，重新思考"五四"时期"文学"概念的整体性及其包蕴的能动性。这三篇文章都聚焦于新文学的发生，我不想满足于史实的考辨，而是努力去感受和体会新文学发端时那种创造性的能量。

第三辑转向"五四"的社会史和思想史图景，我尝试从新文化运动前后在不同层面上活跃的各种社会力量和思潮彼此互动的角度，把握新文化发生和再生产的内在动力。《地方精英、学生与新文化的再生产——以"五四"前后的山东为例》是为纪念"五四"运动九十周年而写的论文，我引入当时还算新鲜的地方视角，试着去考察新文化在山东一地被接受和再生产的过程,发现在其中起到主导作用的并非青年学生,而是晚清以降形成的地方精英群体。《国家与道德:民初共和危机与新文化人伦理关切的发生》则在民国初年共和危机的大背景下,考察新式知识分子围绕"国家与道德"论题展开的一系列论述,指出正是在与这些论述的对话和论辩中,新文化人的"伦理觉悟"才得以自觉地发生,并发展为对包括儒家道德在内的中国传统的整体否定。辑中的另外两篇文章都不是正式的论文,借此我得以放言表达对新文化运动的一些宏观性的思考。《新文化运动是启蒙运动吗?》有感于理解新文化运动的"启蒙范式"的长期支配地位,尝试在更宽广的比较思想史的视野中,澄清欧洲启蒙运动和新文化运动之间的历史关联。我的观点是,新文化面向未来的开放性,它内部诸多脉络的多元性和丰富性,以及它们彼此间的论辩和相互激荡所释放出的巨大能量,都是"启蒙"这个概念无法概括和穷尽的。《激活历史的方法》一文是为业师陈平原教授的新作《作为思想操练的五四》写的书评,通过对陈平原教授"五四"论述的问题意识和方法论的体悟,我对新文化运动作为一场大型的思想论争的特质亦有了更深切的认识。

最后一辑的两篇论文都不是直接讨论"五四"的,但结尾都归结到对"五四"新文化之历史意义的重新认识。这两篇论文实际上是以学术史和问题史梳理的形式,在更长的时段中思考"五四"作为现代中国之重要节点的意义。《什么是"现代文学"的"现代"?——中国现代文学起点问题的历史考察和再思考》考察上世纪三十至四十年代以来、尤其是建国后有关现代文学起点的表述,辨析其背后的意识形态和知识立场,最后试图重新阐释"五四"新文学作为现代文学之开端的合法性。《"早期现代中国"论述的谱系与可能性》关注的是近四十年来欧美中国学研究界涌现的"早期现代中国"论述,它体现了从长时段和全球视野中探索中国现代性的起源与路径的努力。我在整理其谱系的过程中,也在思考所谓"早期现代"与"现代"之间的关系以及"五四"在其中的位置,并将自己并不成熟的观点附于文后。对我来说,学术史的清理在知识生产的意义之外,更是自我反思和定位的一种方式。

怀特海写过这样一段话:"一个迷路的旅行者不应该问:'我在哪儿?'他真正想知道的是,别的地方在哪儿?他自己没丢,但他找不到其他地方了。"列文森引用来阐明他的思想史研究的方法论:一个观念总是在它与其他观念相对的关联中才能被把握(见《儒教中国及其现代命运》第一卷《导论》),对"五四"新文化的认知,大概也可借鉴这样的方法,在新文化与其前后四旁的关系中来探测其位置。这本小书或多或少地实践了这一思路,不敢奢望它胜任指南的角色,但它或许可以看作一位在那段历史中漫游的经验不足的旅人,为了不让自己迷路而努力求索的行迹的记录,对其他旅行者也有一些参考的价值吧。

是为序。

2019 年 7 月 23 日于京北风雅园

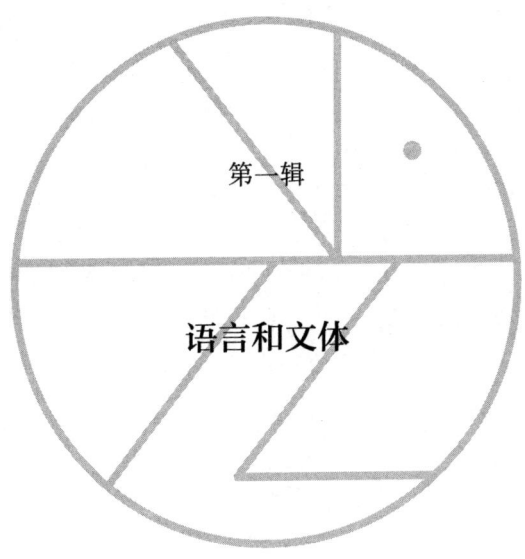

第一辑

语言和文体

近代散文对"美文"的想象

"归古文于美术"

近代以来,由于社会生活的急剧变化,关于中国古代的"文章"是否适于实用的问题屡被提起。在很多人看来,古代文章由于其"典雅高古"的形式特征,已经不再适用于社会生活。高凤谦主张"文字有二,曰应用之文字,曰美术之文字",并指出"文字偏于美术,其害甚大","欲文化之普及,必自分应用之文字与美术之文字始"[1],可以代表当时的一般思路。其论述重心还是如何做到"文化普及"一面,并非

---

[1] 高凤谦:《论偏重文字之害》,《东方杂志》第5卷第7号,1908年8月。

谈论文学问题。1915年9月,梁漱溟也指出文章的用处在于"综事布意,不以耀观览也",而当时"天下之所诵习莫非古文辞","考其所为,皆毗于艺术,将以耀观览,固文字之末务也。"古文追求外在的形式美感,虽然属于艺术,但却不适用于著述说理,而"堪用于著述之文厥唯晚周、东汉与魏"。"今日之计,学术为急","外此则词章文艺,非学者所必务"[1]。在另外一篇讨论国文教科书选材的文章中,梁漱溟又重申了他的观点[2]。高和梁的论述或许都受到了来自西方的纯文学观念的影响,而且梁漱溟还明确地说"为古文者盖灭综事布意之旨,以存耀观览之旨者也",此正是"美术"所当务,"文学自有足重者在",不须"假载道经世以为重"。[3]他们主要关心的不是文学问题,而是文章如何才能适用于文化普及或国文教学的问题。不过,应该注意到,"应用之文"与"美术之文"的区分,也正好为传统诗文对自己的重新定位提供了契机。

当时已经有人因此援引西方的纯文学理论,来强调传统诗文"美术性"的一面,并且从这个角度肯定它们的价值。刘师培面对"由于实学之昌明"所造成的"文学之衰"[4],强调"美术者,以饰观为主者也。……词章之文,不以凭虚为戒"[5],从而为其认定的"文类之正宗"的骈文辩护;而严复也认为"诗者,两间至无用之物",属于"美术",

---

[1] 梁漱溟:《晚周汉魏文抄自序》,《甲寅》第1卷第9期,1915年9月10日。
[2] 梁漱溟:《国文教科取材私议》,《甲寅》第1卷第10期,1915年10月10日。
[3] 梁漱溟:《晚周汉魏文抄自序》。
[4] 刘师培:《论近世文学之变迁》,《国粹学报》第3年第1号,1907年2月。
[5] 刘师培:《论美术与征实之学不同》,《国粹学报》第3年第8号,1907年9月。关于刘师培的文学观念和西方"纯文学观"之间的关系,可参见王风《刘师培文学观的学术资源与论争背景》,陈平原主编《中国文学研究现代化进程二编》第23—25页,北京大学出版社,2002年。

不可"夷考其实",而"诗之所以独贵者",正在其"无所可用"[1]。

在清朝文坛占据统治地位的桐城派古文,此时也面临着同样的问题。虽然古文在当时仍有很大的影响(前引梁漱溟"天下之所诵习莫非古文辞"即是一个证明),然而急剧转变的社会环境,被梁启超的"新文体"所支配的报章之文和章太炎一派的魏晋文章的迅速崛起,也迫使古文重新思考自己的位置。作为晚清最负盛名的古文家的林纾,是考察这一过程最为合适的对象。[2]

胡适《五十年来中国之文学》提到林纾以古文译西方小说,说"古文的应用,自司马迁以来,从没有这种大的成绩"[3]。但从语言上来说,林纾小说的文体却并非"古文",而是一种较通俗的"文言",对古文家所强调的语言的纯洁性多有违背和破坏之处。钱锺书举出了很多这样的例证,证明"林纾认为翻译小说和'古文'是截然两回事",其译书的文体较为通俗随便而富有弹性,不仅容纳古文所排斥的"隽语"、"俏巧语",也容纳"东人新名词"。[4] 不过,胡适的着眼点在于证明古文应用的成绩最终还是要归于失败,而且胡适本人"重质轻文"的立场也决定了他不可能像钱锺书那样对林纾的文体做出精细的辨析。

确实,林纾作古文比他译小说态度要严肃得多。国学扶轮社曾选取清朝文家诸作,预备结集出版,林纾亦名列其中,但收入的多是林纾

---

[1] 几道(严复):《诗庐说》,《小说月报》第8卷第3号,1917年3月25日。
[2] 林纾虽不能说属于桐城派(参见王枫《林纾非桐城派说》,《学人》第9辑,南京:江苏文艺出版社,1996年),但两者都属于唐宋一系的古文,论文主张多有相近之处,也是事实。
[3] 胡适:《五十年来中国之文学》,《胡适学术文集·新文学运动》,北京:中华书局,1993年,第110页。
[4] 钱锺书:《林纾的翻译》,北京:商务印书馆,1981年,第36—40页。

所译小说的序言,大概其小说较之其古文风行更广。林纾对此深感不安,去信加以说明:"纾虽译小说至六十馀种,皆不名为文。或诸君子过爱,才我小序入集,则吾丑益彰,羞愈加甚。"于是拣出几篇古文,要求对方"将已录之拙作削弃,厕此数篇","虽非佳作,然亦丑妇之涂抹者也"。由此可见林纾对待其小说与古文的不同态度。[1]林纾自己写作古文,"矜持异甚。或经月不得一字,或涉旬始成一篇。独其译书,则运笔如风落霓转","历年淘汰,成文集四卷"[2]。

实际上,钱锺书所说的"注重语言的纯洁性"倒是桐城派的传统,从方苞要求"古文中不可入语录中语、魏晋六朝藻丽俳语、汉赋中板重字法、诗歌中隽语、南北史佻巧语"(沈廷芳《书方望溪先生传后》)开始,一直到吴德旋"古文之体,忌小说,忌语录,忌诗话,忌时文,忌尺牍;此五者不去,非古文也"(《初月楼古文绪论》),都在语言文体上用力甚勤。正如姜书阁所说:"桐城文派虽以姚鼐为祖,而奉其'义理,考据,词章三者并重'之说,但姚氏本身即系以文章义法相号召。其于义理,既一无所得,于考据,更为茫然。故习其术者,亦惟取其为文之义法而已。"又引曾国藩评姚鼐之言"惜抱名为辟汉学,而未得宋儒之精密,故有序之言虽多,而有物之言则少",在后面又加了一句:"实则桐城派人,全坐此病。"而林纾本人"论文,颇守姚鼐遗说。《春觉斋论文》

---

[1] 林纾:《与国学扶轮社诸君书》,原载1922年上海文明书局版《康南海林琴南尺牍》,收入《林纾诗文选》,北京:商务印书馆,1993年,第274页。林纾虽被世人视为翻译大家,但内心里对自己还是以古文家相期许。关于林纾的认同危机,参见罗志田:《林纾的认同危机与民初的新旧之争》,《权势转移:近代中国的思想、社会与学术》,武汉:湖北人民出版社,1999年。

[2] 见钱基博:《现代中国文学史》,傅道彬编校《中国现代学术经典·钱基博卷》,石家庄:河北教育出版社,1996年,第215页。又见朱羲胄述编《春觉斋著述记》(上海:世界书局,1949年)卷三第30页引陈希彭《十字军英雄记序》。

中有《应知八则》，详译其意，固姚氏之所谓'神、理、气、味、格、律、声、色'也"[1]，其《论文十六忌》更是突出地表现出了对文体纯洁性的追求。

晚清的教育主要掌握在吴汝纶、林纾等古文家手里，桐城古文亦借助于教育机关，在文坛上影响巨大，因此民国初年章太炎弟子钱玄同、黄侃等入主北大，以致林纾、马其昶、姚永概等人最终离校，对林纾的打击非常大。[2] 林纾的愤懑之情溢于言表，在多篇文章中对章太炎等大加挞伐，称其为"庸妄钜子"，"庸妄之谬种"。不过有意思的是，林纾往往是从文章的角度，批评其"以捋扯为能，以钉饾为富"，"意境义法，概置弗讲"[3]，"用险句奇字，以震眩俗目"[4]，"矜多务博，舍意境废义法，其去古乃愈远"[5]，都是着眼于选字用词，并不断强调"意境"和"义法"对文章的重要性。[6] 清代桐城派主宋学，与汉学针锋相

---

[1] 姜书阁：《桐城文派评述》，上海：商务印书馆，1930年，第68—69、84、78页。关于对桐城派所谓"义法"，众说纷纭。吴孟复以为"当以方苞说为准"。方苞说："古文义法不讲久矣，吴越间遗老犹放恣，或杂小说，或沿翰林旧体，无雅洁者。"又云文章应该"非独词无芜累也，明于义法，而所称之事不杂，故气体为最洁也。"无论布局制词，最后都须归于"雅洁"。所以吴孟复认为"义法"主要"指的是使用语言的问题"，"无论语体、风格或篇章结构，都属于使用语言的问题。"见吴孟复：《桐城文派述论》，合肥：安徽教育出版社，2001年，第43、44、47页。
[2] 此事已有多人论及，主要材料可参看沈尹默《我和北大》（收入《北大旧事》）及钱基博《现代中国文学史》相关部分。当代学者也经常提到此事，如陈平原《新教育与新文学》（《中国大学十讲》，复旦大学出版社，2002年）、罗志田《林纾的认同危机与民初的新旧之争》等。
[3] 林纾：《与姚叔节书》，《畏庐续集》，上海：商务印书馆，1927年，第16页。
[4] 林纾：《慎宜轩文集序》，《畏庐三集》，上海：商务印书馆，1927年，第5页。
[5] 林纾：《送大学文科毕业诸学士序》，《畏庐续集》，第20页。
[6] 林纾所谓"意境义法"，"意境"指的是"立意造境"，"义法"则指的是行文中布局制词的具体技巧。前者"须讲究在未临文之先"（见林纾：《论文偶记·初月楼古文绪论·春觉斋论文》，北京：人民文学出版社，1998年，第74页），后者则是文章下笔入手之处。

对,方东树为此还写过一部《汉学商兑》。不过桐城派毕竟学识浅薄,在学术界不可能与汉学一争短长。林纾对章太炎的批评,完全不涉及义理,而只在文章语体上斗气,可见其用力所在和自我的角色定位。

林纾面对的压力不仅来自章太炎的魏晋文章,也来自报章之文。1915年发表的《古文谭》讽刺章太炎等不讲"意境义法","猎采古之字句","用换字之法避熟字而用生字",令"望者骇慄";同时也提到了报章之文的冲击:"殆报馆一兴,则非数千百言不名为文,而文中杂以新名词,为文家所不经用之字,相沿遍于天下。"[1]1916年出版的《春觉斋论文》中也说:"至于近年,自东瀛流播之新名词,一涉文中,不特糅杂,直成妖异,凡治古文,且不可犯。"[2]到了1918年,他虽然还对章太炎一派"割裂古字,填写古字"、"啸引徒类,谬称盟主"耿耿于怀,但已"无暇与之争",并称"此辈尚非废书不观者",似有宽让之意;让林纾更为痛心疾首的是"报馆文章"风行所带来的后果:"所苦英俊之士,为报馆文字所误,而时时复揿入东人之新名词",又说"新名词何尝无出处?……惟刺目之字,一见之字里行间,便觉不韵"[3],还是从文章外在形式美感的角度对其加以否定。林纾强调语言的纯洁与美感,不喜"新名词"入文不足为奇。他的这一立场基本上没有变化,无论是攻击章太炎一派的魏晋文章,还是以梁启超为代表的"报章之文",都是站在这一立场上发言。

有意思的是,林纾将他的这一立场巧妙地与西方的纯文学观念结

---

[1] 林纾:《古文谭》,《国学杂志》第1号,1915年4月。
[2] 林纾:《春觉斋论文·论文十六忌·忌糅杂》,《论文偶记·初月楼古文绪论·春觉斋论文》,第112页。
[3] 林纾:《〈古文辞类纂选本〉序》,《春觉斋著述记》,卷二第9页。

合了起来。林纾对"欧人之论美术者,木匠也,画工也,刻石也,古文家也""深以为是"[1],虽然欧人所谓"古文"与他的古文未必是一回事;"宋儒语录,为理岂浅;顾乃不能为有声之文。故西人归古文于美术,此中正须锻炼之法。"[2]讲求"锻炼之法"是为了使文章获得一种声调之美。林纾对西方纯文学观念的接纳,正是"传统资源暂时性的现代转化"又一"绝妙例证"[3]。

应该看到,这一接纳不仅与桐城派注重义法的传统及其在林纾身上的表现有关,同时也有赖于某种现实的刺激。曾经属于维新派的林纾,早在辛亥革命以前就已认识到"存名失实之衣冠礼乐、节义文章,其道均不足以强国",强国靠的是"实业",并且把自己的翻译事业也视为一种"实业"。[4] 1909年,林纾受到莎士比亚虽好言神怪仍受到西人重视这一事实的启发,意识到"政教两事,与文章无属,……文章徒美,无益于政教",隐隐有为"无用"的文章辩护之意,至少文章在人闲暇时可供人"娱悦心目"。[5] 其时,古文在教育界虽仍有相当地位,但随着科举制度的终结以及报章之文的迅速崛起,古文的应用领域实际上在日益缩小。民国初年林纾被迫离开北大,这一打击更使林纾发出"古文之敝久矣"、"世变方滋,文字固无济于实用"[6]的感叹。来自外界的各种各样的压力,也从反面促使林纾将"古文"作为一门"艺术"来

---

[1] 林纾:《春觉斋论画》,《林纾诗文选》第13页。
[2] 林纾:《书黄生札记后》,《畏庐续集》第13页。
[3] 引王风《刘师培文学观的学术资源与论争背景》中语,见《中国文学研究现代化进程二编》,第25页。
[4] 林纾:《〈爱国二童子传〉达旨》,朱羲胄编《林畏庐先生年谱》,上海:世界书局,1949年,卷一第33、34页。
[5] 林纾:《〈吟边燕语〉序》,《春觉斋著述记》,卷三第32页。
[6] 林纾:《送大学文科学士毕业诸学士序》,《畏庐续集》,第20页。

经营，而不再关心其是否"实用"。1917年，面对刚刚兴起的新文学运动，林纾一连写下了两篇文章，援引西方的纯文学观念，为古文争取最后的生存机会。"名曰古文，盖文艺中之一。……今官文书及往来函札，何尝尽用古文？一读古文则人人瞠目，此古文一道，已属声消烬灭之秋，何必再用革除之力？"他知道古文不能写"普通文字"，希望人们将其尊为"夏鼎商彝"；[1]又说"方今新学始昌，即文如方姚，亦复何济于用？然天下讲艺术者，仍留古文一门，凡所谓载道者，皆属空言，亦特如欧人之不废腊丁耳"[2]。

与林纾对古文大体持同样看法的还有严复。严复曾受教于吴汝纶，文章理想亦近于"古文辞"，并且较早就接受了西方的纯文学观念。1902年，在围绕《原富》译笔的讨论中，严复就曾嘲笑梁启超"新文体"的"粗犷"与"鄙俗"，而坚持"中国文之美"的理想。[3] 1916年他在给熊纯如的一封信中称赞其《同学录序》"文成法立，朴茂可观"，"但果为古

---

[1] 林纾：《论古文白话之相消长》，《中国新文学大系·文学论争集》，上海：良友图书印刷公司，1935年，第78、80页。这里林纾说"今官文书及往来函札，何尝尽用古文？"颇有意味。本来桐城派是主动避免公文尺牍中语的，曾国藩于古文中虽列"告语"一门，但姚永朴于《文学研究法》中称"古文家异于政治家"时已经指出，自南宋以后，"名臣之奏议，循吏之公牍，遂与文学家判若两途"，至明朝更是明令禁止公文中使用"艰深要渺之句"，而以明白浅显为尚。（见《文学研究法》，合肥：黄山书社，1989年，第19页）林纾也认识到，诏策之文，自"明太祖起自兵间，子孙相沿，乃不究心文采"，而"后来有司之文移，则出自吏胥之手，填以俚鄙之格式，愚则不知其为何体矣。"（《论文偶记·初月楼古文绪论·春觉斋论文》，第63、65页）这与吕叔湘对唐宋以后公文契约使用"通俗文言"的观察相一致。（《中国文法要略》，《吕叔湘文集》，北京：商务印书馆，1990年，第1册第4页）实际上从那时起，公文诏策一类文字就已经开始淡出"古文"的领地。从桐城派主动规避此类文字，到林纾痛感古文应用范围的缩小，正说明近代以来，古文在书面语领域已经面临着相当大的压力。

[2] 林纾《论古文之不宜废》，《民国日报》1917年2月8日。

[3] 关于严复和梁启超的争论，见陈平原：《中华文化通志·散文小说志》，上海人民出版社，1998年，第194—195页。

文辞,则四字成语及新名词,皆在务去之列,至应事文字,则不在此论也。"[1]亦是同样的思路。面对蓬勃兴起的白话文运动,严复依然相信文言比白话"优美",因为文言"名辞富有",能"状写奇异美丽之物态"[2]。

将古文视为"美文",在当时可能是一种普遍性的看法。除了前面梁漱溟将古文归为"美术"外,胡适谈到早年和梅光迪的争论时也曾说过:"觐庄所谓'文'自然是指《古文辞类纂》里所谓'文'(近来有人叫做'美文'),在这一点上,我毫不怀疑,因为我在几年前做过许多白话的议论文,我深信白话文是不难成立的。"[3]而在《新青年》上一次关于文学革命与文法的讨论中,一位读者对当时有些人把古文中的"神味理气"作为"文法"表示不满,说"其意且以美文概文章全体,抑何所见之隘耶?"[4],从反面也透露出他也是把"古文"看作"美文"的。可见这一观念在社会上已相当流行。

"雕章琢句"与"泛滥横决"

不过,对于提倡白话文运动的新文化人来说,古文引以为"美"的"意境义法"正是新文学家所要极力排斥的。1916年10月,远在美国的胡适给《新青年》的主笔陈独秀写了一封信,初步提出了他的文学革命的主张。胡适在信中将"今日文学之腐败"的原因,以"文胜质"一语

---

[1] 严复:《与熊纯如书》(1916年春),《严复集》第3册,北京:中华书局,1986年,第630页。
[2] 严复:《致熊纯如书》(1919年8月),《严复集》第3册,第699页,。
[3] 胡适:《逼上梁山》,胡适编《中国新文学大系·建设理论集》,上海:良友图书印刷公司,1935年,第19页。
[4] 《通信·文学革命与文法》(周祜致钱玄同),《新青年》第6卷第2号,1919年2月15日。

包之,并以此否定文言,提倡白话。他所谓"质"是指"情感"和"思想",如果没有此二者,"虽有秾丽富厚之外观",或者仅仅"沾沾于声调字句之间",也不能成为文学,所以必须提倡白话。[1]陈独秀对胡适提出的"白话文学之为中国文学之正宗"表示完全同意,虽然他也认为"文学之文"必须注重修辞,注重"美感和伎俩"[2],但是从提倡白话文学的立场出发,他又对"贵族文学"、"古典文学"和"山林文学"的"藻饰依他"、"铺张堆砌"表示深恶痛绝。[3]这可以代表新文化人的一般立场,钱玄同反对用典[4],刘半农将古文"徒欲于字句上、声韵上卖力"比作"劣等优伶"[5],都可以看作是对文言文注重外在形式特征一面("文"的一面)的否定。

新文化人既然否定了文言,也连带否定了文言文在形式上可能具有的美感。傅斯年指出文学中"不朽的主义"比"艺术上的作用"更重要,并且认为"艺术而外无可取,就是我们应当排斥的文学"[6]。周作人不否认古文的"雕章琢句"于"造成纯粹艺术品""最相近",但这种纯艺术品"譬如古铜铸的铜鼎,现在久已不适实用","不是我们所要求的人生的艺术品"[7]。在这方面走得最彻底的还是胡

---

[1]《通信》(胡适致陈独秀),《新青年》第2卷第2号,1916年10月1日。又见胡适《文学改良刍议》及其后陈独秀的按语,《新青年》第2卷第5号,1917年1月1日。
[2]《通信》(陈独秀答胡适),《新青年》第2卷第2号,1916年10月1日。
[3] 陈独秀:《文学革命论》,《新青年》第2卷第6号,1917年2月1日。
[4]《通信》(钱玄同致陈独秀),《新青年》第3卷第1号,1917年3月1日。
[5] 刘半农:《我之文学改良观》,《新青年》第3卷第3号,1917年5月1日。
[6] 傅斯年:《白话文学与心理的改换》,《新潮》第1卷第5号,1919年5月。
[7] 周作人:《平民的文学》,《艺术与生活》第4页。以下周作人引文,除特别说明外,均出自止庵校订"周作人自编文集",石家庄:河北教育出版社,2002年。不再一一注明出版社及年份。

适。早在留美期间,他就认为,"凡言以达意为主,其不能达意者,则为不美"[1]。后来又不断地强调他的观点,认为"一切语言文字的作用在于达意表情。达意达得妙,表情表得好,便是文学"[2]。而所谓"好"和"妙"就是要"明白清楚"。1921年,胡适在《国语文法概论》中说:"现在反对白话的人,到了不得已的时候,只好承认白话的用处;于是分出'应用文'与'美文'两种,以为'应用文'可用白话,但是'美文'还应该用文言。"[3]1922年,在《五十年来中国之文学》中,胡适更是旗帜鲜明地反对"应用文"和"美文"的区分:"有许多人只为打不破这种种固袭的区别,故有'应用文'与'美文'的分别;有些人竟说'美文'可以不注重内容;有的人竟说'美文'自成一种高尚不可捉摸,不必求人解的东西,不受常识与论理的裁判!"[4]胡适反对"应用文"和"美文"区分的背后,有更深的动机和考虑,这里暂且置之不论。这里想要指出的是,重视白话文在传达思想内容方面("质")的长处,而较少考虑其在文词笔调("文")上的美感,可以说是初期新文化人的共同立场。

站在这样的立场上,虽然林纾希望保留古文作为"艺术"的位置,但新文化人并不买林纾的帐。陈独秀在《文学革命论》中将桐城派归入"十八妖魔",钱玄同更是提出了"桐城谬种,选学妖孽"的著名口号。桐城派所谓的"神理气味格律声色",林纾讲求的"意境义法",在新文

---

[1] 胡适1916年7月6日日记,《胡适日记全编》(二),合肥:安徽教育出版社,2001年,第414页。
[2] 胡适:《建设的文学革命论》,《新青年》第4卷第4号,1918年4月15日。
[3] 胡适:《国语文法概论》,《新青年》第9卷第3、4号,1921年7月1日至8月1日。见《胡适文集》(二),北京大学出版社,1998年,第341页。
[4] 胡适:《五十年来中国之文学》,《胡适学术文集·新文化运动》,第125页。

家看来不过是"无病而呻"、"摇头摆尾"、"臭架子"、"肉麻之句调"等等。[1]新文化人既对文言文注重外在形式特征的一面完全持否定态度，那么古文的"意境义法"自然也一并在扫除之列。

此时为桐城古文辩护最力的，要算是包括梅光迪等在内的学衡诸君。针对胡适《五十年来中国之文学》对古文的批评[2]，胡先骕奋起为桐城之文辩护，指出"桐城文所重者，舍意义外，厥为体制之纯洁"，其所立之"规矩准绳"，正是"为文之极则"，并将桐城文比做法国文学，以说明其"铢两恰称，不逾其分"。在胡先骕看来，胡适"有什么话说什么话，话怎么说就怎么说"所导致的"泛滥横决，绝无制裁"，正可拿桐城义法作为"对症之药"而加以医之。[3]徐景铨说："桐城派古文，虽标考据义理词章不可偏废之说，而致力最深者，实为词章。故戴震讥之为艺，妄引道以自重。"这和前引曾国藩及姜书阁诸语意思相近。重要的是下面的话："然艺即所谓美术也。文学本美术之一，名之曰艺，由今论之，适是为桐城古文重耳。"与林纾以"艺术"视"古文"思路完全一致。[4]

对于新文化人对桐城文章"思想空疏"的批评，学衡派则反唇相讥，认为白话文徒重思想，不重文词。"今之为白话文者，竟言文学最

---

[1] 陈独秀《文学革命论》及钱玄同致陈独秀，《新青年》第2卷第6号。关于新文化人对桐城派的批判，可参看舒芜《"桐城谬种"问题之回顾》，载《周作人的是非功过》，沈阳：辽宁教育出版社，2000年。
[2] 平心而论，胡适对古文的态度在新文化人中还算比较温和。不过胡适看重的是古文的"通顺清淡"，认为古文"还可以做到应用的文字"，与学衡派的立论角度完全不同。
[3] 胡先骕《评胡适〈五十年来中国之文学〉》，《学衡》第18期，1923年6月。
[4] 徐景铨《桐城古文学说与白话文学说之比较》，《文哲学报》第1期，1922年3月。《文哲学报》为南京高师文学研究会与哲学研究会主办，与《学衡》立场相近，作者群亦多有重叠。

重思想,思想佳者,不问艺术之若何,即无害为佳妙之文学",而"文学名著,决不徒以思想精深故,抑又以其文词之优美也。其所以永保不朽者,则亦文词自身有价值",学桐城是学其"艺术"而非"思想",以艺术论,文言在"声"与"色"上都超过白话。[1]吴宓认为"作文之法宜取径古文。……世之所病于古文者,以其陈腐也,以其空疏也,不知今日学为古文,乃学其形式与格律耳,而当以今日之新思想新材料融纳其中","今之学古文,乃学其格律,非学其材料"。[2]胡先骕指出"今日为文者……但求其所谓之内容。臻其所谓之标准,字法句法章法以及通体之结构,全不过问","但图言之有物,遂忘言之有序之重要",明显针对的是胡适提出的"言之有物",而强调"言之有序"的重要,背后也有桐城派提供的思想资源。[3]吴芳吉承认"今人报纸文章,意无不达,以视昔日策论,进矣",但"艺术不修,言多益少,退也"。[4]由此看来,学衡派对白话文的攻击与林纾对报章之文的忧惧在思路上实是一脉相承,从"新文体"到白话文,文体是在向更为通俗浅近的方向发展,况且白话文的风行也有赖于报刊媒体在其中所起的作用。

在文学观上,如果说新文化人更注重"质",更注重文学所表达的思想和内容以及表达的能力,学衡派则更注重"文",注重文词自身的美感,在这一方面他们与桐城派以及林纾立场相近。胡先骕在区别"文学"与"文字"时说,"文字仅取其达意,文学则必达意之外,有结构,

---

[1] 徐景铨:《桐城古文学说与白话文学说之比较》。
[2] 吴宓:《论今日文学创造之正法》,《学衡》第15期,1923年3月。
[3] 胡先骕:《文学之标准》,《学衡》第31期,1924年7月。
[4] 吴芳吉:《三论吾人眼中之新旧文学观》,《学衡》第31期,1924年7月。

有照应,有点缀。而字句之间,有修饰,有锻炼"。对此罗家伦表示反对:"文学同文字的区别,就是这一点吗?"认为"结构""照应""点缀"等等只是"艺术"的一小部分,而"字句的修饰,锻炼"不过是"修词学和造文学",况且仅有"艺术",并不能成为文学,还要有"最好的思想""感情""想像"[1]等等。由此可见双方在论述重心上的差异。

从"文"的这一方面来说,学衡派比新文化人更接近于纯文学的立场,这在双方对待散文的态度上表现得更为明显。由于小说、戏剧和诗歌自身有相对稳定的形式规范,如果它们使用白话,则即使在质量上如何幼稚,总不失为文学,学衡派亦不否认小说戏剧可用白话(至于诗歌,问题则更为复杂)。散文就不一样了。如前所述,清代的桐城派文章讲求义法,已经为林纾接纳西方纯文学观念打下了基础;古文已经建立起一套自身的形式规范,虽有"形式主义"[2]之讥,但这套规范却能够保证古文自身的相对的独立和自主性,这在林纾那里表现得相当明显,学衡派对此也有清楚的认识。在这个意义上,这也可以称为"古文的自觉"。如果不是白话文运动拦腰打断的话,这一点或许可以得到进一步的印证。实际上,后来称得上是桐城后学的吴孟复所写的《桐城文派述论》一书即在这一点上反复致意,大有借西方纯文学立场为桐城派翻案之意。与此相对应的是,由于新文化人共同的"重质轻

---

[1] 胡先骕:《中国文学改良论(上)》,罗家伦:《驳胡先骕君的中国文学改良论》,见郑振铎编《中国新文学大系·文学论争集》,上海:良友图书印刷公司,1935 年,第 103、108 页。

[2] 傅斯年曾指出"中国文学,和中国美术,无不含有'形式主义'(formalism)"(《戏剧改良各面观》,《新青年》第 5 卷第 4 号,1918 年 10 月 15 日)虽是针对戏剧而言,自然也包括古文。任访秋认为林纾的文学观,"一方面是'文以载道',另一方面则是'形式主义',……把西方文学的创作思想,创作方法,完全忽略了。"见任访秋:《林纾论》,薛绥之、张俊才编《林纾研究资料》,福州:福建人民出版社,1983 年,第 379 页。

文"(只有陈独秀还比较注意"文"的一面)的立场以及白话文自身的特点,加上对文言文的完全否定,初期的白话散文(以"胡适之体"为代表)确实不太措意于文词,并为反对派留下了口实。不过反对派的压力也使得新文化人有所反思,并尝试改变这种状况。后来的结果表明,虽然白话散文没有(不太可能——这与白话文自身的特点有关——也不必要)像古文那样建立一整套形式规范,但也因此摆脱了诸多束缚,并且在"文"的一面取得了与古文相比毫不逊色乃至更为出色的成就。

从白话到美文

前面提到胡适反对"应用文"和"美文"之间的区分,说明当时胡适即已感受到反对派的压力,虽然他并不承认"白话不能作'美文'"[1]。不过,对白话文不满的声音不仅来自反对派,也来自新文化人内部。1920年,陈独秀在一次演讲中,承认"现在的白话诗文不好","和白话文体本身没有关系",而是因为"作者的艺术不精",并提出"文学"必须要有"艺术的组织",能引起"普遍性的美感"。[2] 不久又在《新青年》上撰文,提醒新文化人"通俗易解是新文学底一种要素,不是全体要素"。他看到主张和欢迎白话文的人,很多都只是看到白话文"通俗易解"一面,而"不注意文学的价值"。[3] 陈独秀是新文化人中较为重视白话文自身的"美感和伎俩"的,可惜他后来转而从事实际政治活动,

---

[1] 胡适:《国语文法概论》,《胡适文集》(二),第341页。
[2] 陈独秀:《我们为甚么要做白话文》,《晨报》1920年2月12日。
[3] 陈独秀:《新文化运动是什么》,《新青年》第7卷第5号,1920年4月1日。

这方面的论述不多,也没有引起足够的重视。

和陈独秀意见相似的还有当时的北大学生缪金源[1]。他说:"近来中国有几个人尽力于'艺术'？即以文学论,有几篇白话诗文配得上称'文学'？……细看各地出版物上的作品,连一点文法上修辞上的整理洗饰工夫都着实还有缺陷,那里说得到艺术的手段呢?"[2]这一问题似乎到1923年也没有改观,当时即有人把大部分的文学作品都比作"法庭上的速记文",缺少"美学的格式与简明的文字"。[3] 1925年,在与甲寅派论争时,高一涵也认为"现在作白话文的作不出好文字,只能归罪于白话文学家的手段太低,却不能归罪于白话文的文体"。[4]这些都不是单独针对白话散文而言,而是有感于整个新文学界的情形而发,因为散文本身还不受重视,独立的散文观念与散文创作都尚未成熟。不过我们可以从中了解当时白话文写作的一般情况。

对于白话文写作的这种状况,新文化人出于警惕文言"复辟"的考虑,一般都强调作者艺术手段不够高明以及白话文自身尚处于生长阶段这两个方面的原因,与白话文自身没有关系。所以,针对反对派认为"美文"应该用"文言"的说法,新文化人也给予了驳斥。陈独秀认为"'白描'是真美,是人人心中普遍的美","文学的白话文比古文更难做"[5];罗家伦亦持相近的看法,白话有助于实现"天然的美",不应该

---

[1] 据《鲁迅全集·日记》"人物注释":"缪金源,字渊如,江苏东台人。一九二二年北京大学哲学系毕业后曾在辅仁大学任教。"《鲁迅全集》第17卷,北京:人民文学出版社,2005年,第249页。后引《鲁迅全集》,皆为此版本,不再——注明。
[2] 见《晨报》1921年3月12日"浪漫谈"栏。
[3] 仞生:《真正的文学家与真正的文学作品》,《文学周报》第93期,1923年10月20日。
[4] 高一涵:《"评新文化运动的批评"》,《中国新文学大系·文学论争集》,第227页。
[5] 陈独秀:《我们为甚么要做白话文》,《晨报》1920年2月12日。

以"天然的美来强就艺术"[1]。不过所谓"白描"往往是针对叙事而言，反对派也承认小说应该用白话；但就文章自身而言，所谓"天然的美"也确实容易流于平铺直叙，一览无余。

早期的新文化人并非没有注意到白话文在表达能力上的限度。胡适取为白话文模范的，多是白话小说。傅斯年注意到："小说一种东西，只是客观的描写，只是女子小人的口吻；白话散文（Essay）的体裁极多，很难靠他长进我们各类的白话散文。"不过他所说的白话散文还重在议论一类："中国也没有用白话做的解论辨议的文章。"[2]所以他主张欧化，使得白话文更加精密，更适合说理。后来胡适在《〈中国新文学大系·建设理论集〉导言》中对傅斯年的观点给予高度评价，和他本人注重议论文不无关系。

周作人也意识到纯粹用白话小说的白话来写文章是有困难的，他在1922年就说："明清小说专是叙事的，即使在这一方面有了完全的成就，也还不能包括全体，我们于叙事以外还需要抒情与说理的文字，这便非是明清小说所能供给的了。"[3]他也不认为"纯用老百姓的白话可以作文"[4]。与胡适等人固守白话界限的坚硬立场有所不同，周作人则主张采纳古语、方言和新名词，建立"一种合古今中外的分子融合而成的一种中国语"。目的是要让白话"化为高深复杂，足以表现一切高上的精微的感情与思想，作为艺术学问的工具"[5]，视野较傅斯

---

[1] 罗家伦：《什么是文学》，《新潮》第1卷第2号，1919年2月。
[2] 傅斯年：《怎样做白话文》，《新潮》第1卷第2号，1919年2月。
[3] 周作人：《国语改造的意见》，《艺术与生活》，第55页。
[4] 周作人：《国语文学谈》，《艺术与生活》，第63页。
[5] 周作人：《国语改造的意见》，《艺术与生活》，第56、55页。

年更为开阔。

更重要的是,周作人认为"古文与白话文都是汉文的一种文章语",古文(这里的"古文"也就是一般的文言文,并非指唐宋系统的"古文")是"现代文章语的先人",提出要"把古文请进国语文学里来"[1],与胡适把古代的白话小说视为现代白话文的源头的立场有很大不同。这实际上为文言向白话的渗透铺平了道路。作为已经名世的散文作家,周作人可能更多考虑的是白话散文创作的问题,有着悠久传统的文言文在这方面是值得认真汲取的资源。其实,早在1921年那篇著名的《美文》中,周作人在以西方的"论文"为参照建立白话的"美文"的时候,就已经指出"中国古文里的序,记与说等,也可以说是美文的一类"。[2] 以后周作人似乎更加关注传统的文言文对白话散文创作的借鉴意义。1923年,周作人从"语体文"与"古文""终是同一来源","其表现力之优劣在根本上总是一致"这一点出发,指出写作白话文时可以"就古文学里去查考前人的经验",并能从中"得到不少的帮助"。[3]

不过,诸如周作人这样的论调在当时并没有多少人欣赏。不少新文化人出于对"复古"势力的戒备,对文言文向白话文的渗透持警惕态度。特别是"整理国故"运动的兴起,更使得一些新文化人担心文言文会就此卷土重来。[4] 1924年,茅盾就认为"这一年来,……社会各方面都显出反动的色彩来","在白话文尚未在广遍的社会里取得深切的

---

[1] 周作人:《国语文学谈》,《艺术与生活》,第63、64页。
[2] 周作人:《美文》,《谈虎集》,第29页。
[3] 周作人:《古文学》,《自己的园地》,第23页。
[4] 罗志田曾对此做过研究,参见《文学史上白话的地位和新文学中白话的走向》(《近代史研究》2002年第2期)和《新旧能否两立:二十年代〈小说月报〉对于整理国故的态度转变》(《历史研究》2001年第3期)。

信仰,建立不拔的根基时,忽然多数做白话文的朋友跟了几个专家的脚跟,埋头在故纸堆里,作他们的所谓'整理国故'",结果"高唱复古"的声调又响了起来。[1] 文言白话之争又重新被提起。茅盾针对当时有些人在白话文中使用文言典故的现象,说这是"上了文言家的恶当","他们说文言文所以能美,就在可以用典故",结果做白话的人们"极力把文言用滥的词头儿搬到白话文的壳子里","造成了现在流行的'假美'的怪东西"。[2] 当时赵景深写了一篇《研究文学的青年与古文》,认为古文中叙事、抒情和写景的文章对做短篇小说能给予"很大的帮助",并且可以"拿来做白话散文的预备"[3],茅盾对此表示坚决反对,他也承认"白话文固然有些地方还仰仗着文言文的帮助,但这是因为白话文年纪还幼稚的缘故","我们做白话文的,遇着有言不尽意的时候,应该就民众的日常话语中找求解决的办法,不应该到文言中去寻求"[4]。从某种意义上说,茅盾和陈独秀、高一涵态度类似,尽管承认白话文有不尽人意之处,但都认为这不是白话文自身的问题,在白话文尚未完全站稳脚跟(在他们看来是如此)的情形下表现出某种防御性的姿态。因此他们不可能像周作人那样对"古文"持宽容的态度。

1926年,朱光潜撰文评论周作人的《雨天的书》,认为"想做好白话文,读若干上品的文言文或且十分必要。现在白话文的作者当推胡适之、吴稚晖、周作人、鲁迅诸先生,而这几位先生的白话文都有得力于

---

[1] 雁冰(茅盾):《文学界的反动运动》,《文学周报》121期,1924年5月12日。
[2] 雁冰(茅盾):《杂感—美不美》,《文学周报》第105期,1924年1月14日。
[3] 赵景深:《研究文学的青年与古文》,《文学周报》第109期,1924年2月18日。
[4] 雁冰(茅盾):《杂感》,《文学周报》第109期,1924年2月18日。

古文的处所(他们自己也许不承认)"。[1]周作人的文章受到文言的滋养固是事实,不过这段话却引来鲁迅的不满。鲁迅也看到"许多青年作者又在古文,诗词中摘些好看而又难懂的字面,作为变戏法的手巾,来装潢自己的作品了",和茅盾的观察一致,不过鲁迅担心的是青年人由此而受到古书思想的毒害,忧虑则"更为深广"。[2]其实,早在一年多以前,鲁迅在答复《京报副刊》关于"青年必读书"的征求启事时就交了白卷,引起了一场不大不小的风波。罗志田抓住鲁迅说的"少看中国书,其结果不过不能作文而已"这句话,说"可知他认为要写好文章,正应看中国书"[3],倒是一个有趣的见解。确实,正如陈平原的研究所揭示的,鲁迅杂文得力于魏晋文章之处并不鲜见。[4]

不过真正有意识地借用传统资源来经营散文的,大概只有周作人一人。关于周作人对晚明小品、六朝散文乃至清儒笔记的吸收与转化,已有多位研究者论及,此不赘述。[5]周作人的散文由此而取得的高度的艺术成就(特别是在语言上),研究者也有精彩而深入的分析。[6]我在这里所关注的是周作人在这其中所表现出来到鲜明的文

---

[1] 朱光潜:《〈雨天的书〉》,程光炜编《周作人评说80年》,北京:中国华侨出版公司,2000年,第62页。
[2] 鲁迅:《写在〈坟〉后面》,《鲁迅全集》第1卷,第302—303页。
[3] 鲁迅:《青年必读书》,《鲁迅全集》第3卷,第12页;罗志田:《林纾的认同危机与民初的新旧之争》,《权势转移:近代中国的思想、社会与学术》,第284页。
[4] 陈平原:《现代中国的"魏晋风度"与"六朝散文"》,《中国现代学术之建立》,北京大学出版社,1998年,第353—359页。
[5] 参见陈平原:《现代中国的"魏晋风度"与"六朝散文"》、葛飞:《周作人与清儒笔记》(《鲁迅研究月刊》2003年11月)。
[6] 参见舒芜:《两个鬼的文章——周作人的散文艺术》,《周作人的是非功过》。关于周作人对文言文的吸收,又见钱理群:《周作人与五四文学语言的变革》,《周作人论》,上海人民出版社,1991年,第249—253页。

学史意识。新文化运动初期的周作人以新文学理论家的面目出现，所写的也大多是"长篇议论文"，重在明白而清楚地说理，于文词并未措意，这跟大多数人一样，或可认为同属"胡适之体"的大潮流。所写文章大多结集于《艺术与生活》一书中。1924年以后，周作人放弃了这种长篇议论文的写作，宣布"以后想只作随笔了"。从此以后，周作人作为一个散文家出现在文坛上，而他的随笔也表现出与早期长篇议论文完全不同的特色，在文词笔调上都更加用心了。1935年，周作人在回顾早期白话散文的历史时，将自己写的《祖先崇拜》一类文章（实际上也就是《艺术与生活》中的"长篇议论文"）与钱玄同在《教育今语杂志》署名"浑然"的白话文《共和纪年说》相比，认为是"正是同等的作品"，"只是顽强地主张自己的意见，至多能说得理圆，却没有什么余情"，似有自悔少作之意。其时大多数的白话散文正是这样的作品，周作人在当时也并非没有意识到这一点，所以他才在《美文》中说"在现代的国语文学里，还不曾见有这类文章"，只是他自己也未动手进行大规模的尝试。那时候"白话文自身的生长却还很有限，而且也还没有独立的这种品类"，后来《晨报副刊》这类文章多了起来以后，它们才有"自成一部门的可能"。周作人在这里相当清晰地描述了"美文"诞生的过程。[1]

"美文"之"美"主要体现在其文词笔调上，这与早期的"胡适之体"形成了鲜明的对比。1928年，他特意标举废名小说的文章之美，并指

---

[1] 以上引文均见周作人《〈中国新文学大系·散文一集〉导言》，周作人编选《中国新文学大系·散文一集》，上海：良友图书印刷公司，1935年，第5页。钱理群亦指出，对美文"真正自觉的试验是在周作人1923年11月写了《雨天的书·自序一》以后的1924年与1925年"，见《读周作人》，天津古籍出版社，2001年，第189页。

出"近来创作不大讲究文章,也是新文学的一个缺陷。的确,文坛上也有做得流畅华丽的文章的小说家,但废名君那样简炼的却很不多见"。[1] 周作人在这方面有明确的文学史意识,他将俞平伯称为"近来的一派新散文的代表,是最有文学意味的一种",着眼点在"文词"上的"涩味与简单味";并将其与"细腻流丽"的"纯粹口语体"的文章(实际上即"胡适之体")对比,以凸显其"文学性"[2];后来他在评论废名时特地点出废名的文章"从近来文体的变迁上着眼看去,更觉得有意义",他把早期的白话文比作"公安派",认为"庸熟之极不能不趋于变,简洁生辣的文章之兴起,正是当然的事"[3],体现出鲜明的文学史眼光。

1930年周作人把中国散文分成几派,"适之仲甫一派的文章清新明白,长于说理讲学,好像西瓜之有口皆甜,平伯废名一派涩如青果,志摩可以与冰心女士归在一派,好像是鸭儿梨的样子,流丽清脆"[4],表面看来平分秋色,中间并无高低之分;不过,在《中国新文学的源流》中,他的态度其实很明显:"胡适之,冰心,和徐志摩的作品,很像公安派的,清新透明而味道不甚深厚。好像一个水晶球样,虽是晶莹好看,但仔细地看多时就觉得没有多少意思了。和竟陵派相似的是俞平伯和废名两人,他们的作品有时很难懂,而这难懂却正是他们的

---

[1] 周作人:《〈桃园〉跋》,《永日集》,第73页。
[2] 周作人:《〈燕知草〉跋》,《永日集》,第79页。
[3] 周作人:《〈枣〉和〈桥〉的序》,《看云集》,第107、108页。
[4] 周作人:《志摩纪念》,《看云集》,第65页。后面又说徐志摩冰心一派的文章"在白话的基本上加入古文方言欧化种种成分,使引车卖浆之徒的话进而为一种富有表现力的文章,这就是但从文体变迁上讲也是很大的一个供献了"(同上),从后文看来,周作人其实并不很欣赏徐志摩的文章,然而这里突出"文体变迁"之线索却是周作人一贯的思路。

好处。"[1]

这里以公安、竟陵涵盖白话散文史倒颇有意思,无论公安还是竟陵都是对于正统古文的反动,这可以用来说明新文学的性质,而公安派的"信腕信口皆成律度"亦契合于胡适的"有什么话说什么话";公安、竟陵内部的差别又可以用来比拟白话文的流变。而所谓"简洁生辣"也明显得力于文言之滋养。周作人对现代散文史的叙述虽然不怎么谈及自己,但其论及俞平伯废名时均可视为夫子自道。[2] 从某种意义上说,这一思路正好反映了"从白话到美文"的过程。

周作人可以说是新文学散文家中最具文体自觉的人,在艺术上取得了高度成就,对当时的散文创作起到了示范作用,这在当时即已受到公认。虽然周作人自己在散文创作时未必考虑到认为文言比白话更适合作美文的反对派的意见,但他后来在估价白话散文的成就时,明确指出"散文作品、小说与随笔都还相当的发达,比起诗歌戏曲来,在量与质上似均较优",原因主要在于"从前的文字语言可以应用,不像诗歌戏曲之须要更多的改造"[3],而且他的创作以及白话散文所取

---

[1] 周作人:《中国新文学的源流》,上海:华东师范大学出版社,1995年,第28页。
[2] 俞平伯曾强调"词藻典故"作为技巧对文章的重要性:"有些境界可用白描的手法,有些非词藻不为功,这个道理自然也有人理会得。……六朝文之所以大胜唐宋四六文者,会用词藻至少是一原因。词藻,文学的色泽,也是应付某种需要而生,并非无聊地东涂西抹,专以炫人耳目为业的。"见《"标语"》,乐齐、范桥选编《俞平伯散文》(上册),北京:中国广播电视出版社,1997年,第241页。止庵也指出废名的文章"涩味的比重较多增加","与其推崇六朝以前文章有关。"见止庵:《〈废名文集〉序》,《废名文集》,北京:东方出版社,2000年,第3页。有趣的是,周作人也对六朝文推崇备至,其所汲取的文言资源更近于骈文,声称自己只喜欢"混合散文的朴实与骈文的华美之文章。"(《苦竹杂记·后记》)
[3] 周作人:《〈骆驼祥子〉日译本序》,钟叔河编《周作人文类编·本色》,长沙:湖南文艺出版社,1998年,第631页。

得的成就也被胡适等人用来作为回击反对派的武器。1922年,胡适就认为周作人等提倡的"小品散文"的成功可以"彻底打破'美文不能用白话'的迷信"[1];30年代鲁迅也说白话散文的"漂亮和缜密",是"为了对于旧文学的示威,在表示旧文学之自以为特长者,白话文学也并非做不到"[2],都是在切身感受到反对派的压力之后所发出的声音。从某种意义上说,周作人对文言文的吸收,也在某种程度上证实了"文言比白话更适合作美文",反对派不妨乐观其成。[3] 1928年,曾受教于学衡派的浦江清一方面感慨"今日流行之欧化文学,与中国固有之文学,断然不相衔接",另一方面也注意到"自周作人君提倡小品散文后,国内文士,渐趋好之",认为当时《小说月报》中所刊载的小品散文"中颇有一二清新之作,将来于此栏中当有出色文字也",态度在保留中而有所肯定。[4] 这或许也是给予白话散文以高度评价的,不仅有鲁迅、朱自清等新文化人,也有曾朴这样的旧人物的缘故吧。[5]

白话文的浅近通俗,便于说理纪事,使得其能在一般的散文领域

---

[1] 胡适:《五十年来中国之文学》,《胡适学术文集·新文学运动》,第160页。

[2] 鲁迅:《小品文的危机》,《鲁迅全集》第4卷,第592页。

[3] 不过,有意思的是,如前所述,周作人一派的散文更看重六朝文章以及骈文而非唐宋一派的古文。周作人对古文"腔调病"的批判早已成为常识,"至于骈偶倒不妨设法利用"(《汉文学的传统》,《药堂杂文》,第11页);即使从文体上说,唐宋的古文因"重声调而轻色泽,乃渐变为枯燥","常常觉得用八大家的古文写景抒情,多若不足,即不浮滑,亦缺细致,或有杂用骈文句法者,不必对偶,而情趣自佳,近人日记游记中常有之。"(《画钟近士像题记》,《药堂杂文》,第142页)陈平原亦曾从人事关系及个人趣味的角度论述过"'谬种'与'妖孽'的不同命运",参见《现代中国的"魏晋风度"与"六朝散文"》,《中国现代学术之建立》,第375—384页。

[4] 浦江清:《王静安先生之文学批评》、《评〈小说月报〉第十八卷》,《浦江清文史杂文集》,北京:清华大学出版社,1993年,第11,55页。

[5] 1928年曾朴在给胡适的信中谈及新文学的成绩,举出的第一项就是"小品文字"。见《曾先生答书》,《胡适学术文集·新文学运动》,第509页

大显身手，"胡适之体"更是风行一时。虽然它们在"文词"与"美感"上不能令当时的人满意，但对白话文运动的推展却是功不可没。不过，有文学价值的白话散文的出现还必须有赖于周作人这样的散文家的探索与经营。白话文运动是一场书面文体的变革，它实际上与晚清的"新文体"一脉相承。如果说林纾笔下的"古文"因为自身的传统和外界的种种压力(包括"新文体"的压力)"被动"地获得了某种艺术上的自觉意识的话，周作人的小品文则是有意地背离明白透明乃至"庸熟"的"胡适之体"，并主动地从传统文言中汲取资源。这两种情况都表明：对主流书面文体的偏离，正是像"散文"这样的文类获得文体自觉的重要契机。

（原载夏晓虹、王风等著《文学语言与文章体式——从晚清到"五四"》，合肥：安徽教育出版社，2006年）

语言方案、历史意识与新文化的形成
——清末民初语言改革运动中的世界语

在清末民初的语言改革运动中,世界语作为争论的话题曾经反复出现。中国的世界语运动不是局限于世界语者内部的孤立的运动,而是和中国现代语言运动紧密地交织在一起。围绕世界语展开的讨论和实践涉及不同语言观念的交锋,以及对语言改革的路径的不同认识,其中的核心问题是:如何找到一种能够承载和表达现代文化的新语言?是寄望于外来的人为设计的语言方案(如世界语)?还是寄望于在历史中形成的本民族语言的自我革新?清末民初有关世界语的讨论,正是由这些问题切入到整个语言改革的运动中。

新学的输入与语言的危机

1890年代以来,语言问题逐渐成为士大夫阶层关注的核心问题。传统汉语书面语和口语之间存在着巨大的分裂,而口语本身又因为各地方言的歧异而无法统一,为了适应现代国家建设的要求,创造"言文一致"的统一语言就成为当务之急。但"言文一致"和"语言统一"两者之间本身存在着内在的矛盾。为了求得"言文一致",清末的改革者提出的方案是用拼音化的字母(所谓"切音字")来拼切口语,但由于方言的差异,由此形成的拼音文字必然只能通行当地,各地不同的拼音文字反而将方言的歧异固化到书面上来,结果势必危及统一语言的创立。有鉴于此,后来的王照、劳乃宣等人便有意识地以通行范围较广的北方官话作为创建切音字的基础,希望由此建立统一的共同语即"国语"。大体而言,按照黎锦熙的说法,1900年以前语言改革运动的宗旨"只在'言文一致',还不甚注意'国语统一'",后者是在清末最后十年才被提出来的。[1]

除了"言文一致"和"语言统一"之间的矛盾,清末语言改革运动中还存在着"普及教育"和"输入新知"之间的矛盾,似尚未受到研究者充分的重视。本来,拼音化论者的初衷是借助拼音文字普及教育,开启民智,但当时新学理的输入主要发生在书面语(文言)的领域,其中一

---

[1] 黎锦熙:《国语运动史纲》,北京:商务印书馆,2011年,第91页。关于清末"言文一致"和"语言统一"两者之间的纠葛,参见王风:《晚清拼音化运动与白话文运动催发的国语思潮》,《现代中国》第1辑,武汉:湖北教育出版社,2001年;王东杰:《声入心通:清末切音字运动和"国语统一"思潮的纠结》,《近代史研究》2010年第5期。最新的研究参见倪伟:《清末语言文字改革运动中的"言文一致"论》,《杭州师范大学学报》(社会科学版)2016年第5期。

种重要的途径便是以汉字为媒介创制或引入新名词。大部分拼音化论者都认为拼音文字只是为普通民众设计的粗浅工具,高深学理的表达仍需仰赖汉字。如此则依托汉字的新名词和新学理,仍旧无法灌输给只掌握拼音文字的民众,开启民智难以落到实处。1900年,王照推出他设计的《官话合声字母》,他在强调拼音文字的优势时援引外国的成例,认为世界各国因言文合一,"故能政教画一,气类相通,日进无已,其朝野自然一体",而中国因言文分离,"文人与众人如两世界,举凡个人对于社会,对于国家,对于世界,与夫一己生活必不可少之知识,无由传习",其言甚辩。但最后又说"今余私制此字母,纯为多数愚稚便利之计,非敢用之于读书临文",仍是将"文人"与"众人"打为两橛,前后之矛盾十分明显。[1]拼音化运动的另一位代表人物劳乃宣也持类似的观点,他发明的"简字"也是只给普通民众用的:"简字之用,专取浅近易晓,余编增订重订两谱,凡深微之理,闳远之论,一语不敢阑入。"[2]历史悠久的汉文非"简字"所能比拟:"中国六书之义,广大精微,万古不能磨灭,简字仅足为粗浅之用,其精深之义,仍非用汉文不可。简字之于汉文,但能并行不悖,断不能稍有所妨。"[3]

胡适后来在总结清末拼音化运动的成败时,便以王照和劳乃宣为例,说"这样极端推崇汉字的人,他们提倡拼音文字,只是要为汉字添一种辅助工具,不是要革汉字的命",背后的心理观念是"把社会分作两个阶级,一边是'我们'士大夫,一边是'他们'齐氓细民。'我们'是

---

[1] 王照:《〈官话合声字母〉原序(一)》,本社编《清末文字改革文集》,北京:文字改革出版社,1958年,第19、21页。
[2] 劳乃宣:《〈简字丛录〉自序》,《清末文字改革文集》,第75页。
[3] 劳乃宣:《进呈〈简字谱录〉摺》,《清末文字改革文集》,第81页。

天生聪明睿智的,所以不妨用二三十年窗下苦功去学那'万国莫有能逮及之'的汉字汉文。'他们'是愚蠢的,是'资质不足以识千余汉字之人',所以我们必须给他们一种求点知识的简易法门"。[1]这种社会学的观察自有其道理,但却忽视了推举汉字和拼音文字依据的是不同的语言观念。简而言之,拼音化论者提倡拼音文字,是以文字只是表音的记号这一语言工具论观点作为理论前提的[2];而当他们表彰汉字的渊雅精深的时候,采取的却是国粹派的语言民族主义的姿态,即视汉字为中国历史文化的结晶和民族精神的体现。[3]

汉字所传达的"深微之理"、"精深之义",不仅包括固有的历史文化,还要涵盖自西方输入的新事物和新学理。后者在当时是更为紧迫的任务,古老的汉字能否承担这一使命,并不是没有疑问的。十九世纪中期以降,伴随着中西交流的深入,中国士人和外国传教士开始把来自西方的新知识翻译成汉语,一些新的词汇进入到文言之中。1860年代末至1870年代初,任职于江南制造局的英国传教士傅兰雅确立了翻译西方科学著作的若干原则,一般尽量使用意译来翻译新术语,不得已的情况下使用音译,化学元素则用新造字来表示。[4]傅兰雅的翻译对戊戌时期的维新派有很大影响,尤其是他创造新字翻译化学

---

[1] 胡适:《中国新文学运动小史》,《胡适文集》第1册,北京大学出版社,1998年,第117页。
[2] 参见王东杰:《从文字变起:中西学战中的清季切音字运动》,《中山大学学报(社会科学版)》2009年第1期。
[3] 关于视汉字为国粹的观点,参见罗志田:《种界与学理:抵制东瀛文体与万国新语之争》,《国家与学术:清季民初关于"国学"的思想论争》,北京:三联书店,2003年,第144—153页;王东杰:《一国两文:清季切音字运动中"国民"与"国粹"的紧张(下)》,《学术月刊》2010年第9期。
[4] 马西尼:《现代汉语词汇的形成——十九世纪汉语外来词研究》,黄河清译,上海:汉语大词典出版社,1997年,第74—82页。

元素的做法，得到了梁启超的高度评价，称"此法最善"。梁启超甚至把"造新字"看作翻译西学的"第一义"，对借已有汉字来意译的方法表示怀疑，有趣的是，他的理由正是建立在汉语"言文分离"这一事实的基础上：

> 西人惟文字与语言合也，故既有一物，则有一音有一字有一名。中国惟文字与语言分也，故古有今无之物，古人造一字以名之者，今其物既已无存，则其字亦为无用。其今有之物，既无其字，则不得不借古有之字而强名之。此假借之例，所以孳乳益多也。然以虚字假实字，沿用已久，尚无不可。以实物而复假他实物以为用，则鲜不眩矣。且新出之事物日多，岂能悉假古字，故为今之计，必以造新字为第一义。[1]

大概是受到梁启超的影响，同属维新阵营的黄遵宪也主张"造新字"。1902年，他在给严复的一封信中，劝对方放弃从古汉语中寻求译名的路径："以四千余岁以前创造之古文，所谓六书，又无衍声之变，孳生之法。即以之书写中国中古以来之物之事之学，已不能敷用，况泰西各科学乎"，提出译书第一法则为"造新字"。[2] 大约同时，政治上倾向革命的刘师培亦认识到，"泰西之物，多吾中国所本无，而中国乃以本有之字借名之，丐词之生从此始矣。此侯官严氏所以谓中国名新物无一不误也。今欲矫此弊，莫若于中国文字之外，别创新字以名之"。[3]

---

[1] 梁启超：《变法通议·论译书》，《时务报》第29册，1897年6月10日。
[2] 《黄遵宪致严复书》，《严复集》第5册，北京：中华书局，1986年，第1572页。
[3] 刘师培：《中国文字流弊论》，《刘申叔先生遗书》，南京：凤凰出版社，1997年，第1441—1442页。

创造新字来翻译西学是当时较普遍的一种思路,但每一个译名都造一个新字也不现实。事实上,造新字基本上停留在倡议的层面,清末对西学名词术语的译介,仍不得不借助固有的汉字。除了严复寻绎古书的翻译实践外,采用来自日语的汉字借词(即当时所谓"新名词"),成为一种流行的选择。[1]但不论是选用古雅的文辞,还是相对粗浅的新名词,实际上都依赖固有的汉字,终究不能消除对"假借""丐词"之弊的疑虑。造新字和以汉字创制新词都不尽如人意,于是有人提出音译的方案。1910年,章士钊撰文讨论译名问题,分析音译和意译的利弊,结论是意译不如音译。他以英文 logic 为例,说明严复译的"名学"和日本人译的"论理学",所译皆非原名,而是原名之定义,仍需加以解释。此外意译之弊尚多,归根结底是汉字本身与西方语言枘凿难通所致,音译则可免于此弊,"吾国字体,与西方迥殊,无法采用他国文字,以音译名,即所以补此短也",音译唯一的缺点是读来生硬,"此种苦处,习之既久,将遂安之"。[2]

问题在于,用汉字来音译专名,不啻将汉字降低为纯粹表音的符号。既然如此,何不直接使用拼音文字来音译外来名词?1903年,直隶大学堂学生何凤华上书直隶总督袁世凯,陈请推广王照发明的官话合声字母,就考虑过这种可能性。他列举合声字母的好处,其中之一便是"画一名词以省脑力也":

---

[1] 这些词汇有一部分是早期中国士人和传教士新造的,但当时未在本土流行。它们传至日本后又从日本传回中国,作为"新名词"得到了更为广泛的使用。见马西尼:《现代汉语词汇的形成——十九世纪汉语外来词研究》,第39页。

[2] 章士钊:《论翻译名义》,《章士钊全集》第1卷,上海:文汇出版社,2000年,第450、453—454页。

今日中国不能不读西书以启文明。然若皆学西文然后始读西书,则能读西书者有几?势不能不取径于译本明矣。惟是译本之弊,有最易误人,即外国人名地名之名词是也。考近日之译本,其名词至为芜杂。……若用汉字,则同译一国之名词而南人北人所用之字又自不同。此今日中国译界中之极大缺陷也……曩者日本初译西书,亦尝患此,乃于明治三十五年十一月由其文部省颁其假名,拼成一定之音,不许移易,至今遂收较为画一之效。今中国宜师其成法,令所有新译诸书名词务须画一,不可移易,乃为有益。若仍以汉字为准,则南人、北人读法互异,难免参差之弊。今诚用此官话字母,口授甚捷,字形既统一,字音必无二致。[1]

按照这样的思路,汉字几乎没有存在的必要了。一种完全表音的"画一"(以北方官话为标准)的拼音文字,既能达到"言文一致"和"统一语言"的目的,收到普及教育、沟通上下的效果,又能毫不费力的转译外国名词,吸收先进文明,确实是一种理想的方案。1904年,蔡元培在带有乌托邦色彩的小说《新年梦》中,展望中国未来的文字,就很接近这一方案:"交通又便,语言又简,一国的语言统统画一了;那时候造了一种新字,又可拼音,又可会意,一学就会;又用者言文一致的文体著书印报,记的是顶新的学理,顶美的风俗。"[2]"会意"一词似乎为汉字保留了空间,但这种"言文一致"且能记载"顶新的学理"的新文字,

---

[1] 何凤华:《上直隶总督袁世凯书》,《清末文字改革文集》,第36页。
[2] 蔡元培:《新年梦》,《蔡元培全集》第1卷,杭州:浙江教育出版社,1997年,第435页。

显然是以拼音为主体的。

姑且不论可行性如何,设计和采用这种理想的文字,唯一需要付出的代价是割断与历史传统的联系。反过来说,如果甘愿付出这样的代价,即使是放弃汉语(历史文化本来主要寄寓于汉文而非汉语口语),直接选择某种西方语言也未尝不可。言文一致,统一语言,普及教育,输入新知,这些困扰清末语言改革运动的大问题,皆可以毕其功于一役的方式得到解决。下面我们将看到,以吴稚晖为代表的《新世纪》派,就把世界语作为解决中国语言问题的根本方案。

作为理想语言的世界语

世界语传入中国,最早可追溯至十九世纪末年。1905年,一位俄国人在上海开办了世界语讲习班,次年上海世界语学社成立。[1]这些活动基本上局限于世界语者内部,和清末的语言改革运动并无直接关系。首先把世界语和语言改革联系起来的,当属1907年在巴黎创刊的《新世纪》杂志。

1907年6月22日,李石曾、吴稚晖、张静江等在巴黎创办《新世纪》,刊物的名称取自法国无政府主义者让·格拉夫(Jean Grave)主编的同名杂志《新世纪》(*Les Temps Nouveaux*),实际上两个《新世纪》杂志的社址就在同一座楼里。[2]《新世纪》的创办得到了格拉夫的很多

---

[1] 侯志平主编:《世界语在中国一百年》,北京:中国世界语出版社,1999年,第47页。
[2] 张继:《张溥泉先生回忆录·日记》,台北:文海出版社有限公司,1985年,第8页;Peter Zarrow, *Anarchism in Chinese Political Culture* (New York: Columbia University Press, 1990), p.78.

支持。[1] 除了格拉夫,李石曾还与法国著名无政府主义者埃利赛·邵可侣(Elisée Reclus)的侄子、同为无政府主义者的保尔·邵可侣(Paul Reclus)熟识[2],格拉夫与埃利赛·邵可侣也有密切的交往,他们都致力于在法国传播克鲁泡特金的学说。

《新世纪》从第一期起,就在报头上印上"新世纪"的世界语译名 *La Novaj Tempoj*,可见从一开始编辑同仁就有提倡世界语的自觉。《新世纪》创办的时候,也正是世界语在法国蓬勃发展的时期。1887年柴门霍夫公布他的世界语方案之后,世界语主要是在俄国和东欧地区传播。不久由于沙皇政府的封禁,世界语运动的中心逐渐转移到法国。到1902年,法国的世界语俱乐部比其他任何一个国家都多[3],1905年8月在法国城市布伦召开了第一届世界语大会,1907年法国已经有了2900名世界语者。[4] 世界语吸引了一些法国知识分子,但是并没有材料证明法国无政府主义者对世界语有浓厚的兴趣,世界语运动主要仍局限在世界语者群体内部。[5]

在20世纪初期的法国,无政府主义和世界语如果有什么联系的话,那应该到法国本土的思想氛围中去寻找。简单地说,实证主义和进化

---

[1] 参见叶隽:《异文化博弈:中国现代留欧学人与西学东渐》,北京大学出版社,2009年,第127—128页。
[2] 邵可侣:《我所认识的李煜瀛先生》,黄淑懿译,《传记文学》第45卷第3期,1984年9月。
[3] Roberto Garvía, *Esperanto and Its Rivals: The Struggle for an International Language* (Philadelphia: University of Pennsylvania Press, 2015), p. 79.
[4] Peter G. Forster, *The Esperanto Movement* (Hague: Mouton Publishers, 1982), p. 79.
[5] Gotelind Müller 和 Gregor Benton 指出,世界语与无政府主义之间的关系在西方不像在中国这么紧密,西方的无政府主义者通常对语言问题不像东亚的无政府主义者那么感兴趣,见"Esperanto and Chinese anarchism, 1907‐1920: The translation from diaspora to homeland", *Language Problems & Language Planning* 30:1(2006).

论是当时主导法国思想界的潮流,它们给无政府主义和世界语都打上了很深的烙印。本来柴门霍夫创立的世界语并不仅仅是一门人工语言,一门帮助不同民族相互沟通的国际辅助语,而是包含着强烈的价值关怀。但法国世界语运动的代表人物德·波弗朗(de Beaufront)则坚持世界语只是一门纯粹的语言,主张以科学实用的态度使用世界语。[1]在法国当时的思想环境中,这种对工具论的语言观的强调不难理解。与此同时,克鲁泡特金和埃利赛·邵可侣也把自己的无政府主义学说建立在对科学的信念的基础上,在他们看来,无政府主义社会的到来是社会进化的必然结果,而这种进化的各个方面都受到科学的自然法则的支配。[2]

以李石曾和吴稚晖为代表的《新世纪》派接受了克鲁泡特金和埃利赛·邵可侣的无政府主义学说,同时也接受作为其理论基础的科学主义的进化论。[3]这种科学主义的进化论,为他们提出的以世界语解决中国语言问题的方案,提供了强有力的理论根据。克鲁泡特金和埃利赛·邵可侣都认为进化与革命属于同一个连续发展的过程,两者共同推动社会走向文明。[4]李石曾的《进化与革命》一文完全吸收了他们的观点:"革命即革去阻进化者也,故革命亦即求进化而已。"他以"文字进化与文字革命"为例,说明文字从象形表意发展到表音,是一

---

[1] Peter G. Forster, *The Esperanto Movement*, p. 74, p. 94.
[2] Peter Marshall, *Demanding the Impossible: A History of Anarchism* (New York: Harper Perennial, 2008), p. 17, p. 320, pp. 339-344.
[3] 一般来说,科学主义(scientism)认为所有的实在都从属于自然的秩序,惟有科学方法才能认识这种秩序的所有方面,并且科学本身就足以保证社会的不断进步和自我完善(见郭颖颐:《中国现代思想中的唯科学主义(1900—1950)》,雷颐译,南京:江苏人民出版社,1998年,第16—18页)。据此可以大致认定,科学主义的进化论构成了克鲁泡特金和埃利赛·邵可侣的无政府主义的理论基础。
[4] Peter Marshall, *Demanding the Impossible: A History of Anarchism*, p. 317, p344.

个与生物进化"同理"的必然趋向。[1] 语言等级论在十九世纪的欧洲盛行一时,进化论为它披上了科学的外衣。[2] 克鲁泡特金和埃利赛·邵可侣虽然没有正面讨论语言问题,但他们的理论可以很方便地用来论证"文字革命"的必要性,因为文字和其他事物一样,也受自然法则的支配,最合理最便利的文字将在优胜劣汰的竞争中获胜:"文字所尚者,惟在便利而已。故当以其便利与否,定其程度之高下。……于进化淘汰之理言之,惟良者存。由此可断言曰:象形表意之字,必代之以合声之字,此之谓文字革命。"[3] 以便利与否为标准的文字当然只是一种中性的工具,而就工具而言,表音的西方语言胜于表意的汉语,而人工设计的世界语又是西方语言中最新最精良者,于是世界语很自然地进入到关心中国语言改革的《新世纪》同人的视野中。

《新世纪》自创刊时起就对世界语表现出浓厚的兴趣,对当时在英国剑桥召开的第三届世界语大会有详细的报道。[4] 这种兴趣始终是和对中国语言改革运动的关切紧密联系在一起的。褚民谊指出由于言文分离,普通中国民众难以阅读汉文,因而造成国民缺少常识,养成崇仰旧说的思想习惯。拼音化不失为一种选择,"苟以中国文字尚为不便,则改他种文字之适于中国者,或径用万国新字亦可。总之,沟通常识,当以改良文字为一要着"。[5] 不难见出,褚民谊强调的是文字传达知识和思想——特别是来自西方的新学理——的能力,这也是

---

[1] 真(李石曾):《进化与革命》,《新世纪》第20号,1907年11月2日。
[2] 参见程巍:《语言等级与清末民初的"汉字革命"》,刘禾主编《世界秩序与文明等级:全球史研究的新路径》,北京:三联书店,2016年,第362—371页。
[3] 真(李石曾):《进化与革命》,《新世纪》第20号,1907年11月2日。
[4] 醒:《记万国新语会》,《新世纪》第10号,1907年8月24日。
[5] 民(褚民谊):《续好古之成见》,《新世纪》第30号,1908年1月18日。

《新世纪》同人的共同立场。另一位署名"醒"的作者基于同样的语言观,提出了更为明确和激进的观点,他认为"中西两文,相差过远,故西洋文明,不易输入",汉字既为"文明发达之阻力",则与其改用他种文字,不如径用最新最良之世界语:"苟吾辈而欲使中国日进于文明,教育普及全国,则非废弃目下中国之文字,而采用万国新语不可。"[1]清末语言改革运动中"普及教育"和"输入新知"之间的矛盾,能够且只能通过采用世界语得到解决。

吴稚晖是《新世纪》群体中思考语言问题最为深入系统的作者。他早年就曾发明过一种"豆芽字母",可以拼写乡音俗语,是拼音化运动的亲身参与者。[2] 吴稚晖对语言改革的设想是,第一步是以汉语为基础创造统一的语言,即"今日所谓简字切音字等";第二步为"讲求世界新学",至少须通一种西文,以便用音译的方法直接输入新名词:"所谓一切名词,与其穿凿译义,徒为晦拙,不若译音,而参核西文,尚有对照之功用";第三步是废弃汉文,直接采用和普及最优良的世界语。[3] 显然,吴稚晖不认为汉字和拼音文字能够承担"讲求世界新学"的任务,在他看来,"今日西洋尤较文明之事理,即西洋人自取其本国之文字为代表,尚再三斟酌而后定,通行甚久而后信。若欲强以中国文字相译,无人不以为绝难。故欲以中国文字,治世界较文明之事理,可以用绝对之断语否定之",即便是日本的新名词,与新文明也"多不密合"。[4]

---

[1] 醒:《续万国新语之进步》,《新世纪》第36号,1908年2月29日。
[2] 杨恺龄:《民国吴稚晖先生敬恒年谱》,台北:台湾商务印书馆,1981年,第19页。
[3] 燃(吴稚晖):《书驳中国用万国新语说后》,《新世纪》第57号,1908年7月25日。
[4] 燃(吴稚晖):《新语问题之杂答》,《新世纪》第44号,1908年4月25日;第45号,1908年5月2日。

最新的学理,只能用最新的世界语来表达。即便此时汉语一时不能废弃,亦要限制汉字的使用,"所有限制以内之字,则供暂时内地中小学校及普通商业上之应用;其余发挥较深之学理,及繁赜之事物,本为近世界之新学理新事物,若为限制行用之字所发挥不足者,即可掺入万国新语,以便渐掺渐多,将汉文渐废,即为异日径用万国新语之张本"。[1]

语言和学理之间的这种对应关系,建立在两个相互配合的理论前提上,首先是语言的工具论,即语言只是表达学理的工具,"文字者不过代表学理之符号","不过器物之一"[2],"文字为语言之代表,语言又为事理之代表"[3];再者,语言和学理同属于一个普遍的进化过程,当世界进化到科学昌明的"新世纪"时,旧语言和旧学理都必将归于淘汰,"万国新语"和新学理将取而代之,这是无政府主义学说给吴稚晖的启示。在这样一种世界观中,历史传统是没有地位的,或者只有作为野蛮时代的遗留物"屏诸古物陈列院"的资格。[4]

吴稚晖和《新世纪》群体废弃汉语采用世界语的激进主张,引起了国粹派阵营中的章太炎的激烈批评。章太炎基于语言民族主义的立场,讽刺《新世纪》作者歆羡西人,以"不得蜕化为大秦晳白文明之族"为恨,其"欲绝其文字,杜其语言,令历史不燔烧而自断灭,斯民无感怀

---

[1]《编造中国新语凡例——"以能逐字翻译万国新语为目的"》文后"燃"(吴稚晖)按语,《新世纪》第40号,1908年3月28日。
[2] 吴稚晖:《书神州日报东学西渐篇后》,《吴稚晖全集》第5册,台北:中国国民党中央委员会党史史料编纂委员会,1969年,第49、60页;
[3] 燃(吴稚晖):《新语问题之杂答》。
[4]《编造中国新语凡例——"以能逐字翻译万国新语为目的"》文后"燃"(吴稚晖)按语。

邦族之心亦宜"。[1]《新世纪》对本民族历史文化确实持否定的态度，但与其说是因为崇拜西洋，不如说是出于一种普遍主义的信念。《新世纪》群体所拥抱的新学理本身是超越国界的普遍真理："吾辈只问公理是非，断不论种界国界也。"[2]他们甚至针对"国粹"一词提出"公粹"的概念："所以国粹者，直即自画之代名词。故今之科学，无论言理则名数质力，言事则声光化电，皆为前民利用，开物成务之要素，真为人类进化之公粹。"[3]意在用普遍的科学抽空"国粹"的历史文化内涵。

更深一层来看，普遍主义的信念中也包含着对民族危机的体认。1910年，吴稚晖在给友人的一封信中说，"弟近日随在感觉，益认近百年来人类之进步，乃人类开化之时期已到，自然应有之进步，决非关系于东洋与西洋"[4]，他把十九世纪作为"新文明"和"旧文明"的分界，"在旧文明空气中者，而行动言论，其较近之状态，东西亦将无不同"[5]，暗示西方过去亦较落后。这种以普遍的"文明"概念来淡化和消解中西对比的做法，实际上是以普遍主义来疗治中国事事落后（语言文字其一端也）引发的民族主义焦虑。只要与自身落后的历史传统告别，成为普遍的新文明的一部分，中国在世界上的地位自然就会提升到与西方同样的水平。这样一种心理机制表明，《新世纪》接受欧洲的无政府主义学说，仍是用来解决中国面临的困境，就像他们采用世

---

[1] 章太炎：《规新世纪（哲学及语言文字二事）》，《民报》第24号，1908年10月10日。
[2] （李石曾）：《答CHEE氏》，《新世纪》第3号，1907年7月6日。
[3] 夷：《致爱新觉罗载沣书》，《新世纪》第99号，1909年5月29日。
[4] 吴稚晖：《致陆尔奎函》（1910年6月25日），《吴稚晖全集》第2册，第9页。
[5] 吴稚晖：《胐庵客座谈话》，《吴稚晖全集》第2册，第317页。

界语,也是要解决中国的语言问题一样。

在欧洲的语境中,克鲁泡特金一派的无政府主义理论,确实内在地包含着普遍主义的面向,但这种普遍主义并没有反传统反历史的色彩。恰恰相反,克鲁泡特金本人对社会进化的认识,是以他对欧洲历史的理解为依据的。[1] 同样,欧洲的世界语运动也从未将民族语言视为竞争的对手,1905年布伦大会上通过的《世界语主义宣言》明确表示世界语"不干涉各国人民的内部生活,也毫不企图排斥现存的各种民族语"[2],世界语的竞争对手是如沃拉普克语(Volapük)和伊斗语(Ido)这样的同为人造语言的国际辅助语。[3] 只有放到中国近代语言改革运动的历史脉络中,我们才能理解世界语之于《新世纪》群体的重要意义,理解他们看似荒诞的主张包含的合理性。

章太炎的语言民族主义

作为国粹派的代表人物,章太炎对《新世纪》提出的激进的语言方案进行了深刻而系统的批判。[4] 他比其他任何国粹派人物都更为明

---

[1] Peter Marshall, *Demanding the Impossible: A History of Anarchism*, p. 17. 有趣的是,李石曾并不掩饰他对克鲁泡特金"好古之成见"的批评,认为他"旧学过深",实为弱点,见真(李石曾)译克鲁泡特金《续国家及其过去之任务》按语,《新世纪》第81号,1909年1月23日。

[2] 普里瓦:《世界语史》,张闳凡译,北京:知识出版社,1983年,第101页。

[3] 参见 Roberto Garvía, *Esperanto and Its Rivals: The Struggle for an International Language*.

[4] 关于章太炎和《新世纪》围绕世界语的论争,学术界已有不少研讨,参见罗志田:《清季围绕万国新语的思想论争》,《近代史研究》2001年第4期;林义强「「万国」と「新」の意味を问いかける:清末国学におけるエスペラント(万国新语)论」、「东洋文化研究所纪要」2005年第147册;彭春凌:《以"一返方言"抵抗"汉字统一"与"万国新语"——章太炎关于语言文字问题的论争(1906—0911)》,《近代史研究》2008年第2期。

确而坚定地坚持一种语言民族主义的立场,强调历史中形成的语言文字是界定民族和国家之特性的核心要素。"夫国于天地,必有与立,所不与他国同者,历史也,语言文字也,二者国之特性,不可失坠者也"[1],这是章太炎终身秉持的观点。他认为"提倡国粹"的意义"只是要人爱惜我们汉种的历史",这个历史所包含的内容,第一项就是语言文字。[2]

但章太炎并没有因为他的语言民族主义立场就回避清末语言改革的问题,只是他的思考方法非常独特。针对汉语言文分离的现状,章太炎不是寻求创制一种拼切口语的拼音文字,而是以他深厚的小学功底,在散落民间的方言口语中发现了可与历史典籍相印证的"古义":"一返方言,本无言文歧异之征,而又深契古义。"[3]在章太炎看来,方言并非拼音化论者眼中的浅白土语,而是被遗落和废弃的古代文辞在口语中的遗留。"一返方言"不仅解决了"言文一致"的问题,同时也为应对汉语在西学冲击下所面临的危机提供了思路。章太炎深切地认识到汉语在面对西学时所承受的巨大压力:"今日与异域互市,械器日更,志念之新者日櫱,犹暖暖以二千名与夫六万言相角,其寠便既相万,及缘傅以译,而其道大穷"[4],要翻译引入西学,汉语现有的字词实在捉襟见肘。对于时人提出的造新字等方案,他也并不反对:

---

[1] 诸祖耿:《记本师章公自述治学之功夫及其志向》,《追忆章太炎》(修订本),北京:三联书店,2009年,第69页。
[2] 章太炎:《在东京留学生欢迎会上之演讲》,《章太炎全集·演讲集(上)》,上海人民出版社,2015年,第8页。
[3] 章太炎:《论汉字统一会》,《章太炎全集·太炎文录初编》,上海人民出版社,2014年,第333页。
[4] 章太炎:《订文第二十二》,《章太炎全集·訄书初刻本》,上海人民出版社,2014年,第46页。

"近来学者,常说新事新物,逐渐增多,必须增造新字,才得应用。这自然是最要,但非略通小学,造出字来,必定不合六书规则。至于和合两字,造成一个名词,若非深通小学的人,总是不能妥当。"[1]所谓"和合两字,造成一个名词",当指从日本引入的新名词。不管是造新字还是创新词,都需要"通小学",需要对汉语的历史有深刻的理解,这已经见出章太炎作为汉学正统传人的本色。而他更为独到的想法,是启用故籍中废弃的文辞,这甚至是第一选择,其次才是创新名造新字,"今之有物无名、有意无词者,寻检故籍,储材不少,举而用之,亦犹修废官也。必古无是物、古无是义者,然后创造,则其功亦非难举矣"[2],"顷岁或需新造,寻检《苍》、《雅》,则废语多有可用为新语者"。[3]而这些"废语",很多正赖方言而得以保存。[4]于是,通过"一返方言",章太炎将"言文一致"与"输入新知"这两个看似无法兼顾的方面统合了起来。

章太炎从故籍废语中寻找应对语言危机的办法,显出他对本民族历史文化的活力和可能性的信心。[5]但首先并非每个人都有章太炎这般的小学修养,再者他的设想落实起来也困难重重。从功利的角度看,直接采用西方语言和最新的世界语,当然是输入新知最便捷的手段,为此即便放弃汉语亦在所不惜,而这正是章太炎极力反对的。针

---

[1] 章太炎:《在东京留学生欢迎会上之演讲》,《章太炎全集·演讲集(上)》,第9页。
[2] 章太炎:《订文第二十二》,《章太炎全集·訄书初刻本》,第47页。
[3] 章太炎:《订文第二十五》附《正名杂义》,《章太炎全集·訄书重订本》,上海人民出版社,2014年,第230页。
[4] 关于章太炎以"方言"打通"废弃语"进入"新造语"之渠道的策略,参见彭春凌:《以"一返方言"抵抗"汉字统一"与"万国新语"——章太炎关于语言文字问题的论争(1906—0911)》。
[5] 关于章太炎语言文字论说中表现出的"历史民族"观念,参见王风:《章太炎语言文字论说体系中的历史民族》,载《世运推移与文章兴替——中国近代文学论集》,北京大学出版社,2015年。

对《新世纪》的论述,章太炎于1908年先后作《驳中国用万国新语说》、《规新世纪》两文痛加驳斥。

如果说《新世纪》群体的最终指向是通过采用世界语使中国融入新文明,章太炎的出发点则始终在保存汉民族语言自身的特性。他不否认汉语在译介西学时面临诸多困难,但始终强调以本民族语言为本位,"以汉语译述者,汉人也,名从主人,号从中国。他方人、地,非吾所习狎者,虽音有奢侈,何害?","语言之用,以译他国语为急耶?抑以解吾故有之书为急耶?"[1]他批评《新世纪》派"徒知以变语求新学,令文化得交相灌输,而不悟本实已先拨"[2],新学未求得,先已丧失了自家的根基。面对《新世纪》废弃汉语的激进主张,章太炎不得不将输入新学创造新语之事置于次要的位置,极力维护汉语作为民族语言的地位。在他看来,语言文字首先"其职在宣情应务,非专为学术计",汉语在表达学理的术语上或有所欠缺,但日常的"恒言"则完备,而"恒言"才是语言得以自我更新和发展的基础,"若令恒言不具,则其语无自孳生,斯朝夕不周于事已"。[3]

章太炎反对吴稚晖将语言视为表达学理的中立工具的观点,指出语言是植根于民族精神文化的人事的表现:"文字者,语言之符号,语言者,心思之帜,虽天然言语,亦非宇宙间素有此物,其发端尚在人为,故大体以人事为准。人事有不齐,故言语文字亦不可齐。"[4]正因为语言以纷繁复杂的人事为准,故重在分别而不是齐一,"声繁则易别而

---

[1] 章太炎:《驳中国用万国新语说》,《章太炎全集·太炎文录初编》,第360、368页。
[2] 章太炎:《规新世纪(哲学及语言文字二事)》,《民报》第24号,1908年10月10日。
[3] 章太炎:《规新世纪(哲学及语言文字二事)》。
[4] 章太炎:《规新世纪(哲学及语言文字二事)》。

为优,声简则难别而为劣"[1],汉字虽是象形表意文字,但汉语声音之繁多则非西方语言所能比拟,章太炎由此否定了《新世纪》派以表音文字胜于象形表意文字的进化论。

科学主义的进化论是《新世纪》派所接受的无政府主义的理论基础,章太炎则立足于他的在差异性中寻求平等("不齐而齐")的齐物哲学[2],对这一理论基础展开了深刻的批判。他批评《新世纪》一派的无政府主义者错误地以"科学"来规范"人事","彼所谓科学者,则诊察物形,加以齐一而施统系之谓。抑万状之纷纭,固非科学所能尽理",在他看来,"无政府主义,本与科学异流,亦与哲学异流,不容假借其名以自尊宠","以科学牢络万端,谓事事皆可齐一,譬犹献芥而及薗也"。[3] 由此可见,章太炎和《新世纪》派在立说的前提上就处在对立的位置上,章太炎根本不承认存在着一个受科学原则支配的普遍的进化过程,更不会相信这个过程能够进化出最先进的语言,可以替代其他语言成为统一的"世界语"。

事实上,章太炎并不反对世界语本身,世界语作为一种国际交流的辅助语言自有其价值,"学之以为驿传取便交通亦可也"[4],他反对的是废弃民族语,用世界语来统一世界。这里不妨以与章太炎交往密切的刘师培为例,看清末知识分子鼓吹世界语的另一种眼光。[5] 如

---

[1] 章太炎:《驳中国用万国新语说》,《章太炎全集·太炎文录初编》,第358页。
[2] 参见汪晖:《现代中国思想的兴起》下卷第一部《公理与反公理》,北京:三联书店,2004年,第1093—1100页。
[3] 章太炎:《规新世纪(哲学及语言文字二事)》。
[4] 章太炎:《规新世纪(哲学及语言文字二事)》。
[5] 关于刘师培与世界语运动,参见张仲民:《世界语与近代中国知识分子的世界主义想象——以刘师培为中心》,《学术月刊》2016年第4期。

前所述,刘师培早年也曾提出以"创新字"来输入新学,到了1908年前后,或许是因为加入到国粹派的阵营之中,他的观点发生了一些变化,转而强调汉字固有的价值:"今人不察,于中土文字,欲妄造音母,以冀行远。不知中土文字之贵,惟在字形。"此时他也为世界语所吸引,并且接受了无政府主义的影响,但他作为国粹派的基本立场,使得他不可能像《新世纪》派那样对本民族历史文化持激烈的否定态度,反而提出用世界语来向世界推广"中土文字",发扬"国光"的新异思路。[1]刘师培也强调世界语是输入西学之利器,但与《新世纪》派不同的是,他认为世界语亦有助于保存国学,理由是世界语学起来较英法文为省力,故能节省学外语的时间,不致荒废国学。[2]在刘师培那里,输入新知和保存国粹并不冲突,故世界语和汉语亦可并行不悖。世界语是用来统一世界的语言,但包括中国在内的各民族仍可保留自己习惯的语言文字。[3]

或许是因为刘师培这种折衷的态度,章太炎在驳斥《新世纪》采用世界语的主张时并未牵扯刘师培。但章太炎与刘师培在语言观念上也有重大的差别,从根本的理论立场上来看,章太炎不承认语言有人为加以统一的必要。他不仅反对用世界语来统一各国的语言,对创立统一的中国共同语也不免有所迟疑。章太炎的语言民族主义中的"民族",是在历史中自然形成的"历史民族",它既有依托一致的文字体系而保持相对稳定的一面,同时也因人事地域的纷歧而保留了方言土语

---

[1] 刘师培:《论中土文字有益于世界》,李妙根编《刘师培辛亥前文选》,上海:中西书局,2012年,第400页。
[2] 刘师培:《劝告中国人士宜速习世界新语》,《刘申叔遗书补编》下册,扬州:广陵书社,2008年,第1242—1243页。
[3] 刘师培:《ESPERANTO词例通释》,《刘申叔遗书补编》下册,第1012页。

和表达形态的丰富的差异性。[1]前者是民族得以形成的前提之一，后者则是民族内在性情和精神之"不齐"的表现。就章太炎的齐物哲学而论，毋宁说他更看重后者，故他在《驳中国用万国新语说》的开篇即针对《新世纪》对"汉文纷杂，非有准则"的指责，表示"风律不同，视吾土之宜，以分其刚柔侈敛，是故吹万不同，使其自已，前者唱喁，后者唱于，虽大巧莫能齐也"[2]，言语之不齐实由"吾土"决定。汉语不仅有方言土语的差异，亦随体制和功用而表现出不同的形态，故"有通俗之言，有科学之言，此学说与常语不能不分之由"，"有农牧之言，有士大夫之言，此文言与鄙语不能不分之由"。[3]在作为民族语言的汉语的内部，章太炎希望能够最大限度地容纳差异性和多样性。

但是创造统一的全民族共同语是现代国家建设的必然要求，章太炎无法回避这一点。所以他在与《新世纪》论战的同时，又提出"今之务在乎辑和民族，齐一语言，调度风俗，究宣情志"[4]，看似与他的固有主张相矛盾，实为不得已之妥协。章太炎的"齐一语言"实际上只是统一语音，即为每个汉字确立标准的读音（"定音"），切音字只是一种表音的音标，其作用"只在笺识字端，令本音画然可晓，非废本字而以切音代之"，可见章太炎反对在通行的口语基础上另外创制一套与汉字平行的拼音文字。他自己改订反切的纽文韵文，也创立了一套切音

---

[1] 参见王风：《章太炎语言文字论说体系中的历史民族》，《世运推移与文章兴替——中国近代文学论集》，第50—52页。又见张志强：《一种伦理民族主义是否可能？——论章太炎的民族主义》，章念驰编《章太炎生平与学术》，上海人民出版社，2016年。
[2] 章太炎：《驳中国用万国新语说》，《章太炎全集·太炎文录初编》，第353页。
[3] 章太炎：《订文第二十五》附《正名杂义》，《章太炎全集·訄书重订本》，第217页。
[4] 章太炎：《代议然否论》，《章太炎全集·太炎文录初编》，第316页。

的符号[1],成为后来注音字母的雏形。

有趣的是,吴稚晖也对注音字母的采用做出了贡献。民国成立后,1913年2月,教育部组织的读音统一会开会,选吴稚晖为议长,审定国音(即汉字的标准读音),因会中章门弟子的推动,决定采用章太炎的方案并加以修改,定名为"注音字母"。[2]语言学家周有光认为,从清末拼音化运动的拼切口语,到民国初年的标注读音,实为语言改革运动的倒退。[3]章太炎和吴稚晖皆在这个过程中扮演了重要角色,他们虽然观点针锋相对,但都对创制拼音文字不感兴趣。在章太炎这里,是对"齐一语言"的接受只能妥协到统一语音这个程度;而对吴稚晖来说,因废弃汉语一时不能做到,世界语不能马上取而代之,为方便起见,暂且用汉字注音的方法来统一国语,"汉语将无须取必于久传。既如此,汉语正可姑寄于汉字,加以注音,便用于一时,徐待蝉蜕,不必更费改造音字之劳力"[4],故纯粹为临时的过渡手段。两人各让一步,共同推进了注音字母的采用和实行,揭开了民国初年国语运动的序幕,也是一件令人称奇的事。

废弃汉字与文化批判

章太炎和《新世纪》围绕世界语的论争发生在海外,值得一提的是,此时世界语已经开始在国内传播,上海成为世界语运动的中心。

---

[1] 章太炎:《驳中国用万国新语说》,《章太炎全集·太炎文录初编》,第366页。
[2] 黎锦熙:《国语运动史纲》,第126页。
[3] 周有光:《汉字改革概论》,北京:文字改革出版社,1961年,第36页。
[4] 吴稚晖:《读音统一会进行程序》,《吴稚晖全集》第5册,第113页。

1906年成立的上海世界语学社,宣称学习世界语可"广览西籍以扩见闻"。[1] 1912年,民国成立后,上海世界语学社改组为中华民国世界语学会,运动颇为活跃,积极宣传世界语有助于灌输欧美科学和世界新知的观念。[2] 中国世界语者虽没有直接介入语言改革运动,但在把世界语作为输入新学的工具方面,却与《新世纪》派不谋而合。当时担任教育总长的蔡元培,也大力支持世界语事业,曾在任上于教育部内设世界语传习所,并拟在外国语学校和师范学校中开设世界语课程,他亦看重世界语"介绍各国现今最新之学说"的作用。[3]

1917年1月,蔡元培就任北大校长,延聘陈独秀为文科学长,《新青年》编辑部随后搬到北京。与此同时,蔡元培在文科各系开设世界语讲习班,邀请世界语学会会长孙国璋来校讲授。后来又组织北大世界语研究会,推行可谓不遗余力。一时间世界语的气氛在北大极为浓厚。[4] 世界语也成了《新青年》关注的话题,从1917年6月第3卷第4号,到1919年4月第6卷第4号,《新青年》上关于世界语的讨论差不多持续了两年。[5]

这场论争另外一个不可忽视的背景是民国初年的国语运动。1913年读音统一会闭会后,因政局动荡,注音字母迟迟未能公布。1916年10月,教育部成立了国语研究会,宗旨是"研究本国语言,选定

---

[1]《上海世界语学社启》,《申报》1909年3月24日,第3张第4版。
[2] 参见余露:《清季民初世界语运动中的"世界"观念》,《学术研究》2015年第3期。
[3] 蔡元培:《在世界语学会欢迎会上的演说词》,《蔡元培全集》第2卷,第195—196页。
[4] 参见侯志平主编:《世界语在中国一百年》,第353页;傅振伦:《五四以后之北大世界语宣传运动》,陈平原、夏晓虹编《北大旧事》,北京:三联书店,1998年。
[5] 关于这场论争的大致经过,见周质平:《语言的乌托邦——从世界语到废灭汉字》,《现代人物与文化反思》,北京:九州出版社,2013年,第256—261页。

标准,以备教育界之采用"。[1] 所谓"标准",当指读音统一会确定的标准的"国音"。然而国语运动不能只停留在确定标准读音的层面上,最终目的是要创立言文一致的可说可写的统一语言。由于拼切口语的拼音文字已经被排除在考虑之外,国语统一只能仰仗书面的汉字汉文,所以国语研究会的章程明确指出,"语言之必须统一,统一之必须近文,断然无疑矣"。[2]

恰逢此时,胡适开始在《新青年》鼓吹白话文学,掀起了一场新的白话文运动。这种新的白话文,正可用来充当国语运动所需要的"近文"的书面语言。它不像晚清的白话文运动中使用的贴近口语的白话文,而是可用来表达新思想新学理的新体白话文。[3] 晚清以降原先在文言系统中使用的诸多新名词新术语(主要仍是来自日本的汉字借词),现在开始融入到白话中。至少从理论上说,"五四"白话文的出现打破了晚清拼音文字或白话文与书面文言两分的格局,有可能将"普及教育"与"输入新知"这两个方面统合起来,再加上标准"国音"的确立,理想的"言文一致"的统一国语确实是呼之欲出了。

然而,在《新青年》上关于世界语的争论中,清末语言改革运动中就提出来的汉字能否承担输入新学的使命这一问题又被重新提出来了。为世界语辩护甚力的钱玄同,主张采用世界语的一个重要理由,就是"外国人名、地名及学术上专门名词之无从译义者",可用世界语

---

[1] 黎锦熙:《国语运动史纲》,第134页。
[2]《中华民国国语研究会暂定章程》,《新青年》第3卷第1号,1917年3月1日。
[3] 参见严家炎:《"五四"新体白话的起源、特征及其评价》,《中国现代文学研究丛刊》2006年第1期。

划一之。[1] 他认为"固有的汉字,固有的名词,实在不足以发挥新时代之学理事物",无论是造新字,造新名词,或用汉字来音译,固有的汉字都不敷应用。[2] 要使国语能够表达新学理,应该搀入世界语:

> 近世之学术名词,多为我国所无,即普通应用之新事物,其新定之名词,亦多不通,——如自来火,洋灯,大菜之类,——诚欲保存国语,非将欧洲文字大大搀入不可;惟搀入之欧洲文字,当采用何国乎? 是一至难解决之问题也。鄙意 Esperanto 中之学术名词,其语根即出于欧洲各国,而拼法简易,发音有定则;谓宜采入国语,以资应用。此为玄同提倡 Esperanto 唯一之目的。

钱玄同视世界语为输入新学的利器,同样基于语言的工具论的观点:"玄同以为文字者,不过一种记号;记号愈简单,愈统一,则使用之者愈便利"。世界语言的统一是进化大势所趋,世界语为将来人类公有的优良语言,可无疑义。[3] 语言的工具论和进化论,基本上沿袭自《新世纪》的论述,实际上钱玄同在论争中多次直接引用《新世纪》的观点,给以高度评价,并曾托蔡元培代购全套的《新世纪》,称其为"一极有价值之报"。[4]

同为《新青年》编辑和北大教授的陶孟和,却对世界语持否定态

---

[1] 《通信》(钱玄同致陈独秀),《新青年》第3卷第4号,1917年6月1日。
[2] 《通信·中国今后之文字问题》(钱玄同致陈独秀),《新青年》第4卷第4号,1918年4月15日。
[3] 《通信·Esperanto》(钱玄同致陶孟和),《新青年》第4卷第2号,1918年2月15日。
[4] 钱玄同1917年1月11日日记,杨天石主编《钱玄同日记(整理本)》上册,北京大学出版社,2014年,第300页。

度。他有感于世界语在青年学子中的风行,以及蔡元培和钱玄同等人的鼓吹,质疑以世界语表达中国人思想感情的可能性:

> 夫一种之言语,乃一种民族所藉以发表心理传达心理之具也,故一民族有一民族之言语。而其言语之形式内容各不相同,语法有异,而所函括之思想观念亦复不齐。盖各民族之言语,乃天然之言语,各有其自然嬗变之历史,故言语乃最能表示民族之特质者也。吾师哈蒲浩,尝谓英法德三国哲学家典籍,皆当读其原文。否则无由捉摸其真义。理想如此。感情更无论矣。……世界语既无永久之历史,又乏民族之精神。……一国民之思想感情,必非可以人造的无国民性的生硬之语言发表而传达之也。[1]

陶孟和的观点与章太炎如出一辙,都持一种语言民族主义的立场。他未必直接受章太炎的影响,实际上自1830年代以来,在浪漫主义的影响下,语言民族主义构成了欧洲民族主义思潮中非常重要的一部分。[2] 章太炎的语言民族主义或许通过日本而间接源自欧洲亦未可知。陶孟和早年在英国伦敦大学师从哈蒲浩(Leonard Trelawny Hobhouse,现通译为霍布豪斯)学习社会学,哈蒲浩在其《自由主义》一书中就强调英国是一个由共同的语言和历史联结在一起的统一体。[3] 陶孟和的语言观应该得自他的老师。与章太炎不同的是,陶

---

[1]《通信》(陶孟和致陈独秀),《新青年》第3卷第6号,1917年8月1日。
[2] 参见埃里克·霍布斯鲍姆:《民族与民族主义》,李金梅译,上海人民出版社,2000年,第112页。
[3] 霍布豪斯:《自由主义》,朱曾汶译,北京:商务印书馆,2005年,第64页。

孟和并不反对进化论,他也同意"将来之世界,必趋于大同",但不认为大同世界需要一种统一的语言。

陈独秀批评陶孟和说:"足下轻视世界语之最大理由、谓其为人造的而非历史的也。仆则以为重历史的遗物、而轻人造的理想、是进化之障也。语言其一端耳。"[1]"重历史的遗物、而轻人造的理想、是进化之障也"一语,亦为钱玄同所首肯。[2] 表面上看,这句话所表达的观点,与《新世纪》拥抱先进文明否定历史传统的逻辑并无二致,但细致分析起来,两者却有重要的差异。《新世纪》对历史的否定,是基于一套无政府主义的"公理",它以科学主义的进化论为前提,预先就决定了中国的历史传统天然归于淘汰的命运。出于对自己信奉的这套"公理"的信心,《新世纪》的进化论充满了乐观主义精神。[3] 而钱玄同和陈独秀的进化论并没有那么强烈的科学主义色彩,对他们来说,不能指望传统自动地退出历史舞台,必须付出努力才能克服历史传统给进化造成的障碍。实际上,《新青年》所做的重要工作,就是对旧文学、旧政治和旧伦理等传统不懈地加以攻击,古老的汉字也是批判的对象。

这种对传统自觉地加以批判的意识,使得钱玄同和陈独秀的语言观表现出比简单的工具论更为复杂的面向。1918年4月,钱玄同在给陈独秀的通信中,明确提出"废汉文"的主张,除了"中国文字,衍形不衍声,以致辨认书写,极不容易,音读极难正确"和"固有的汉字,固有的名词,实在不足以发挥新时代之学理事物"这两条基于工具论的理

---

[1]《通信》(陈独秀答陶孟和),《新青年》第3卷第6号,1917年8月1日。
[2]《通信·Esperanto》(钱玄同致陶孟和),《新青年》第4卷第2号,1918年2月15日。
[3] Peter Zarrow, *Anarchism in Chinese Political Culture*, p. 99.

由外，还有一个更重要的原因，便是汉字浸透了陈旧野蛮的伦理道德，"中国文字，自来即专用于发挥孔门学说及道教妖言"，故"欲废孔学，不可不先废汉文"。由于汉字受到旧文化的污染，连带如"共和"、"伦理学"这样的新名词也很容易被附会上荒谬的思想。这就不只是汉字不足以表达新学理的工具问题了。钱玄同最后的结论是，"欲使中国不亡，欲使中国民族为二十世纪文明之民族，必以废孔学，灭道教为根本之解决，而废记载孔门学说及道教妖言之汉文，尤为根本解决之根本解决"，语气极为斩截。[1] 至于废弃汉文之后的选择，自然是世界语。

汉字既与传统为一体，那就不只是纯粹中立的工具了。孟庆澍正确地指出，在钱玄同看来，"汉字不仅是单纯的语言工具，而且是符号化的传统意识形态"。[2] 这不只是钱玄同一个人的看法，陈独秀亦表示赞同："中国文字，既难传载新事新理，且为腐毒思想之巢窟，废之诚不足惜。"[3] 钱玄同和陈独秀都引吴稚晖早年"中国文字，迟早必废"之说为支援，但他们把汉字作为文化批判的对象的思路，和吴稚晖基于科学主义的进化论得出的结论，貌同心异。[4]

---

[1]《通信·中国今后之文字问题》（钱玄同致陈独秀），《新青年》第 4 卷第 4 号，1918 年 4 月 15 日。

[2] 孟庆澍：《"用石条压驼背"的医法——无政府主义与钱玄同的激进主义语言观》，《中国现代文学研究丛刊》2005 年第 2 期。

[3]《通信·中国今后之文字问题》（陈独秀答钱玄同），《新青年》第 4 卷第 4 号，1918 年 4 月 15 日。

[4] 张全之在《从〈新世纪〉到〈新青年〉：无政府主义与五四文学革命》（《中国现代文学研究丛刊》2005 年第 5 期）一文中，指出《新世纪》杂志在语言革命方面开《新青年》之先声，未注意到两者相似的观点内在逻辑上的差异。桑兵亦指出，钱玄同的汉字革命观点，除了针对民初的时势，提出"欲废孔学，不可不先废汉文，欲驱除一般人的野蛮的顽固的思想，尤不可不先废汉文"这一条外，其余各条"大体是延续清季以来的成说"（见《文与言的分与合——重估五四时期的白话文》，《社会科学战线》2010 年第 10 期），恰恰是"新增的这一条理由"非常重要，体现了民初新文化运动和清末无政府主义思潮的根本差异。

值得玩味的是,钱玄同的这种思想文化植根于语言之中的意识,其实更接近他的老师章太炎的思考。只是章太炎从正面肯定汉文作为民族精神和历史文化之结晶的意义,钱玄同却对汉字所体现的文化传统持否定的态度,这或许可称为逆向的语言民族主义。它所包含的自我否定的取向招致了任鸿隽语带讥讽的非议:"吾国的历史,文字,思想,无论如何昏乱,总是这一种不长进的民族造成功了留下来的。此种昏乱种子,不但存在文字历史上,且存在现在及将来子孙的心脑中。所以我敢大胆宣言,若要中国好,除非人(引者按:疑为'使')中国人种先行灭绝! 可惜主张废汉文汉语的,虽然走于极端,尚是未达一间呢!"任鸿隽认为废弃本民族的历史文化是不现实的,而在钱玄同看来,铲除"昏乱"的"历史,文字,思想",乃是中国走向进步的必由之路。[1]

同为章太炎弟子的鲁迅,也从文化批判的角度得出了汉字应废的结论。1919年1月,他在给许寿裳的信中说:"中国古书,叶叶害人,而新出诸书亦多妄人所为,毫无是处。……汉文终当废去,盖人存则文必废,文存则人当亡,在此时代,已无幸存之道。"至于废去汉文后采用何种语言文字,鲁迅并未明言。[2]有一点可以肯定,鲁迅基于对"人类将来总当有一种共同的言语"的朴素信念,是赞成世界语的。但他同时提醒:"学 Esperanto 是一件事,学 Esperanto 的精神又是一件事。——白话文学也是如此——倘若思想照旧,便仍然换牌不换货。"[3]显然,鲁迅反对把世界语当作单纯的语言,如果世界语只是一种工具,那它照样可以表达旧的思想,这种把语言及其内在的"精神"

---

[1]《通信·新文学问题之讨论》,《新青年》第5卷第2号,1918年8月15日。
[2]《190116 致许寿裳》,《鲁迅全集》第11卷,北京:人民文学出版社,2005年,第369页。
[3]《通信·渡河与引路》(鲁迅致钱玄同),《新青年》第5卷第5号,1918年11月15日。

紧密地联系起来的观点,和他对汉文所做的历史文化批判,逻辑上是一致的。

在《新青年》上围绕世界语的讨论中,胡适的意见别具一格。他并不赞成世界语,明确表示"心里是很赞成陶孟和先生的议论的",强调"语言文字的问题是不能脱离历史进化的观念可以讨论的"。[1] 把语言视为历史的产物是他与陶孟和观点一致的地方,但胡适对语言文字的看法在根本处与陶孟和的语言民族主义观念其实有很大的距离,他基本上持一种工具论的语言观。只是在胡适看来,作为工具的语言不能像世界语那样人为地制造,而是在历史中自然形成并不断向前进化的。这就决定了他的历史进化论也不同于吴稚晖的科学主义的进化论。在后者那里,旧的粗劣的语言(汉语)自然淘汰,新的优良的语言(世界语)取而代之,但对胡适来说,进化是在历史中形成的汉语自身的进化,汉语的书写语言会从文言文进化白话,从白话文进化到拼音文字[2],汉语作为工具的应用能力会越来越强,但汉语本身却不会消失。从工具论和历史进化论的视野出发,胡适把旧的文言视为"死文字"加以否定,但没有触及汉字与民族精神和文化传统之间内在的共生关系。

改造国语与建设文化

汉字既因为自身作为工具的粗劣和与传统文化的内在关系而受到批判和否定,是不是只能用世界语取而代之呢? 因为采用世界语不

---

[1]《通信·反对 Esperanto》(胡适复朱有畇),《新青年》第5卷第4号,1918年10月15日。
[2]《通信·中国今后之文字问题》(胡适按语),《新青年》第4卷第4号,1918年4月15日。

仅意味着放弃汉字,还意味着放弃汉语。当钱玄同提出废汉文采用世界语的时候,陈独秀就意识到了这个问题:"惟仅废中国文字乎?抑并废中国言语乎?"从原理上说,废汉语并无不可,只是一时难以做到,"当此过渡时期,惟有先废汉文,且存汉语,而改用罗马字母书之"。这一策略也得到了胡适的认可。[1]

钱玄同废汉文采用世界语的激进主张,使得拼音化这一在民初国语运动被放弃的选择,在《新青年》上又重新成为讨论的话题。其实钱玄同并非没有注意到拼音化的方案,但在他看来,注音字母完成统一读音的工作尚须时日,"又中国文言既多死语,且失之浮泛,而白话用字过少,文法亦极不完备;欲兼采言文,造成一种国文,亦大非易事。……言文音读不统一,即断难改用拼音"。当时"五四"新体白话文尚在成形阶段,钱玄同对国语的未来前景很不看好。更重要的是,即使这些问题能够解决,"汉字竟能完全改用拼音;然要请问:新理、新事、新物,皆非吾族所固有,还是自造新名词呢?还是老老实实写西文原字呢?"如果用自造的新名词,其实还是依赖汉字的字义,再转写为拼音,实在没有道理。关键是这些新名词本身就问题多多,钱玄同已经证明,汉字无论作为工具还是作为"符号化的意识形态",都与新学理格格不入。如此则只能采用大量西文原字,"一文之中,用西字者必居十之七八",那么就失去保存汉语并加以拼音化的意义了,不如径直采用世界语。[2]可见核心的问题仍是清末以来就一直困扰语言改革

---

[1]《通信·中国今后之文字问题》(陈独秀复钱玄同及胡适按语),《新青年》第4卷第4号,1918年4月15日。
[2]《通信·中国今后之文字问题》(钱玄同致陈独秀),《新青年》第4卷第4号,1918年4月15日。

运动的汉语能否容纳和表达新知的问题。

对钱玄同来说,在国语"不足以记载新文明"[1]的前提下,以国语为基础制造用罗马字母书写的拼音文字,实在没有必要。因为此时所要推行的拼音文字,已经不是清末拼音化运动中只用来拼切口语普及教育的切音字,而必须能够承载和表达新的文化。正是着眼于此,钱玄同论定:"我以为与其制造罗马字的新汉字,还不若采用将来人类公用的 Esperanto。"[2]他鼓励世界语者将"新名词新术语嵌入于汉语中使用",使国人渐渐熟悉世界语,最终达到取汉语而代之的目的。这其实也是当年吴稚晖为推广世界语而想出的办法。[3]

在进化论的框架内,钱玄同承认世界语是适宜输入新学理的较为精良的工具,但与吴稚晖不同的是,他并没有把世界语当作表达新学理的必然和唯一的工具。钱玄同更看重的是世界语的媒介功能,希望通过世界语把新学吸收到中国人的精神世界中。他很清醒地意识到,"若讲现在则 Esperanto 尚在提倡时代,未至实行时代;而一切真理新知,亟待灌输,刻不容缓;断不能一切搁起,等 Esperanto 通行了再来讲新学",因而学外语也很重要。[4]正因为钱玄同是立足于本土对"真理新知"的现实需要来思考语言改革的问题,当他发现废弃汉语完全采用世界语不切实际的时候,他便转而投身于先前所反对的拼音化事

---

[1]《通信·论 Esperanto》(钱玄同附言),《新青年》第 5 卷第 2 号,1918 年 8 月 15 日。
[2]《通信·对于朱我农君两信的意见》(钱玄同致胡适),《新青年》第 5 卷第 4 号,1918 年 10 月 15 日。
[3]《通信·中国文字与 Esperanto》(钱玄同复区声白),《新青年》第 6 卷第 1 号,1919 年 1 月 15 日。
[4]《通信·中国文字与 Esperanto》(钱玄同复胡天月),《新青年》第 5 卷第 5 号,1918 年 11 月 15 日。

业之中了。从1920年开始,钱玄同便潜心于国语拼音化的研究和实践,并和黎锦熙等人一起,发起了一场国语罗马字的运动。[1] 1922年,他又以他惯有的不容置疑的口气宣称,要改造国语,"非绝对的废弃现行的汉字而改用拼音新字不可"。[2]

相比之下,吴稚晖仍然坚持他在《新世纪》时期形成的完满的"公理",相信世界语是语言进化的必然结果,汉语迟早必废,不必费心于拼音化,只要拿注音字母当临时的、帮助认识汉字和统一语音的工具即可。这种满足于理论上的自足的态度,与钱玄同思考语言改革问题的现实感大相径庭,故他对吴稚晖"始终反对国语改用罗马字母拼音"并不以为然,以为"国语仍应竭力改良,加意整理,使它渐趋进化,渐适实用"。[3]

钱玄同改良国语的方法便是拼音化,但这种拼音化并非把当时在新体白话文基础上形成的国语直接用拼音转写了事(傅斯年《汉语改用拼音文字的初步谈》[4]一文大致就是这个思路),其中很重要的一点,即是钱玄同依然坚持,在这种拼音化的国语中,新名词新术语仍要采用"西文原字"。这是他的一贯立场,也是他始终不信任汉字有表达新学理之能力的表现。这样一种拼音化的"国语",差不多就是他一开始想到过的"一文之中,用西字者必居十之七八"(虽然新的名词术语占的比重不至如此之大)的不伦不类的语言,其实已经不是保存汉语,

---

[1] 黎锦熙:《钱玄同先生传》,沈永宝编《钱玄同印象》,上海:学林出版社,1997年,第50页。
[2] 钱玄同:《高元〈国音学〉序》,《钱玄同文集》第3卷,北京:中国人民大学出版社,1999年,第10页
[3] 钱玄同1923年1月19日日记,《钱玄同日记(整理本)》下册,第501页。
[4] 载《新潮》第1卷第3号,1919年3月。

而是对汉语大幅度的改造了。

虽然这种"拼音新字"还只是设想,但至少在书写新名词的时候,钱玄同已经开始动手实行了。翻看这一时期钱玄同给周作人的书信[1],会发现在提到各种人名、书报名和学术思想上的专名的时候,他经常是用不同的拼音符号来拼写,而不用音译和意译的汉语词。这些拼音符号包括注音字母、日语假名、罗马字母,也包括世界语字母(世界语字母比罗马字母多出两个)。实际上,世界语虽然不再是直接可以采用的语言,但仍是钱玄同改良国语的重要资源。他提出国语的"世界语化",除了在语法上借鉴世界语严谨完密的优长,"还有一层,即新事、新物、新理非'国故'所有的应该直用西文原字,绝对不必白费气力讨论'音译'的问题",这里的"西文原字"最好是采用读音简易且构词法规则的世界语。这样一方面可求得名词术语的统一,更重要的是借此输入"现代全世界的文化","中国人倘不愿'自外生成',要与这现代全世界的文化契合,则有许多词类和文句(不限于学术的专名)便非直用原文不可;否则总不免隔膜了一层"。[2]

中国现代文化的生成,是钱玄同语言改革思想的核心关切。从废汉文采用世界语,到主张国语罗马字,目的都是要在批判传统文化的前提下建设中国的现代文化。1923年,钱玄同提出"汉字革命"的口号,汉字革命即"汉字之根本改革的根本改革","就是拼音字母应该采用世界的字母——罗马字母式的字母"。汉字成为革命的对象,除了不适应"二十世纪科学昌明时代的新生活"这一工具上的原因外,"最

---

[1] 参见《钱玄同文集》第6卷,北京:中国人民大学出版社,2000年,第18—76页。
[2] 钱玄同:《〈世界语名著选〉序》,《钱玄同文集》第2卷,北京:中国人民大学出版社,1999年,第68—70页。

糟的便是它和现代世界文化的格不相入"。钱玄同这里强调的仍是"学术名词的翻译问题",指出用汉字意译的新名词,由于汉字自身包裹的历史传统的内涵,容易造成种种可笑的误解。这是重申他之前的对汉字进行文化批判的观点,可见在钱玄同那里,语言的问题始终是和文化的问题紧密联系在一起的。周作人对钱玄同的语言观有一个总结:"玄同的主张看似多歧,其实总结归来只是反对礼教,废汉文乃是手段罢了。他这意思以后始终没有再改变,虽然他的专攻仍旧是中国文字学中的音韵部分,对于汉文汉字的意见随后也有转变,不复坚持彻底的反对的意见了。"[1]周作人注意到钱玄同的语言改革论述是以文化批判为核心的,这是很精到的观察。

钱玄同并不讳言,他所谓的"现代世界文化",就是当时所谓的"西洋文化",他并不认为这是西方人特有的文化,而是肯定西方文化作为"现世界最较合理的文化"的普遍性。[2]钱玄同的观点体现了新文化运动的普遍主义取向,但它与吴稚晖在科学主义的进化论框架中发展出来的普遍主义论述有着根本的差异。在吴稚晖那里,普遍真理是可以通过世界语抵达的彼岸,而对钱玄同来说,普遍的现代文化必须以对本民族文化及语言的深刻的自我批判为前提,通过对国语进行脱胎换骨式的改造才能够获得。在这个意义上,与其说钱玄同是吴稚晖的传人,不如说他更多地继承了章太炎的立场,即一种"依自不依他"的主体性的自觉,只是这种自觉不是表现为章太炎对包含语言文字在内的"国性"的捍卫,而是表现为对自身历史传统的清醒的反思、批判和

---

[1] 周作人:《钱玄同的复古与反复古》,《钱玄同印象》,第14—15页。
[2] 钱玄同:《为什么要提倡"国语罗马字"》,《钱玄同文集》第3卷,第390页。

拒绝。

我们在同为章门弟子的周作人和鲁迅身上,也能看到这种主体性的自觉,虽然不像钱玄同表现得那样激烈和明快。1922年,周作人撰写《国语改造的意见》一文,在简短地概述了清末民初的国语运动和围绕世界语的争论之后,表示"终于得到结论,觉得改变言语毕竟是不可能的事,国民要充分的表现自己的感情思想终以自己的国语为最适宜的工具","一民族之运用其国语以表现情思,不仅是文字上的便利,还有思想上的便利更为重要:我们不但以汉语说话作文,并且以汉语思想,所以便用这言语去发表这思想,较为自然而且充分"。表面上看是工具论,内里却是一种语言民族主义式的思考,尤其是强调思想对语言的依赖,更是敏锐地把握到了语言与思想文化内在的亲和关系。但周作人并没有由此走到对本民族语言的辩护,而是明确地意识到需要打破"历史的遗传的束缚",对国语加以全方位的改造,使国语能够满足"建设文化"的要求。[1] 鲁迅更是对汉语的历史遗产负担之沉重有着别人难以比拟的深切的洞察和感受,虽然他这一时期没有专门写过讨论国语问题的文章,但却以他出色的写作实践,直接展现了新的语言和文化在与历史传统的搏斗和纠缠中诞生的过程。

回头来看,清末至民国初年的语言改革运动从一开始就和输入新文明创造新文化这一时代命题密不可分地交织在一起。在这个过程中出现了许多今天看来不切实际的语言方案,尤其是采用世界语代替汉语,似乎已经成为一个笑柄,然而这些方案的真正意义不在于它们是否可行,而在于它们激发了诸多富于生产性的思考和实践。现代汉

---

[1] 周作人:《国语改造的意见》,《东方杂志》第19卷17号,1922年9月10日。

语书面语就是通过这些思考和实践,在对汉语言历史传统的清理、抵抗和更新的基础上生成和走向成熟的。那些表达新学理和新文化的现代汉语词汇(其中包括大量来自日本的汉语借词),基本上仍是借助固有汉字的重新组合创造出来的,钱玄同等人采用"西文原字"的设想并没有成为现实。这不是从反面说明,古老的汉字其实是具有令人惊讶的巨大的表意潜力吗?而贡献了众多汉语借词的日语,曾经因为拥有假名这一表音符号体系而受到许多近代语言改革论者的歆羡,倒是逐步地走向了主要以假名音译来自西方的新知的道路。"世界语"这一源自日语的新名词,很快就被エスペラント取代,就是一个鲜明的例证。语言改革的这两种不同的趋向,似乎也构成了中日两国现代性不同取向的隐喻。汉语接受和创造新文化的过程可能更为艰难,但这也许正是一个古老文明在现代转型过程中为了不失去自我而必须付出的代价。

(原刊《现代中文学刊》2017 年第 1 期)

"声"之探求:鲁迅白话写作的起源

《狂人日记》是鲁迅创作的第一篇白话小说,与胡适、陈独秀等人不同,鲁迅在投身新文学运动之前,几乎没有白话写作的经验,只在早年翻译的《月界旅行》《地底旅行》两部小说中使用过白话。按照周作人后来的解释,鲁迅参与文学革命,对改写白话文并无太大兴趣,看重的是思想革命的事业。他当然赞成白话文运动,但这并不是他加入《新青年》阵营的主要动力。[1] 的确,"五四"时期乃至整个二十年代,鲁迅几乎没有专门写过讨论白话文问题的文章。然而,鲁迅却又在不

---

[1] 周作人:《补树书屋旧事》,《鲁迅的故家》,石家庄:河北教育出版社,2002年,第355—356页;周作人:《呐喊衍义》,《鲁迅小说里的人物》,石家庄:河北教育出版社,2002年,第14页。

同的场合,表示了坚决捍卫白话文的态度,甚至不惜以激烈的语言,"诅咒一切反对白话者,妨碍白话者"。[1]如果只是被动地"听将令",如何解释鲁迅的这种态度呢？如果这其中包含着某种一以贯之的立场,又如何解释鲁迅几乎是毫无阻碍和征兆地从文言转向白话的选择呢？为了尝试着回答上述问题,我们需要考察鲁迅早年至二十年代的写作生涯,在不同时期不同风格的写作中把握鲁迅对语言问题的独特感受和理解。我们会发现,鲁迅选择白话文还是文言文,主要不是基于对它们作为书写语言的工具性的考虑,更多是出于他探索与表达人的内在精神世界的要求。鲁迅对"声"的持久的敏感和探求,为我们提示了思考的方向和线索。

口语与"心声"

鲁迅最早的译作是1903年6月发表在《浙江潮》第5期"小说"栏上的《哀尘》和《斯巴达之魂》的前半部分。《哀尘》的底本是雨果的一篇随笔,《斯巴达之魂》则是鲁迅根据日文材料编译撰写而成,体裁更接近"史传"而非小说,它们被置于"小说"栏,很可能是编者的安排,看不出鲁迅本人有明确的文类自觉,其采用文言亦是很自然的事情。鲁迅有意识地翻译小说,是从《月界旅行》和《地底旅行》开始的。《月界旅行》出版于1903年10月,《地底旅行》的前两回1903年12月发表于《浙江潮》第10期,全书于1906年3月出版。若考虑到鲁迅1904年5月入仙台医学专门学校后功课非常紧张,则《地底旅行》的翻译很可能此前即已完成。这

---

[1] 鲁迅:《〈二十四孝图〉》,《**鲁迅全集**》第2卷,北京:人民文学出版社,2005年,第258页。

一时期鲁迅热衷于阅读《新小说》杂志,这两部小说的翻译明显受到了《新小说》上刊载的科学小说《十五小豪杰》和《海底旅行》的影响,特别是《十五小豪杰》文白夹杂的文体,几乎与鲁迅的译作如出一辙。

《十五小豪杰》的前九回出自梁启超之手,他本来打算"纯以中国说部体段代之",全用白话,但发现"翻译之时,甚为困难。参用文言,劳半功倍"。鲁迅译《月界旅行》,也面临同样的问题:"初拟译以俗语,稍逸读者之思索,然纯用俗语,复嫌冗繁,因参用文言,以省篇幅。"[1]对长期浸淫于古文的那一代知识人来说,文言确实比白话用起来更方便。大体而言,《月界旅行》从头至尾文言成分是在不断地增加。而到了《地底旅行》基本上是以文言为基础了,但在对白的部分,仍保留了相当多的白话,可见鲁迅也有意识地抵抗文言的书写习惯。如果叙事一任采用文言,至少对话应尽可能接近口语,这大概是鲁迅的考虑吧。据鲁迅后来回忆,他当时还译过一部《北极探险记》,正是"叙事用文言,对话用白话",投稿给商务印书馆,结果被编辑大骂一通,"说是译法荒谬"。[2]其实从一个习惯用文言勉力使用白话的译者的角度来看,这种译法虽然前所未有,却也可以理解。

值得注意的是,鲁迅以"叙事"和"对话"概括其译作的内容,而有意无意略去了"描写",倒是触及了传统白话小说结构上的特点。无论梁启超和鲁迅的译作如何"参用文言",但基本的体制仍是模拟章回小说,而章回小说受限于"说—听"的叙事模式,结构上确实是以叙事和对话为主体,对环境和人物形象的描写往往使用现成的套语,大段的

---

[1]《十五小豪杰》第四回末尾评注,《新民丛报》第6号,1902年4月;鲁迅:《〈月界旅行〉辨言》,《鲁迅译文集》第1卷,北京:人民文学出版社,1959年,第4页。
[2] 鲁迅:《340515致杨霁云》,《鲁迅全集》第13卷,第99页。

心理描写也很少见。叙述者以全知视角自由出入于人物的内心,凡须交代人物的内心活动时,多用"寻思道"等提示语,形式上是人物的独白,与对话并无二致。[1] 可以说,这些独白乃是对话的自然延伸,其功能跟对话一样,都是服务于叙述者讲述故事的需要,与现代小说中的心理描写是两回事。《地底旅行》中也不乏这样的独白:

> (亚萧士)自思道:"莫不是我目中的幻觉么?"
> (亚萧士)心中大疑,暗想道:"真耶梦耶?抑我脑病耶?"
> 亚萧士自语道:"前日暴风,竟不肯吹此筏到刚勃迦地底,可谓不近人情了!"[2]

鲁迅所说的"对话",当然也应该包括这些独白在内。更能说明问题的是,原作中包含了大量心理描写,在译本中都被删削了。《地底旅行》所据的底本是三木爱华、高须墨浦合译的日译本《拍案惊奇 地底旅行》(九春堂,1885年),卜立德和森冈优纪细致比较了日译本和鲁迅的译本,发现鲁迅不仅把凡尔纳原作和日译本中主人公 Axel 的第一人称叙述改成了第三人称叙述,更略去了对主人公性格和心理的诸多描写。两位论者对鲁迅的改译评价不一,但他们都将之归于鲁迅作为译者的决断,而忽视了章回小说的叙述程式的限制。[3] 从鲁迅的翻译

---

[1] 见石昌渝:《中国小说源流论》(修订版),北京:三联书店,2015年,第362—364页。
[2] 鲁迅译:《地底旅行》,《鲁迅译文集》第1卷,第119、120、128、131页。
[3] 见卜立德:《凡尔纳、科幻小说及其他》,载王宏志编:《翻译与创作——中国近代翻译小说论》,北京大学出版社,2004年,第132页;森冈优纪:《清末的小说观和对日本明治时期科学小说的转译——从鲁迅的〈月界旅行〉和〈地底旅行〉来考察》,日本京都大学人文科学研究所主编《日本东方学》第1辑,北京:中华书局,2007年,第298—300页。

这两部科学小说的意图来看,他的目的是要"假小说之能力"来输入新的科学智识[1],不脱梁启超以小说开民智的思路,人物的内心世界并不是他关注的对象。

1906年春夏间,鲁迅在《女子世界》第2年第4、5期合刊"文艺"栏发表了短篇小说译作《造人术》,翻译时间可能在当年年初。[2] 这篇小说写的是一位名叫伊尼他的科学家在实验室发现人造生命的技术的经过,归为科学小说亦无不可。然而与两部"旅行"大相径庭的是,《造人术》的重点不在其中的"科学",而在对主人公心理活动的刻画。小说如此描写主人公在显微镜中观察到人造生命体的经过及由此产生的心理变化:

> 彼握显镜之手。栗栗颤。彼视线所在。赫然横者何物?
> 此何物耶!?……
> 视之!视之!
> 此小玄珠。如有生。如蠕动。如形成。乃弥硼大。乃如呼龠。乃能驰张。此实质耶。实物耶。实在耶。幻视幻觉罔我者非耶。我目非狂瞀耶。我脑非坏乱耶。[3]

小说从伊尼他的视角描写他观察到的现象以及与之伴随的心理活动,两者几乎融为一体,尤其是自由直接引语("我目非狂瞀耶。我脑非坏

---

[1] 鲁迅:《〈月界旅行〉辨言》,《鲁迅译文集》第1卷,第4页。
[2] 参见宋声泉:《鲁迅译〈造人术〉刊载时间新探——兼及新版〈鲁迅全集〉的相关讹误》,《鲁迅研究月刊》2010年第5期。
[3] 米国路易斯託侖著、索子(鲁迅)译:《造人术》,《女子世界》第2年第4、5期合刊,1906年。

乱耶。")的使用,已经很接近现代小说的内心独白和意识流手法,这在传统的白话小说中几乎是看不到的。《造人术》通篇用文言,带有明显的"冷血体"的色彩。固然当时短篇小说的翻译采用文言是惯例,但也必须考虑到传统白话小说无法容纳如此深入的心理描写的因素。

《造人术》在鲁迅早期的翻译实践中是一个具有标志性意义的文本,它似乎表明鲁迅的兴趣正在从科学本身转向对人物内在的心理状态的探索和把握。《造人术》的翻译,差不多与鲁迅离开仙台前往东京从事文艺活动同时。不难想见,当鲁迅开始从事于"改变人们的精神"的文艺事业的时候,他一度采用的白话就不适用了。大体而言,二十世纪初年的白话文,无论是出现于白话书报还是小说中,都是一种模拟传统小说"说—听"语境的程式化的书面语言,虽然接近口语,适用于启蒙,却在表达方面有诸多限制,反而是文言的使用弹性和自由度更大一些。[1] 鲁迅翻译《月界旅行》和《地底旅行》,不得不对原作大加删改以迁就章回小说的叙述程式,可见白话所能承担的功能非常有限,是不可能胜任他赋予文学的新使命的。1907年夏,鲁迅与友人着手筹办《新生》。《新生》虽然流产了,他的长篇论文却陆续在《河南》上揭载,文体自然用的是文言,而且是经过改造的带有复古色彩的文言,观点上则明确地主张以表现人的主观内面精神——"心声"——为文学的使命了。

在《文化偏至论》中,鲁迅批判了十九世纪以物质文明为尚、忽视

---

[1] 韩南指出,"传统中文小说的模式实际上限制了所有最早的白话文翻译。相比之下,由于没有强大而确定的小说传统与之对抗,文言文翻译反而拥有较多的自由。"见韩南:《白话翻译小说的第二阶段》,《韩南中国小说论集》,王秋桂等译,北京大学出版社,2008年,第322页。

主观内面精神的潮流,其间似乎也包含了对早年崇信科学的反省。他热烈地鼓吹"新神思宗"对"内部之生活"的张扬——"内部之生活强,则人生之意义亦愈邃,个人尊严之旨趣亦愈明",二十世纪之新精神将由此得以确立。[1] 而"内面精神"和"内部之生活"将由何处见之?答曰"心声":

  盖人文之留遗后世者,最有力莫如心声。

  自觉之声发,每响必中于人心,清晰昭明,不同凡响。[2]

  吾未绝大冀于方来,而思聆知者之心声而相观其内曜。内曜者,破黮暗者也;心声者,离伪诈者也。

  声发自心,朕归于我,而人始自有己;人各有己,而群之大觉近矣。[3]

而在当时的中国,"心声也,内曜也,不可见也",因而虽然种种搬自西方的议论洋洋盈耳,扰攘不休,却仍给人以寂寞之感。[4] 在鲁迅看来,只有那真正发自内部的自觉的"心声",才能支撑和确立个体乃至民族的自主性。

"心声"一词古已有之,扬雄《法言·问神》云:"言,心声也;书,心画也",不过古汉语"心声"一词侧重于"心"的某种道德状态,"心声"是对这种状态的呈现,而鲁迅则特别强调抒发"心声"的动作性。"新声

---

[1] 鲁迅:《文化偏至论》,《鲁迅全集》第1卷,第54、57页。
[2] 鲁迅:《摩罗诗力说》,《鲁迅全集》第1卷,第65、67页。
[3] 鲁迅:《破恶声论》,《鲁迅全集》第8卷,第25、26页。
[4] 鲁迅:《破恶声论》,《鲁迅全集》第8卷,第27页。

争起"、"自觉之声发"、"发为雄声"、"作至诚之声"、"声发自心"等语，无不突出从内部发出声音的能动的姿态，个体和民族的自主性亦由此得到生动的展现。

鲁迅对"心声"的追求，并没有仅仅停留于姿态，而是又一次付诸文学翻译的实践，而这一次他的翻译表现出完全不同的面貌。在1909年出版的《域外小说集》的序言中，鲁迅写道：

> 按邦国时期，籀读其心声，以相度神思之所在。则此虽大涛之微沤与，而性解思惟，实寓于此。[1]

鲁迅希望读者借助他和周作人的译本"籀读"作品中传达的"心声"，在这里"心声"落实到具体的书写语言层面。在鲁迅这一时期的文章中，"声"、"心声"等词语的使用有比喻的成分——"声"喻指某种内在的自觉状态，同时也包含了"声音"这一本义。鲁迅筹办《新生》时，拟定的插画是一幅画着诗人抱着竖琴的油画，而《域外小说集》的封面上亦有一幅西洋素描画，近景是一位弹奏竖琴的少女，凡此都足见鲁迅有意地以美术的形式直观地呈现"声音"。[2] 事实上，《域外小说集》传达"心声"的方法，和鲁迅对声音和语言的考虑有着直接的关系。为了让异域的"心声"尽可能忠实地传递给中国的读者，鲁迅不仅采用了严格的直译的方法，更力求在译文中使用能确切表达字义的本字，从而使得译文显得极为古奥。1908年4月至8月间，鲁迅与周作人、许寿裳、

---

[1] 鲁迅：《〈域外小说集〉序言》，《鲁迅全集》第10卷，第168页。
[2] 参见董炳月：《"文章为美术之一"：鲁迅早年的美术观与相关问题》，《文学评论》2015年第4期。

钱玄同、朱希祖等人在东京《民报》社听章太炎讲文字学,这对《域外小说集》的翻译产生了直接的影响。钱玄同后来回忆:"他们(引者按:指周氏兄弟)的思想超卓,文章渊懿,取材谨严,翻译忠实,故造句选词,十分矜慎;然犹不自满足,欲从先师了解故训,以期用字妥帖。所以《域外小说集》不仅文笔雅驯,且多古言古字,与林纾所译之小说绝异。"[1]堪称最好的注解。实际上,鲁迅在《河南》上发表的系列论文,"喜欢做怪句子和写古字",即受了当时章太炎主办的《民报》的影响[2],章太炎对于这一时期鲁迅的文章风格,可以说起到了至关重要的作用。鲁迅对"心声"的探求与他对"古字"的自觉采用之间,存在着怎样的内在的关联呢?在这里,"心声"不只是比喻的说法,其中包含着鲁迅对文字的独特感觉,而它与章太炎的语言观有着密不可分的联系。

本字与声音:章太炎的影响

在章太炎的语言文字论说体系中,"本字"是与"借字"相对而言的。《正名杂义》云:"六书初造,形、事、意、声,皆以组成本义,惟言语笔札之用,则假借为多。"假借之所以为多,是因为上古文字有限,"人事之端,心理之微,本无体象,则不得不假用他名以表之。若动静形容之字,诸有形者已不能物为其号,而多以一言概括;诸无形者则益不得不假借以为表象,是亦势也"。这本来是语言发展史上出现的自然现

---

[1] 钱玄同:《我对于周豫才君之追忆与略评》,《钱玄同文集》第2卷,北京:中国人民大学出版社,1999年,第306页。
[2] 鲁迅:《〈坟〉题记》,《鲁迅全集》第1卷,第3页。

象,但章太炎引用日本学者姊崎正治的说法:"表象主义,亦一病质也",则包含了明显的价值判断。表象之所以为病,是因为文字"不能与外物泯合",文字与意义之间不能形成严格精确的对应关系。对于这种表象主义的病态,汉语本有自我矫正的机制,即通过新造汉字来表达新出现的事物和意义,但文人习用借字,表象主义已一发而不可收拾:

> 惟夫庶事繁兴,文字亦日孳乳,则渐离表象之义而为正文。如能,如豪,如群,如朋,其始表以猛兽羊雀。此犹埃及古文,以雌蜂表至尊,以牡牛表有力,以马爵之羽表性行恺直者。久之能则有態,豪则有勢,朋则有倗,羣则有窘,皆特制正文矣。而施于文辞者,犹惯用古文,而怠更新体。由是表象主义,日益浸淫。[1]

在章太炎看来,这是文辞日益脱离质言的表现,"文益离质,则表象益多,……表象既多,鄙倍斯甚。"要扭转这种堕落的趋势,"亦尚训说求是而已",即"舍借用真,兹为复始"。[2] 这不仅是语言学自身的要求,更出于章太炎对汉语面临的危机的深刻体认。章太炎认为,"文字之盈歉"与"世之盛衰"互为表里,由于表象主义的泛滥,致使常用汉字不断减少,无法应对西学和西潮的冲击。本来汉字的数量并不算小,从史籀作书,到宋代《集韵》,不下二三万字。自宋代以后,则降至四千

---

[1] 章太炎:《订文第二十五》附《正名杂义》,《章太炎全集·訄书重订本》,上海人民出版社,2014年,第215—216页。
[2] 章太炎:《订文第二十五》附《正名杂义》,《章太炎全集·訄书重订本》,第216—217、232页。

字,"其他则视以为腐木败革也已矣!"[1]这两三万字大致即相当于"六书初造"的汉字加上后来孳乳而成的"正文",亦即"言各成义,不相陵越"的本字,如果都能恢复,庶几可与六万言的英语相抗衡。[2]

问题在于,如何找回这些已被废弃的本字呢? 章太炎指出,传统小学,以字之形体、音声、训诂为研究对象,"《说文》所述,重在形体,其训诂惟是本义,而于引申、假借,则在所略。然古今载籍,用本字本义者少,而用引申、假借者多。"于是尚须旁求《尔雅》《方言》诸书,"虽然,凡假借者,必其声音相近,凡引申者,亦大半从其声类,渐次变迁",但古今声韵往往有异,"是故欲知引申、假借之源,则不得不先求音韵"[3],因此音韵学便成为"舍借用真"、寻求本字的津梁。章太炎高度评价并深化了段玉裁等乾嘉学者"因声求义"的方法,把字义首先和声音而非形体结合起来,又受到西方语言学的启发,开创了建立在音义系统上的汉语语源学。[4]对此他晚年有极为简明的概括:

> 盖义相引伸者,由其近似之声,转成一语,转造一字,此语言文字自然之则也。[5]

---

[1] 章太炎:《订文第二十二》,《章太炎全集·訄书初刻本》,第44—45页。原文中"不损二万字",至《訄书重订本·订文第二十五》则改为"不损三万字"。
[2] 章太炎:《订文第二十二》,《章太炎全集·訄书初刻本》,第45—46页。
[3] 章太炎:《论语言文字之学》,《章太炎全集·演讲集》上册,上海人民出版社,2015年,第15页。
[4] 见王宁:《章太炎说文解字授课笔记·前言》,《章太炎说文解字授课笔记》,北京:中华书局,2010年,第5—6页。
[5] 章太炎:《自述学术次第》,陈平原编校《中国现代学术经典·章太炎卷》,石家庄:河北教育出版社,1996年,第647页。

章太炎发现了字义与声音的对应法则，结合古今音韵的变迁规律，便可推见为借字所埋没的本字。1908年章太炎在《民报》社给鲁迅等人讲授文字学，一部分内容即围绕此而展开。"其《新方言》及《小学答问》二书，皆于此时著成，即其体大思精之《文始》，初稿亦权舆于此"[1]，《小学答问》一书实际上就是根据师生问答的记录整理而成，并由章氏弟子醵资付印，鲁迅亦参与其事。[2] 此书主旨在"明本字借字流变之迹，其声义相禅别为数文者，亦稍示略例，观其会通"[3]，是章太炎因声训而求本字的方法的具体实践。而约略同时成书的《新方言》，也包含有推寻本字的意图。章太炎在为《新方言》征求方言资料的广告中说："果欲文言合一，当先博考方言，寻其本根，得其本字，然后编为典语，旁行通国，斯为得之。"[4]《新方言》是章太炎对以言文一致为目标的清末语言改革运动的独特回应。在他看来，言文一致无须求助于拼音化，因为方言中包含了大量被废弃的古字古义，"一返方言，本无言文歧异之征，而又深契古义"。[5] 换言之，由于借字泛滥而被遗忘的那些"正文"和本字，其声音依然保留在当下的方言土语中。《新方言》的目的就是要为这些似乎写不出的方言找回它们的形体（"本根"和"本字"），反过来，那些徒具形体躺在故籍中无人问津的本字，也在这个过程中找回了它们依然鲜活的声音。声音是真正赋予汉

---

[1] 许寿裳：《纪念先师章太炎先生》，陈平原、杜玲玲编《追忆章太炎》（修订本），北京：三联书店，2009年，第47页。
[2] 1911年2月6日鲁迅致许寿裳信中写道："去年得朱君遏先书，来集《小学答问》刊资，今附上"，见《鲁迅全集》第11卷，第343页。
[3] 章太炎：《小学答问》，《章太炎全集·小学答问》，上海人民出版社，2014年，第463页。
[4] 章太炎：《博征海内方言告白》，刊载于《民报》第17号（1907年10月25日）及以后各期。
[5] 章太炎：《论汉字统一会》，《章太炎全集·太炎文录初编》，上海人民出版社，2014年，第333页。

字以生命的东西:"夫字失其音,则荧魂丧而精气萎,形体虽存,徒糟粕也,义训虽在,犹盲动也。"[1]

章太炎把声音对于汉字的意义提升到前所未有的高度,不仅在语言学上具有方法论的意义,更体现了章太炎独特的语言观。[2]声音既是找回本字的途径,也是这些本字重新获得活力的关键。找回失落的数万本字,也就意味着找回繁复的声音世界。这本是汉语的独特优势:

> 言语文字者,所以为别,声繁则易别而为优,声简则难别而为劣。日本虽尝欲用罗甸字母,以彼发音简少,故罗甸足以相资。汉土则不然,纵分音纽,自梵土悉昙而外,纽之繁复,未有过于汉土者也。横分音韵,梵韵复不若汉韵繁矣。[3]

章太炎以此来驳斥以吴稚晖为代表的《新世纪》派用万国新语(世界语)来齐一和规范语言的主张。他并且从齐物哲学的高度,指出声音之繁复不齐实为一种本源意义上的自然状态:

> 余闻风律不同,视吾土之宜,以分其刚柔侈敛,是故吹万不

---

[1] 章太炎:《论汉字统一会》,《章太炎全集·太炎文录初编》,上海人民出版社,2014年,第335页。

[2] 关于章太炎以声音为本位的文字学观点,可参见林義強,《古音、方言、白話に託す言語ユートピア:章炳麟と劉師培の中国語再建論》,《東洋文化研究所紀要》第148册,2005年12月,页158。

[3] 章太炎:《驳中国用万国新语说》,《章太炎全集·太炎文录初编》,上海人民出版社,2014年,第358页。

同,使其自已,前者唱喁,后者唱于,虽大巧莫能齐也。[1]

齐物本以观察名相,会之一心。故以地籁发端,风喻意想分别,万窍怒呺,各不相似,喻世界名言各异,乃至家鸡野鹊,各有殊音,自抒其意。[2]

至此,我们发现章太炎经由对本字的推寻,为我们呈现了一个充满生机的万物交响和鸣的世界,每一个个体在其中都可以自由地发出自己的"殊音"。原本属于文字之要素之一的声音,被从语言学的学理中解放了出来,而获得了某种自然的生命属性。声音作为个体之"意"的表达,具有了不可规约的自主性,这反过来又使得章太炎的语言观带上了主观意志论的色彩,而与科学化的西方语言学迥然异趣:

夫科学固不能齐万有,而创造文字,复与科学异撰。万物之受人宰制者,纵为科学所能齐,至于文字者,语言之符号,语言者,心思之帜,虽天然言语,亦非宇宙间素有此物,其发端尚在人为,故大体以人事为准。人事有不齐,故言语文字亦不可齐。[3]

"语言者,心思之帜",意味着语言根源于人的丰富而活跃的内心世界,这跟鲁迅的"心声"概念不是相通的吗?正如汪晖所指出的,在

---

[1] 章太炎:《驳中国用万国新语说》,《章太炎全集·太炎文录初编》,上海人民出版社,2014年,第353页。
[2] 章太炎:《齐物论释》,《章太炎全集·齐物论释》,上海人民出版社,2014年,第9页。
[3] 章太炎:《规新世纪(哲学及语言文字二事)》,《民报》第24号,1908年10月10日。

鲁迅和章太炎那里，语言是人的创造物，"它不仅是交流之具，也是内在的情感与意志的呈现"，是"'心声'的表达"。[1]鲁迅对"心声"的理解看上去就像是对章太炎的语言论的呼应，例如鲁迅在《摩罗诗力说》的开篇谈到古民之"心声"随文化之衰败而日渐衰歇，跟章太炎对宋代以后本字被遗弃汉语陷入危机的判断非常接近，又如在《破恶声论》中，鲁迅悲叹中国古代涵养神思之心灵日益浇薄，"洎夫今，乃仅能见诸古人之记录，与气禀未失之农人"[2]，也与章太炎在故籍和方言中推寻本字的思路若合符节。归根结底，章太炎孜孜以求的本字中，包含的正是曾经繁盛而今已经失落的声音，是具有自主性的个体从自己的心思中发出的各各不同的声音，也就是"心声"。从这个角度来看，鲁迅在《域外小说集》中采用古奥的本字来努力捕捉和传达异域的"心声"，正是合乎逻辑的选择。

《谩》与《默》：孤独个体的"心声"

置于晚清小说翻译史的脉络来看，《域外小说集》最显豁的特点是它的直译策略。周氏兄弟以严格到连人地名都"悉如原音"的态度，力求在汉文中最大幅度地还原原作的面貌，其结果是如王风所言，"汉语书写语言在他们手里得到最大程度的改变。"[3]这是用当时程式化的白话文体不可能完成的任务，也向我们揭示了文言作为一种书写语言

---

[1] 汪晖：《世纪的诞生——20世纪中国的历史位置（之一）》，《开放时代》2017年第4期。
[2] 鲁迅：《破恶声论》，《鲁迅全集》第8卷，第30页。
[3] 王风：《周氏兄弟早期著译与汉语现代书写语言》，《世运推移与文章兴替——中国近代文学论集》，北京大学出版社，2015年，第167页。

所具有的惊人的弹性。

在这种直译策略实践的过程中,本字的采用也是重要的一环,周作人后来称之为"文字上的一种洁癖",这当然是直接受到章太炎的影响。在章太炎那里,推寻本字的出发点是为了破除表象之病,求得文字与意义的精确对应,这与周氏兄弟的直译策略在逻辑上是完全一致的。包括采用本字在内的直译的方法,最终目的是为了忠实地传达域外的"心声"。如果说在章太炎那里,本字中包含了失落在古代或方言中的声音,那么它们能够像保留域外人地名的"原音"那样准确地捕捉到这些小说中的"心声"吗?当然,这里需要讨论的与其说是本字本身在译文中的功能问题(毕竟就数量而言,本字在全部译文中只占有极小的比例),毋宁说是周氏兄弟在采用本字的时候所表现出的追求与最终达到的效果之间的关系的问题。

木山英雄敏锐地注意到,周氏兄弟"为了对应于细致描写事物和心理细部的写实主义",以"古字古意"来对译域外作品,形成了某种独特的文体感觉。那么从读者的角度来看,这种"古文直译"又产生了怎样的结果呢?读者听到了小说中的"心声"了吗?这里首先要考虑的是译者对作品的选择。木山英雄提到原作中"心理细部的写实主义",这是很重要的观察。在《域外小说集》中,鲁迅翻译的作品只有三篇,即安特莱夫的《谩》与《默》和迦尔洵的《四日》,这三篇小说确实都是高度重视心理描写的作品,尤其是安特莱夫的两篇。考虑到鲁迅从《造人术》开始即关注人物的内心世界,以及《文化偏至论》等文章中对"内部之生活"的高度兴趣,鲁迅的选择并不奇怪。然而,颇具悖论意味的是,安特莱夫的两篇小说一面极力刻画人物的内心体验,一面又将人物置于与他人之内心世界相隔绝的孤独状态之中。这又该作何解释呢?

小说《谩》以第一人称的口吻,展现了一个因无法信任女友而陷入猜疑乃至疯狂状态最终杀死女友的人的内心世界。虽然女友反复声言"吾爱君",但主人公仍深刻怀疑自己受到欺骗("谩"),这种被欺骗的感觉吞噬了主人公的自我意识并不断四处蔓延,以至物化为某种外部的力量:

> 吾不知胡以时复大乐。破颜而咲。指则拳曲如鹰爪。中执一小者。毒者。鸣者——厥状如蛇——谩也。谩蜿蜒夺手出。进啮吾心。以此啮之毒。而吾首遂眩。嗟夫。一切谩耳——
> 吾行且思……行两隅间。由此涉彼。思路至促。所思亦苦不能申。似大千世界。已仔吾肩。而世界又止成于一字。是字伟大惨苦。谩其音也。时则匍匐出四隅。蜿蜒绕我魂魄。顾鳞甲灿烂。已为巴蛇。巴蛇啮我。又纠结如铁环。吾大痛而呼。则出吾口者。乃复与蛇鸣酷肖。似吾营衞中已满蛇血矣。曰谩耳。[1]

这种内心状态幻化为外部意象("蛇")的写法,典型地体现了安特莱夫创作中"消融了内面世界与外面表现之差"[2]的特色。而与主人公这种自我意识的病态扩张形成对比的是主人公女友内心世界不可见的状态,用主人公自己的话来说,便是"其外满敷诚色而内乃闇然"[3]。

---

[1] 树人(鲁迅)译:《谩》,《域外小说集》第1册,东京神田印刷所,1909年,第65、72页。
[2] 鲁迅:《〈黯澹的烟霭里〉译者附记》,《鲁迅全集》第10卷,第201页。
[3] 树人(鲁迅)译:《谩》,《域外小说集》第1册,第67页。

或者不如说,后者正是造成前者的原因,主人公因为无法进入女友的内心才沉溺于自我意识之中而无法自拔。

《默》中也同样充满了对孤独个体的心理状态的刻画。牧师伊革那支苦于无法与女儿威罗交流,无论伊革那支如何探问,如何自白,威罗总是以沉默相对,甚至在威罗自杀后,伊革那支的忏悔换来的也仍然是沉默。与《谩》中的描写类似,沉默在这里也幻化为外物,给前往墓地悼念女儿的伊革那支以沉重的压迫:

> 伊革那支复四顾屈其身。倾耳至于艸际。曰威罗答我。则有泉下之寒。贯耳而入。幽幾为之坚凝。顾威罗则默。其默无穷。益怖益闷。伊革那支力举其首。面失色如死人。觉幽默颤动。颗气随之。如恐怖之海。忽生波涛。幽默偕其寒波。滔滔来袭。越顶而过。髪皆澀漾。更擊匈次。则碎作呻吟之声。[1]

鲁迅在为1921年新版《域外小说集》撰写的"著者事略"中,称《默》的主旨在"叙幽默之力大于声言"[2],不妨说这种"力"正来自伊革那支对深入女儿内心世界的渴望,以及这渴望的无法满足。无论是《谩》中的"吾"还是《默》中的伊革那支,他们对别人内心的探求都以失败告终,我们最终读到的只是被封闭在孤独个体内部的"心声"。

当鲁迅写作《文化偏至论》《摩罗诗力说》诸文的时候,他呼唤的是发挥个性张扬灵明的独异之士,是"发为雄声"的精神界战士,为何对

---

[1] 树人(鲁迅)译:《默》,《域外小说集》第1册,第90页。
[2] 鲁迅:《域外小说集·著者事略》,《鲁迅全集》第10卷,第174—175页。

《谩》与《默》中个体心灵世界的烛照,呈现的却是一幅如此幽深黯淡的图景?鲁迅此时是不是已经意识到,如果不能听到他人的"心声",那么个体自我的"心声"最终亦归于绝望恐怖而已?答案不得而知,然而有一点是可以肯定的,《域外小说集》并未得到期待中的反响,两册一共只卖出了几十本。[1] 周氏兄弟以最严格的直译的方法,用能够最准确地表达意义的本字,想要把异域的"心声"忠实地传达给读者的努力,因为创造出一种前所未有的佶屈聱牙的文体而失败了。在这个意义上,《谩》与《默》中主人公的命运似乎成了《域外小说集》自身命运的一个寓言。

《域外小说集》的失败同时也意味着中国文学史上第一次严肃地表现"主观之内面精神"的尝试的失败,它并没有真正地引入"异域文术新宗"从而改变中国的文学版图。柄谷行人在讨论日本现代文学起源的时候,指出日本现代作家通过"文言一致"的书写语言得以直接表达内在的自我,"所谓内面乃是言(声音),表现则是声音的外化",内面能够以声音的形式被呈现出来的前提是"文言一致"的现代日语是一种表音主义(声音中心主义)的语言,它让声音变成一种透明的媒介,于是主体仿佛通过毫不费力的自我表现即刻确立了起来。[2] 与日本作家完全不同,鲁迅对个体"内面精神"的表达是通过古奥的文言来进行的,它不仅不是一种言文一致的书写语言,甚至比一般的文言还要晦涩。鲁迅想要传达的"心声"就包裹在这样的语言中,他所使用的那些古代的本字虽然包含着生动的声音,但这声音却因为本字的难以认

---

[1] 鲁迅:《域外小说集序》,《鲁迅全集》第10卷,第176页。
[2] 柄谷行人:《日本现代文学的起源》,赵京华译,北京:三联书店,2003年,第30、48、59—61页。

读而无法被听到,就像《谩》与《默》中的心灵被封闭在孤独个体的内部而显得幽暗难测一样。中国现代文学的"心声",还在等待着能把它们喊出来的语言。

为他人的"呐喊"

1909年8月,《域外小说集》第二册出版后不久,鲁迅结束七年多的留日生涯回到中国。此后数年间,鲁迅辗转于绍兴与北京,在新式教育机构过着相对沉静的生活。《新生》时期文学事业的失败使他再次陷入到寂寞之中:"这寂寞又一天一天的长大起来,如大毒蛇,缠住了我的灵魂了。"[1]毒蛇缠绕灵魂的意象,显然来自于《谩》,这不正意味着鲁迅把自己也看作是像《谩》的主人公那样的孤独个体吗?由此鲁迅开出了反省的路,他不再寄望于如《摩罗诗力说》中"发为雄声,以起其国人之新生"的精神界战士,那么新的道路在哪里呢?这是鲁迅当时无从考虑的。直到《新青年》揭出"文学革命"的旗帜,钱玄同登门约稿,才迎来了鲁迅重新投入文学活动的契机。与《新生》的筹办不同,这一次鲁迅是被动地加入一个初具规模的阵营,然而正是这种被动性为鲁迅提供了一种新的可能性,即脱离那种独尊个体的状态,在与他人的关联中创造新的文学。所以鲁迅说:"有时候仍不免呐喊几声,聊以慰藉那在寂寞里奔驰的猛士,使他不惮于前驱。至于我的喊声是勇猛或是悲哀,是可憎或是可笑,那倒是不暇顾及的"[2],这即是

―――――――――

[1] 鲁迅:《呐喊·自序》,《鲁迅全集》第1卷,第439—440页。
[2] 鲁迅:《呐喊·自序》,《鲁迅全集》第1卷,第441页。

为他人之意多,而为己之意少了。

至于这种"呐喊"所采用的语言,自然应当是白话文。这不仅是因为以白话为文学语言是《新青年》同人的一致主张,其中也有鲁迅反思自己以往的语言经验的因素。1935年7月,鲁迅在一篇文章谈及章太炎从方言口语中推寻古字的思路,批评道:

> 太炎先生的话是极不错的。现在的口头语,并非一朝一夕,从天而降的语言,里面当然有许多是古语,既有古语,当然会有许多曾见于古书,如果做白话的人,要每字都到《说文解字》里去找本字,那的确比做任用借字的文言要难到不知多少倍。然而自从提倡白话以来,主张者却没有一个以为写白话的主旨,是在从"小学"里寻出本字来的,我们就用约定俗成的借字。……因为白话是写给现代的人们看,并非写给商周秦汉的鬼看的,起古人于地下,看了不懂,我们也毫不畏缩。[1]

鲁迅在《域外小说集》就采用过本字,他对章太炎"舍借用真"的主张及实践起来的困难有极深切的认识和体验,这段话非肤泛之论可比。也正因为此,才见出鲁迅放弃《域外小说集》的古奥文体转而写白话文乃是认真考虑后的选择,而"白话是写给现代的人们看"这一句看似平常的话却是艰辛备尝后的甘苦之言。《域外小说集》把文言的表意能力几乎发挥到了极致,其结果却是"现代的人们"看不懂。要让自己从"生人并无反应"的孤独处境中解放出来,让自己想要传达的"心声"被

---

[1] 鲁迅:《名人与名言》,《鲁迅全集》第6卷,第373页。

更多的人们听见，白话文几乎是必然且唯一的选择。

其实胡适提倡白话文学的最初理由，也是认为"文学在今日不当为少数文人之私产，而当以能普及最大多数之国人为一大能事"[1]，于是有所谓"活文学"（白话）与"死文学"（文言）的二元区分。但不同的是，胡适秉持工具论的语言观，看重白话文作为交流工具的优势，所谓"活文学"是以家喻户晓的白话小说为典范的。因而在胡适看来，白话文是已经成立的书写语言，他早年做过白话小说，也给白话报写过文章，只需要再攻克白话诗的难关，白话文学便可大告全胜。[2]自1917年1月1日胡适在《新青年》上发表《文学改良刍议》以来，胡适、陈独秀和钱玄同在《新青年》的"通信"栏上进行了数番讨论，大体的共识仍是胡适的观点，即将明清以来的白话小说所使用的白话文当作新文学的典范语言。鲁迅用白话翻译过《月界旅行》和《地底旅行》，深知这种程式化的白话文的缺陷和限制，无怪乎他对这些讨论冷眼旁观，态度淡漠，周作人回忆说"鲁迅对于文学革命即是改写白话文的问题当时无甚兴趣"[3]，大概正是为此吧。对鲁迅来说，白话文在作为沟通的媒介之外，还须能向内挖掘人们的灵魂，展布人们的心灵，如此方能起到改变精神转移性情的作用，这是鲁迅自《新生》时期以来无法忘却的梦的一部分。

于是，鲁迅答应钱玄同的约稿而创作的小说《狂人日记》，便以一种崭新的白话文体出现在读者的面前。鲁迅饶有深意地让这种新的白话文出诸"狂人"之口，相对于既有的白话文而言，它确实一种异质

---

[1] 胡适1916年7月13日日记，《胡适日记全编》第2册，合肥：安徽教育出版社，2001年，第418页。
[2] 参见胡适：《中国新文学运动小史》，《胡适文集》第1册，北京大学出版社，1998年，第155页。
[3] 周作人：《补树书屋旧事》，《鲁迅的故家》，第355页。

乃至异端的语言。更有意味的是文言小序的设计,进一步强化了狂人的白话与文言所代表的正常语言秩序之间的冲突和对抗,使得《狂人日记》使用的白话文的新异显得格外的突出。竹内好把这种白话文称为"破坏性的文体",它"既非白话文亦非古文","在反对书面语的同时也反对口语","这种破坏性的文体,与其说对描写狂人的心理有必要(结果是对狂人心理描写有益,使其成功了),不如说是从破坏现有文体的意识出发",[1]极有见地。不过,"破坏现有文体的意识"和"描写狂人的心理"的需要并不冲突,两者反而有某种内在的联系。探索人的精神世界一直是鲁迅文学的核心所在,要写出人的内在的精神状态而又要让"现代的人们"看得懂,也许只能使用这样的具有破坏性同时又新颖的白话文吧。

正如竹内好所注意到的,《狂人日记》的白话文不是像既有的白话文那样的贴近口语的文体,而是狂人心理世界的自我表白。在鲁迅的全部写作生涯中,他第一次尝试用白话文来表达人物的"内面精神"。主人公极端状态下心理经验的呈现构成了《狂人日记》的主体,这与《谩》《默》以及《四日》都非常相似。几乎与安特莱夫笔下的人物一样,狂人也处于与外界无法沟通彼此隔绝的处境中。狂人陷入被吃的恐惧中,所有人——包括孩子——似乎都对他充满敌意,而他对大哥的好心劝告收获的也只是冷笑乃至凶相。至此狂人不是很像《谩》《默》中的孤独个体吗? 不同之处在于,《谩》与《默》中的主人公虽然有了解他人的强烈意愿,但并没有表现出自我反省的态度,这使得他们始终困在自我意识的牢笼中,而狂人却有自己与群众同负吃人之罪的觉

---

[1] 竹内好:《鲁迅入门》,《从"绝望"开始》,北京:三联书店,2013年,第78、102页。

悟。藤井省三把狂人的这种连带感称为"负的联系",认为鲁迅正是借狂人的形象,把自己"从安德烈夫式的闭塞中"解放了出来,"突破了自我封闭,形成了与环境共生的新的自我"。[1] 个体只有在对自己与他人内在的关联的觉悟中,才成为真正的主体。狂人身上所表现出的不同于《漫》与《默》中的孤独个体以及鲁迅早年文章中雄桀殊特的精神界战士的特质,构成了鲁迅的新文学的原点。

然而个体之间的关联并没有那么容易建立起来,安特莱夫的主题还埋伏在鲁迅的写作中。在整个二十年代,鲁迅不止一次地慨叹,"人和人的魂灵,是不相通的","人们的苦痛是不容易相通的","人类的悲欢并不相通,我只觉得他们吵闹"。[2] 某种意义上,小说《药》可以看作这种境况的隐喻。革命者夏瑜为民众牺牲了自己的生命,可是民众并不知道他,还吃了他的人血馒头,连夏瑜的母亲也并不理解自己的儿子。在小说的结尾,就像《默》中伊革那支的那样,她来到儿子的坟头祈求心灵的交流,得到的同样是沉默,确乎透出"安特莱夫式的阴冷"。但鲁迅有意在夏瑜坟头凭空添上一个花环,不也证明夏瑜到底不是安特莱夫笔下的孤独个体,而是有着同志或同情者的么?正如鲁迅所谓"听将令",是为他人而呐喊,而非自吐心曲一样。为了这喊声能穿透人与人之间的墙,白话文还有许多的工作要做。

民众能发声吗?

在鲁迅的小说中,人与人的灵魂不能相通的处境并不是一种存在

---

[1] 藤井省三著、陈福康编译:《鲁迅比较研究》,上海外语教育出版社,1997年,第67—69页。
[2] 鲁迅:《无花的蔷薇之二》,《死地》,《小杂感》,《鲁迅全集》第3卷,第278、282、555页。

主义式的抽象境遇,而是历史和现实诸种条件交互作用的产物。这在鲁迅为把握民众精神世界而做的艰苦努力中表现得很明显,造成这种困难的一个重要原因是民众无法和无力表达自己。在《故乡》中,"我"与闰土之间"已经隔了一层可悲的厚障壁",两人的交流因为后者的沉默而难以持续下去。《明天》中的单四嫂子在孩子死后,从房间的空旷和寂静中感受到沉重的压迫感,但她是一个"粗笨女人",不能清晰地表达自己的痛苦。对那些被压抑的沉默的灵魂找不到"心声"的出口的苦楚,鲁迅有着深切的感受。

在给《阿Q正传》俄译本写的序言中,鲁迅把他的关切和努力表达得再清楚不过了:"我虽然已经试做,但终于自己还不能很有把握,我是否真能够写出一个现代的我们国人的魂灵来。别人我不得而知,在我自己,总仿佛觉得我们人人之间各有一道高墙,将各个分离,使大家的心无从相印。"鲁迅接下来分析道,是历史上延续至今的不平等的社会结构,使得人们无法"感到别人精神上的痛苦",而汉字本身的繁难又让普通的民众丧失了说话的能力,使得人们只能听到圣人之徒的声音。在另一篇文章中,鲁迅亦曾感慨,"汉朝以来,言论的机关,都被'业儒'的垄断了。宋元以来,尤其利害。我们几乎看不见一部非业儒的书,听不到一句非士人的话。"在历史和现实的双重压迫下的民众,不得不在沉默和彼此的隔绝中度过一生。而探求他们的内心,写出他们的灵魂的任务,也不得不由鲁迅这样的作家来完成,但其中的困难也就可以想见了:

> 要画出这样沉默的国民的魂灵来,在中国实在算一件难事,因为,已经说过,我们究竟还是未经革新的古国的人民,所以也还

是各不相通,并且连自己的手也几乎不懂自己的足。我虽然竭力想摸索人们的魂灵,但时时总自憾有些隔膜。在将来,围在高墙里面的一切人众,该会自己觉醒,走出,都来开口的罢,而现在还少见,所以我也只得依了自己的觉察,孤寂地姑且将这些写出,作为在我的眼里所经过的中国的人生。[1]

鲁迅是怀抱着这样的"竭力想摸索人们的魂灵"的自觉,写出《阿Q正传》等一系列小说的。然而鲁迅却并不以民众的代言人自居,他所期待的是人们"自己觉醒,走出,都来开口",发出属于他们自己的声音。

鲁迅这种期待人们发出自己的声音的迫切愿望,在《无声的中国》这篇演讲中得到了最有力的表达。用鲁迅自己的话来说,1927年2月在香港基督教青年会做的这次演讲乃是"七八年前的'常谈'"[2],可见鲁迅对此的持久关怀。鲁迅在演讲中呼吁:

> 我们要说现代的,自己的话;用活着的白话,将自己的思想,感情直白地说出来。……青年们先可以将中国变成一个有声的中国。大胆地说话,勇敢地进行,忘掉了一切利害,推开了古人,将自己的真心的话发表出来。——真,自然是不容易的。譬如态度,就不容易真,讲演时候就不是我的真态度,因为我对朋友,孩子说话时候的态度是不这样的。——但总可以说些较真的话,发些较真的声音。只有真的声音,才能感动中国的人和世界的人;

---

[1] 鲁迅:《俄文译本〈阿Q正传〉序及著者自叙传略》,《鲁迅全集》第7卷,第83—84页。
[2] 鲁迅:《略谈香港》,《鲁迅全集》第3卷,第446页。

必须有了真的声音，才能和世界的人同在世界上生活。[1]

鲁迅强调要说出"真心的话"，发出"真的声音"，这就可见在鲁迅那里，"声"与"心"是相通的，并非简单的白话可以上口的问题。"真"是衡量"心"之内在性的尺度，在写于"五四"时期的一篇杂感中，鲁迅也曾感动于那"血的蒸汽，醒过来的人的真声音"。[2] 在这里，声音不仅仅是语言的要素，更是人的内在生命的自然呈现，因而也就与人的主体性的生成密切相关。这是鲁迅的一贯立场。鲁迅又强调，"只有真的声音，才能感动中国的人和世界的人"，这就说明与个体的自觉相比，鲁迅更看重通过"感动"彼此联结起来的状态，惟有在这种状态中才能建立起真正的主体性。

这种对白话文为普通民众所提供的发声的可能性的体认与肯定，构成了"五四"时期以至二十年代鲁迅捍卫白话文的立场的基点。针对反对白话文运动的论者"白话鄙俚浅陋，不值识者一哂之者也"的攻击，鲁迅讽刺道："四万万中国人嘴里发出来的声音，竟至总共'不值一哂'，真是可怜煞人。"[3] 在《无声的中国》中，鲁迅也驳斥了类似的论调："我们中国能做文言的有多少呢？其余的都只能说白话，难道这许多中国人，就都是卑鄙，没有价值的么？"[4] 白话文虽然幼稚，却是现代中国人表达自我和相互交流的唯一可能的书面语言，同时也是在生长与发展中的活的语言。

---

[1] 鲁迅：《无声的中国》，《鲁迅全集》第4卷，第15页。
[2] 鲁迅：《随感录·四十》，《鲁迅全集》第1卷，第338页。
[3] 鲁迅：《随感录五十七　现在的屠杀者》，《鲁迅全集》第1卷，第366页。
[4] 鲁迅：《无声的中国》，《鲁迅全集》第4卷，第15页。

结语

自清末投身文学事业以来,鲁迅一直在寻求和创造一种能够表达"心声"、表现现代中国人的灵魂的语言。对鲁迅来说,语言和心灵之间的关系从来就不是透明的,因而也就不存在一种现成的语言,可以直接表达自己和"他人的自己"的内面。无论他使用的是文言还是白话,他的书写语言都与主流的文言文和白话文有着极大的差异,这是他自觉地与语言搏斗的结果。

作为文学革命的实践者,鲁迅并不把他曾在早年翻译中使用过的传统的白话文当作新文学书写语言的已有的基础,这是他与胡适的最大不同。鲁迅曾写信称赞胡适的《五十年来中国之文学》,称其"警辟之至,大快人心",但又提醒说,"白话的生长,总当以《新青年》主张以后为大关键,因为态度很平正"。[1] 他在给日本友人的信中也说,"我以为目前研究中国的白话文,实在困难。因刚提倡,并无一定规则,造句、用词皆各随其便。"[2] 在鲁迅眼中,白话文是尚在生长并未定型的书写语言,因为它是现代中国人在表达和交流的实践中创造出来的活的语言,而不只是一种书写工具而已。

鲁迅从文言写作转向白话写作,实际上是从对个体"心声"的传达转向对他人"心声"的探索和召唤,这根源于他的为他人的伦理自觉。鲁迅反复地用"声"来代指白话文,看重的是"声"所唤起的与人的生命

---

[1]《220821致胡适》,《**鲁迅全集**》第11卷,第431页。
[2]《201214致青木正儿》,《**鲁迅全集**》第14卷,第176页。

自然相连的感觉,以及其中所包含的某种内在的能动性。这与他早年对"心声"的强调一脉相通,也与白话文本身接近口语的性质相关。然而需要特别指出的是,无论是历史上的白话文还是新文学创造的新体白话文,都不是言文完全一致的语言,即它们不是对口语的直接摹写,而始终是作为书写系统("文")存在的。也正因为此,白话文无法像柄谷行人所讨论的现代日语那样,通过声音直接来呈现主体的内面。语言与心灵之间这种不透明的关系,使得鲁迅不得不付出巨大的努力,来捕捉和表现现代中国人的精神世界与主体状态。但也正是在这种与语言搏斗的过程中,鲁迅写出了最为卓绝的白话文,发出了现代中国人苦楚、挣扎和奋斗的"心声"。

(原刊《文学评论》2018 年第 3 期)

第二辑

文学之观念

胡适与《新青年》的相遇:从文学翻译到文学革命

在1917年1月1日出版的《新青年》第2卷第5号上,刊出了胡适的《文学改良刍议》,学界普遍将其视为文学革命发生的标志,却较少有人注意到,胡适在《新青年》上的初次亮相,是一篇翻译的小说《决斗》,发表在1916年9月15日出版的《新青年》第2卷第1号上。[1]此前,在与《新青年》渊源颇深的《甲寅》杂志第1卷第4号(1914年11月10出版)上,胡适还发表了他翻译的都德的短篇小说《柏林之围》。可以说,彼时尚在美国留学的胡适,最初是以一个文学翻译者的形象,

---

[1] 最近有研究者注意到这篇小说的意义及其与胡适文学改良思想的内在关联,参见李宗刚:《胡适早期翻译小说〈决斗〉的文化解读》,《中国现代文学研究丛刊》2014年第4期。

出现在民国初年的言论界的。为何胡适的文学翻译未能在当时产生影响,乃至此后亦被长期忽视,而他的文学革命观点却产生了巨大反响,引发了一个声势浩大影响深远的文学运动?追溯胡适与《新青年》的相遇这一历史事件的前因后果,将为我们探讨这个问题提供线索,同时也会为我们思考文学革命的发生,提供一个新的背景和视野。

一

1910年胡适赴美留学,最初是在康乃尔大学学习农科,但他自幼便对文学有浓厚兴趣,入学不久便萌生了转读文学的念头。在给二哥胡觉的信中,他强调自己的天性"于文学为近",经过反复考虑,决定从事文学和哲学研究,欲以"文学发挥哲学之精神"。[1] 1912年2月,胡适转入康乃尔大学文学院。在农学院的时候,胡适就修习了大量英、法、德等国文学的课程,进入文学院后,对西方文学的兴趣更是有增无减。[2] 在研读西方文学作品的过程中,胡适也开始动手翻译,1912年9月,胡适翻译了都德的《割地》(即《最后一课》),随即寄给国内的友人叶德争,托其刊载于《大共和日报》。[3] 1914年8月,胡适又译出了都德的另一篇小说《柏林之围》,寄给当时在日本出刊的《甲寅》杂志[4],

---

[1] 参见罗志田:《再造文明的尝试:胡适传(1891—1929)》,北京:中华书局,第68页。
[2] 见江勇振:《舍我其谁:胡适(第一部:璞玉成碧,1891—1917)》,北京:新星出版社,2011年,第189—190、250—252、第582页。
[3] 《胡适日记全编》(1),合肥:安徽教育出版社,2001年,第159页。
[4] 《胡适日记全编》(1),第440页。

不久即发表在 11 月出版的第 1 卷第 4 号上。同年,胡适还曾译出拜伦的《哀希腊》,亦有意投给《甲寅》,后未果。[1]

胡适曾经读过《甲寅》主编章士钊在《民立报》上的文字[2],加上胡适的同乡汪孟邹与章士钊关系密切(《甲寅》第 1 卷第 5 号始即搬到国内,由汪孟邹的亚东图书馆发行)[3],他将译稿投给《甲寅》是很自然的。章士钊对这位年轻的作者也很重视,1915 年 3 月,他给胡适写信,希望胡适在小说之外,能为《甲寅》写评论文章:"稗官而外,更有论政论学之文,尤望见赐,此吾国社会所急需,非独一志之私也。"[4]《甲寅》是一种政论性刊物,虽设有"文录"、"诗录"、"文苑"、小说等栏目,刊发文学作品,但更像是正论之外的一种点缀,一个借以抒情遣兴的相对独立和自足的空间,不足以承担思想启蒙的重任。章士钊不加重视,良有以也。

陈平原曾经注意到,晚清以降的报刊,在新闻和论说之外,大多设有容纳诗文小说的文学类栏目。[5]《甲寅》之前的《新民丛报》、《国风报》、《庸言》等政论性刊物,莫不如此。这实际上表现出对文学自身之独立性的某种认识,通过"文苑"一类栏目的设置,这些刊物以最直观的形式,将文学类内容和非文学的论说、新闻、纪事等内容区分了开来。如果说 1897 年谭嗣同《报章文体说》仍在传统"文章"的视野中,

---

[1] 见胡适 1914 年 7 月 12 日致许怡荪信,见梁勤峰等整理:《胡适许怡荪通信集》,上海人民出版社,2017 年,第 47 页。
[2] 胡适:《通讯·非留学》(致甲寅杂志记者),《甲寅》第 1 卷第 10 号,1915 年 10 月 10 日。
[3] 参见沈寂:《胡适与汪孟邹》,《胡适史论拾零》,合肥:安徽大学出版社,2011 年,第 78—80 页。
[4] 《章士钊致胡适》(1915 年 3 月 14 日),中国社会科学院近代史研究所中华民国史组编《胡适来往书信选》上册,北京:中华书局,1979 年,第 1 页。
[5] 陈平原:《触摸历史与进入五四》,北京大学出版社,2005 年,第 68 页。

表彰报刊杂志之文包罗万象、"备哉灿烂"的优长[1]，那么文学类栏目的出现乃至程式化，则显示了报章文体自身的分化。后来人们谈论以"新文体"为代表的报章文体，大多着眼于其论说文字，文学类栏目则不与焉。

不过，章士钊对胡适的期待却没有得到胡适的积极响应，1915年7月，胡适在给章士钊的回信中写道：

> 前寄小说一种，乃暑假中消遣之作，又以随笔迻译，不费时力，亦不费思力故耳。更有暇晷，当译小说及戏剧一二种。近五十年来欧洲文学之最有势力者，厥惟戏剧，而诗与小说皆退居第二流。名家如挪威之 Ibsen、德之 Hauptmann、法之 Brieux、瑞典之 Strindberg、英之 Bernard Shaw 及 Galsworthy、比之 Maeterlinck 皆以剧本著声全世界。今吾国剧界正在过渡时期，需世界名著为范本，颇思译 Ibsen 之 Doll's Family 或 An Enemy of the People，惟何时脱稿，尚未可料。[2]

胡适对章士钊看重的"论学论政之文"并没有表现出兴趣，他关注的几乎全在文学（特别是戏剧）翻译[3]，其中明显包含着借"世界名著"的范本来改进中国自身的文学的关怀。留美期间胡适已经预备他

---

[1] 谭嗣同：《报章文体说》，《谭嗣同全集》，北京：三联书店，1954年，第119页。
[2] 胡适：《通讯·非留学》（致甲寅杂志记者），《甲寅》第1卷第10号，1915年10月10日。
[3] 孟庆澍也注意到"章士钊对胡适的期待与胡适的自我期许产生了明显的错位"，见《〈甲寅〉与〈新青年〉渊源新论》，《中国现代文学研究丛刊》2010年第5期。

日为"国人导师"[1],对自己在中国思想文化界将要扮演的社会角色怀抱着强烈的自觉和使命感。在写于1912年的《非留学篇》一文中,胡适表示,"留学之目的,在于植才异国,输入文明,以为吾国造新文明之张本",他以日本为例,指出"以文学论,则已能融合新旧,成一种新文学,小说、戏曲都有健者",反观中国,"以言文学,则旧学已扫地,而新文学尚遥遥无期"。[2] 不难看出,胡适的文学翻译,正是"输入文明,以为吾国造新文明之张本"这一宏伟蓝图的一部分,目的是要为中国创造一种"新文学"。

章士钊将胡适的来信刊发在《甲寅》第1卷第10号上,对胡适的翻译计划未加评论。值得注意的是,就在同一期上,还登出了黄远庸致章士钊的信,信中说"居今论政,实不知从何说起。洪范九畴,亦只能明夷待访。果尔则其选事立词,当与寻常批评家专就见象为言者有别。至根本救济,远意当从提倡新文学入手。综之,当使吾辈思潮,如何能与现代思潮相接触,而促其猛省。而其要义,须与一般之人生出交涉",黄远庸提出以"新文学"作为沟通和接触现代思潮的媒介。章士钊的回复是当务之急是改良政治,然后方有文学之事可言[3],与致胡适信中的态度基本一致。饶有意味的是,在黄远庸对"新文学"的设想中,翻译同样占据着重要的位置。1914年初,从《庸言》第2卷起,黄远庸接手了梁启超创办的这份杂志,在带有发刊词性质的《本报之新生命》一文中,黄远庸特别提到了西方文学影响思想文化的

---

[1] 《胡适日记全编》(1),第158页。
[2] 胡适:《非留学篇》,《胡适全集》第20卷,合肥:安徽教育出版社,2003年,第9、11页。
[3] 黄远庸:《通讯·释言》,《甲寅》第1卷第10号,1915年10月10日。

作用：

> 吾国号称文字之国,而文学之物,其义云何,或多未喻,自今以往,将纂述西洋文学之概要,天才伟著,所以影响于思想文化者何如,冀以筚路蓝缕,开此先路,此在吾曹实为创举,虽自知其驽钝,而不敢丧其驰骋之志也。[1]

《庸言》是与《甲寅》性质相似的政论性刊物,创刊时即设有"文苑""说部"等栏目。黄远庸接手后,加重了文学翻译的分量,除了第2卷第1、2合期上续载的魏易译狄更斯《二城故事》(即《双城记》)外,第2卷第3号上有张裕珍译《欧美最近脚本》,第2卷第4号上有王继曾、廖琇崑译莫泊桑《宦海扁舟》,第2卷第6号上有乔大壮(乔曾驹)译大仲马《路宾外史》。黄远庸还自己用白话翻译了梅里美的小说《鞑蛮哥小传》(即《塔曼果》)[2],虽然这些译作在当时没有产生太大影响,但足以见出黄远庸对待文学翻译的严肃态度和希冀由翻译催生出"新文学"的真切用心。

二

刊出胡适和黄远庸的通信的《甲寅》第1卷第10号,已经是该刊的最后一期。此前一个月左右,1915年9月,陈独秀主编的《青年杂

---

[1] 黄远庸:《本报之新生命》,《庸言》第2卷第1、2合期,1914年2月15日。
[2] 参见吴德铎:《黄远庸与〈塔曼果〉》,《散文》1981年第7期。

志》在上海问世。1914年初流亡日本后,陈独秀协助章士钊编辑《甲寅》杂志,但两人是思想旨趣不尽相合,1915年6月陈独秀返回上海,决定创办自己的杂志。[1]在好友汪孟邹的帮助下,陈独秀找到群益书社作为杂志的发行方,《青年杂志》顺利创刊。从刊物的整体面目和编辑策略上来看,《青年杂志》和《甲寅》的承继关系是显而易见的。虽然陈独秀宣称"批评时政,非其旨也"[2],但《青年杂志》并非不涉及政治,只是较之《甲寅》,更侧重从思想和学理层面讨论政治问题,仍可视为政论性刊物。

《新青年》此后以倡导文学革命闻名于世,郭沫若在发表于1930年的一篇文章中却提醒道,"陈独秀本来并不是一个文学家,他的行径和梁任公章行严相同,他只是一个文化批评家,或者是文化运动的启蒙家"[3],这话并不错,陈独秀和章士钊梁启超一样,都是民国初年以报刊舆论为阵地的新式知识分子。但是若对《青年杂志》和《甲寅》作更精细的比较便会发现,陈独秀确比章士钊更重视文学,尤其是外国文学的翻译。《青年杂志》第1卷共出版6期,每一期的封面上都印有外国名人的肖像,其中一半是外国作家:屠格涅夫(第2号)、王尔德(第3号)、托尔斯泰(第4号)。刊发的文学作品也是以翻译为主,创刊号起连载陈嘏翻译的屠格涅夫的小说《春潮》,第2号起连载薛琪瑛翻译的王尔德的戏剧《意中人》,第5号起连载陈嘏翻译的屠格涅夫的小说《初恋》,相比之下,《甲寅》全部10期登载的文学作品中,只有一部

[1] 参见郑超麟:《陈独秀与〈甲寅〉杂志》,《安徽史学》2002年第4期。
[2] 《通信》(复王庸工),《青年杂志》第1卷第1号,1915年9月15日。
[3] 郭沫若:《文学革命之回顾》,中国社会科学院科研局组织编选《郭沫若集》,北京:中国社会科学出版社,2005年,第440页。

是翻译,即胡适译的《柏林之围》。

陈独秀本人写的《现代欧洲文艺史谭》,也说明了他对西方文学的兴趣,这篇文章分两期连载于《青年杂志》第1卷第3号和第4号,作者将欧洲文艺思想概括为古典主义、理想主义、写实主义和自然主义四个阶段,以自然主义为现代文学发展的趋势。陈独秀还说:"西洋所谓大文豪,所谓代表作家,非独以其文章卓越时流,乃以其思想左右一世也"[1],这与黄远庸看重西方文学影响思想文化之作用的思路如出一辙。

在《现代欧洲文艺史谭》一文中,引人瞩目地出现了胡适的名字。陈独秀在介绍法国自然主义作家时,提到了都德,随即加按语云:"吾国胡适君所译《柏林之围》(Le Siege de Berlin,见《甲寅》第4号)及《割地》(原义最后之课 Derniere Classe)二篇皆都德所作"[2],显然陈独秀读过胡适的译作,且印象深刻。实际上,《青年杂志》创刊不久,陈独秀即托汪孟邹向胡适约稿。1915年10月6日,汪孟邹致胡适信中云:"今日邮呈群益出版《青年杂志》一册,乃鍊[引者按:即汪孟邹]友人皖城陈独秀君主撰,与秋桐亦是深交,曾为文载于《甲寅》者也,拟请吾兄于校课之暇,担任《青年》撰述,或论文,或小说戏曲,均所欢迎。每期多固更佳,至少亦有一种。鍊亦知兄校课甚忙,但陈君之意甚诚,务希拨冗为之,是所感幸"。[3] 12月13日,汪孟邹再次写信催稿:"陈君望吾兄来文,甚于望岁,见面时即问吾兄有文来否,故不得不为再三

---

[1] 陈独秀:《现代欧洲文艺史谭》(续),《青年杂志》第1卷第4号,1915年12月15日。
[2] 陈独秀:《现代欧洲文艺史谭》,《青年杂志》第1卷第3号,1915年11月15日。
[3] 《汪孟邹信六十通》,耿云志编《胡适遗稿及秘藏书信》第27册,合肥:黄山书社,1994年,第260—261页。

转达"。[1]可见陈独秀对胡适期望之殷切。或许是因为胡适对陈独秀素无了解，或许是由于1915年9月胡适刚从康乃尔转入哥伦比亚大学，一时无暇他顾，总之胡适一直没有寄稿给《青年杂志》。直到1916年2月3日，胡适才给陈独秀写了一封信，信中专门谈到了翻译的问题：

> 今日欲为祖国造新文学，宜从输入欧西名著入手，使国中人士有所取法，有所观摩，然后乃有自己创造之新文学可言也。[2]

这正是胡适的一贯思路，也是他的自我期许。《青年杂志》对西方文学翻译的重视，大概给胡适留下了比较深的印象，他在信中专门谈及薛琪瑛翻译的王尔德《意中人》，指出该剧虽佳，"然似非吾国今日士夫所能领会也。以适观之，即译此书者尚未能领会是书佳处"[3]，虽然批评不留情面，但也恰好说明经由文学翻译这一共同的兴趣，胡适和《青年杂志》建立起了最初的纽带。

此后不久，胡适就给汪孟邹寄去了小说《决斗》的译稿。1916年5月19日，汪孟邹致胡适信中称："《决斗》一首鍊与群益交谊极深，定无异词"。[4]但由于《青年杂志》1916年2月出至第1卷第6号时即暂时休刊，《决斗》迟迟未能刊出。8月13日，陈独秀复信胡适表达歉意：

---

[1]《汪孟邹信六十通》，《胡适遗稿及秘藏书信》第27册，第265页。
[2]《胡适日记全编》(2)，合肥：安徽教育出版社，2001年，第337页。
[3]《胡适日记全编》(2)，第338页。
[4]《汪孟邹致胡适》(1916年5月19日)，《胡适来往书信选》上册，第2页。

> 大作《决斗》迟至今始登出,甚愧甚愧。尊论改造新文学意见,甚佩甚佩。足下功课之暇,尚求为《青年》多译短篇名著者若《决斗》者,以为改良文学之先导。弟意此时华人之著述,宜多译不宜创作,文学且如此,他何待言。[1]

陈独秀承认《意中人》的翻译错误甚多,不过重要的是,在通过翻译来改良本土文学进而创造"新文学"这一点上,两人达成了高度的一致。这实际上为胡适与《新青年》的进一步合作奠定了基础,也为文学革命的发动埋下了伏笔。

1916年8月21日,胡适又给陈独秀写了一封信,开篇云2月3日信中"附《决斗》一稿,想已达览",可见此时胡适尚未收到陈独秀8月13日的来信。胡适在这封信里初步提出了他酝酿已久的文学革命的主张,这且暂时按下不表,需要注意的是胡适对《青年杂志》第1卷第3号上刊载的谢无量旧体诗的批评,认为陈独秀一面否定古典主义,一面称赞此诗,不免自相矛盾。这封信后来发表在复刊后《新青年》第2卷第2号"通信"栏,陈独秀在信后回复云:"以提倡写实主义之杂志,而录古典主义之诗,一经足下指斥,曷胜惭感。惟今之文艺界,写实作品,以仆寡闻,实未尝获觐。本志文艺栏,罕录国人自作之诗文,即职此故。"[2]可见《青年杂志》的文学栏目之所以重视翻译,正是出于陈独秀对本土文学的失望。在公开回复之外,陈独秀还给胡适写了一封私函,进一步探讨"文学改革"的问题:

---

[1]《陈独秀致胡适》(1916年8月13日),《胡适来往书信选》上册,第3页。
[2]《通信》,《新青年》第2卷第2号,1916年10月1日。胡适致陈独秀信的写作日期,据《胡适日记全编》(2),第465页。

文学改革,为吾国目前切要之事。此非戏言,更非空言,如何如何?《青年》文艺栏意在改革文艺,而实无办法。吾国无写实诗文以为模范,译西文又未能直接唤起国人写实主义之观念,此事务求足下赐以所作写实文字,切实作一改良文学论文,寄登《青年》,均所至盼。[1]

陈独秀、胡适以及稍早一点的黄远庸,都对当时中国文学的现状极为不满,都希望通过翻译西方文学来改进中国文学,进而创造出一种"新文学"。陈独秀和黄远庸更明确提出借助文学翻译来影响思想文化的思路。从晚清以降中国文化整体转型的进程来看,借助西学的刺激来推动本土学术文化的新生是一种常见的思考模式,陈独秀、胡适和黄远庸的观点可以说是这一模式在文学领域的表现,在当时是有一定的代表性的。问题在于,为何文学翻译的实践并未取得预想的效果("译西文又未能直接唤起国人写实主义之观念"),以至于陈独秀发出"实无办法"的感慨?这恐怕和"文学"在整个文化系统中的位置有关。《青年杂志》"文艺栏"的设置上承《甲寅》,尽管陈独秀本人对其远较章士钊重视,但并未真正改变《青年杂志》上文学作品相对自足和边缘的格局。当"文学"作为一个独立的空间,与杂志主体部分的思想论说隔离开来的时候,无论填充在这个空间里的是旧文学,还是翻译过来的西方文学,事实上都不会发生什么影响。陈独秀似乎已经意识到了这个问题,他期待胡适的"改良文学论文"能够冲破这种僵化的结构,果然,当期盼中的《文学改良刍议》如约而至的时候,虽然不是讨论

---

[1]《陈独秀致胡适》(1916年10月5日),《胡适来往书信选》上册,第5页。

陈独秀设计的"写实主义",却实实在在地掀起了一场变革的风暴,彻底地改变了中国文学和思想的版图,催生出了真正的"新文学"。

三

当陈独秀在上海创办《青年杂志》的时候,远在美国的胡适因为一个偶然的事件,开始了他对文学革命的思考。1915年9月,胡适的好友梅光迪将赴哈佛大学,因为梅光迪笃好文学,胡适写诗赠之,特加勉励:"梅生梅生毋自鄙。神州文学久枯馁,百年未有健者起。新潮之来不可止,文学革命其时矣。"[1]这是胡适第一次提出"文学革命",不过其立意并非树立自己的主张,而是表达对梅光迪的期待。没想到因为这首诗里掺杂了很多外国人名,却引来任鸿隽等友人的嘲戏。胡适晚年回忆这件事的时候,仍强调"我那首诗立意相当严肃。我鼓励我的朋友们留意今后中国文学的发展"[2],可见此事对胡适刺激之深。此后围绕诗是否可用"文之文字"的问题,胡适与梅、任两人又展开多次论辩。在往复讨论的过程中,胡适逐渐形成了较为系统的文学革命的观点,即以历史进化论为理论资源,论证从文言趋向白话是中国文学发展的必然趋势,白话不仅是历史上中国文学的正统,也是创造当代中国文学的唯一工具。胡适立下了"为大中华,造新文学"[3]雄心勃勃的誓言,但是他的见解却几乎遭到了朋友们的一致反对,尤其是以白话为诗的理念,完全不被接受。胡适决意作一番个人的试验,不再

---

[1]《胡适日记全编》(2),第283页。
[2]《胡适口述自传》,《胡适文集》(1),北京大学出版社,1998年,第311页。
[3]《胡适日记全编》(2),第375页。

勉强寻求旁人的支持。因而我们就不难理解,在1916年8月21日给陈独秀的信中,胡适第一次试探性提出他的文学革命"八事"的时候,并未刻意突出白话的地位,只是在第四条"不避俗字俗语"后面用括号的形式作了一个补充说明:"不嫌以白话作诗词。"

对于胡适提出的"八事",除了"须讲求文法之结构"和"须言之有物"两条陈独秀稍有异议外,余皆"合十赞叹",并希望胡适"详其理由,指陈得失,衍为一文,以告当世"。[1] 这大概让在美国孤军奋战的胡适有点喜出望外,陈独秀表示不同意见的两条,原本在胡适的主张里面并不占特别重要的位置,关键是他的白话文学观能够得到陈独秀的赞同。于是在正式发表的《文学改良刍议》一文中,胡适对"八事"的次序作了有意的改动,将"不避俗字俗语"放在最后,"很郑重的提出我的白话文学的主张"。[2] 果然,1917年1月,《文学改良刍议》在《新青年》上刊出,陈独秀在文后的按语中就明确表示:"白话文学,将为中国文学之正宗,余亦笃信而渴望之。"[3]

胡适的白话文学的主张得到了陈独秀有力的支持,《文学改良刍议》也激起了热烈的议论。等到1917年7月胡适回国的时候,他已经因为这篇文章而成为名噪一时的人物。《新青年》上有关文学革命的论文和通信日渐增多,后来加入讨论的钱玄同、刘半农等人都赞同胡适的白话文学观。不过,在共同的立场背后却隐藏着一个微妙的分歧,陈独秀、钱玄同和刘半农,都持有某种"文学之文"与"应用之文"二元区分的观念,大体而言,"文学之文"包括诗、小说、戏剧等体裁,"应

---

[1]《通信》,《新青年》第2卷第2号,1916年10月1日。
[2] 胡适:《逼上梁山——文学革命的开始》,《胡适文集》(1),第161页。
[3]《文学改良刍议》文后"独秀识",《新青年》第2卷第5号,1917年1月1日。

用之文"则涵盖评论、文告、纪事等文体,至于散文则依违于两者之间,界限不甚清晰。[1]这样一种二元观念自晚清就已出现,它实际上表达了对文学独立性的某种认识,某种程度上成为时人的共识。表现在《新青年》这样的政论性杂志上,文艺栏属于"文学之文",而主体部分的论说文自然应归于"应用之文"。所以在刘半农看来,《新青年》上发表的讨论文学革命的文章本身并不属于"文学":"凡科学上应用之文字,无论其为实质与否,皆当归入文字范围。即胡、陈、钱三君及今兹所草论文之文,亦系文字而非文学","凡可视为文学上有永久存在之资格与价值者,只诗歌戏曲、小说杂文二种也"。[2]刘半农所谓"文字"与"文学",大体上即等同于"应用之文"与"文学之文"。今天看来主张白话文学的文章竟用文言来写显得有些奇怪,但就当时对"文学"的理解而言,实是顺理成章。

在这个问题上,胡适当时并没有明确地发表看法,我们从他后来的文字中,知道他是反对"纯文"与"杂文"或"应用文"与"美术文"一类的区分的。[3]胡适对"文学"的理解确实较同时代人更为宽泛,他在为白话文学寻找历史上的根据的时候,就把禅宗语录、理学语录都纳入到"文学"中来。在《建设的文学革命论》一文中,胡适提出"用白话做各种文学",这里的"文学"包括了"通信,做诗,译书,做笔记,做报馆

---

[1] 参见拙作《白话文运动中的"文学"——以胡适为中心的考察》,欧阳哲生、宋广波编《胡适研究论丛》,哈尔滨:黑龙江教育出版社,2009年,第199—203页;又见文韬:《散文的转换与章的裂变——关于"文学之文"与"应用之文"的论争》,《中山大学学报》(社会科学版)2009年第1期。
[2] 刘半农:《我之文学改良观》,《新青年》第3卷第3号,1917年5月1日。
[3] 见胡适:《什么是文学(答钱玄同)》、《国语文法概论》,均见《胡适文集》(2),北京大学出版社,1998年。

文章，编学堂讲义"各种文字活动，几乎已经抹除了"文学"的界限。[1]这或许不完全是观念使然，很可能与"白话"的引入有关："白话"作为一种新的可被普遍应用的书写语言，内在地包含着某种动力，让原本被封闭在一个固定位置上的"文学"的边界开始松动起来。刘半农一面区分"文学"和"文字"，但同时又提议，"《新青年》杂志，既抱鼓吹文学改良之宗旨，则此后本志所登文字，即当就新文学之范围做去，白话诗与白话小说固可登，即白话论文亦当采用"[2]，最能说明"白话"所带来的变化。不久钱玄同也提出，"我们既然绝对主张用白话体做文章，则自己在《新青年》里面做的，便应该渐渐地改用白话"[3]。从1918年1月出版的第4卷第1号开始，《新青年》的论说文基本上也都用白话了。

采用白话述学论政不仅是一种文体上的革新，同时还具有非常重要的思想史意义。白话作为沟通的媒介，为《新青年》上的文学作品和思想论说之间的互动和融合提供了前提，文学革命和思想革命的合流成为可能。在这样崭新的格局中，西方文学的翻译也真正迎来了推动本土文学变革，作为一种活的资源汇入新文学的契机。

四

胡适的文学革命观点，是通过对中国文学自身历史的批判性思考

---

[1] 胡适：《建设的文学革命论》，《新青年》第4卷第4号，1918年4月15日。
[2] 《通信》（刘半农致陈独秀），《新青年》第3卷第3号，1917年5月1日。原刊该信下未署作者名，据《新青年》第3卷第4号所载《第三卷第三号正误表》，信末"夺刘半农白四字"，故知此信为刘半农作。
[3] 《通信》（钱玄同致陈独秀），《新青年》第3卷第6号，1917年8月1日。

而发展起来的,和胡适的文学翻译活动,并没有直接的关系。如果说两者有什么共同点的话,那就是在某种程度上,它们都源于对中国文学现状的不满。但在胡适刚刚形成他的白话文学主张的时候,外国文学确实不在他的视野之内。在胡适思路的牵引下,《新青年》最初讨论文学革命的文字,大多集中在白话作为新的文学语言的可能性这一主题上,基本不涉及文学翻译的问题。1917年的《新青年》在热烈讨论文学革命的同时,也发表了不少翻译的作品,其中就包括胡适翻译的两篇小说,莫泊桑的《二渔夫》(载1917年3月出版的第3卷第1号)和《梅吕哀》(载1917年4月出版的第3卷第2号),后者用的还是文言,显然这一时期《新青年》上的文学翻译和它倡导的文学革命,还处在各自为政的状态。

由于胡适的白话文学主张是建立在历史进化论的理论基础上的,他所设想的用作文学语言的"白话",是以古代白话小说为主要源泉的。就确立白话作为文学语言的正当性而言,胡适的论述框架是有说服力的,也得到了《新青年》同人的赞同,但是一旦对"文学"的理解超越了语言工具的层面,进入到思想的维度,古代白话小说的局限性很快就暴露了出来。《新青年》第3卷第4号至第4卷第1号的"通信"栏上,钱玄同、胡适和陈独秀围绕古代白话小说的价值展开了一系列的讨论,钱玄同得出的观点是,元代以来的白话小说在文学史上应该大加表彰,"但是到了现在,这种文学又渐渐成了过去的陈迹。现在中国的文学界应该完全输入西洋最新文学,才是正当办法"[1],"中国今日以前的小说,都该退居到历史的地位,从今日以后,要讲有价值的小

---

[1] 《通信》(钱玄同致陈独秀),《新青年》第3卷第6号,1917年8月1日。

说,第一步是译,第二步是新做"。[1]要创造中国的新文学,单有白话这一工具是不够的,还需要输入和翻译西方文学。

表面上看,这似乎回到了胡适、陈独秀和黄远庸早先的思路,然而在文学革命打开的崭新视野中,文学翻译的意义和前景已经完全不同了。白话的引入使得"文学"成了一个边界不那么清晰、富于弹性和更加开放的空间,可以容纳多样的资源,这就创造了条件,使得翻译能够将蕴含在外国文学中的能量释放出来,直接转化为新文学的营养。从1918年1月《新青年》第4卷第1号起,我们能明显地看到一种变化,文学翻译逐渐成为文学革命的有机组成部分。胡适翻译的苏格兰诗人Lindsay的诗歌《老洛伯》(第4卷第4号)被胡适用来论证苏格兰白话文学对文学革新的推动作用,周作人的文章《读武者小路君所作〈一个青年的梦〉》(《新青年》第4卷第5号)更是创造性地将翻译和论说融为一体,阐发作品中包含的新思想。最能体现文学翻译、文学革命和思想革命的合流的,是1918年6月15日出版的《新青年》第4卷第6号"易卜生号",这一期采用前所未有的专号的形式,将易卜生作品的翻译和对其思想的论说组织为一体,完全打破了清末以来政论性刊物的编辑体例。整个专号除了"通信"栏外,包括胡适的长篇论文《易卜生主义》、罗家伦、胡适合译的《娜拉》、陶履恭译的《国民之敌》、吴弱男译的《小爱友夫》以及袁振英的《易卜生传》,只有《易卜生传》是用文言写的,其余皆是白话。这期专号影响极为深远,奠定了易卜生在中国新文学和新文化运动中的经典地位,在"五四"时期及之后的很长时间内,易卜生的作品都是新文学作家重要的灵感源泉。

---

[1]《通信》(钱玄同复胡适),《新青年》第4卷第1号,1918年1月15日。

1935年，胡适在回顾新文学运动的历程的时候，特别提到了文学翻译和文学革命的关系。一开始文学革命还顾不上内容革新的问题，因为"世界的新文艺都还没有踏进中国的大门里，社会上所有的西洋文学作品不过是林纾翻译的一些十九世纪前期的作品，其中最高的思想不过是迭更司的几部社会小说；至于代表十九世纪后期的革新思想的作品都是国内人士所不曾梦见"。这里值得注意的是，胡适把新文学内容上的革新直接和翻译联系起来，在他看来，新文学的思想内容是由西方现代文学作品的翻译来提供的。那么如何才能让这些"世界的新文艺"成为新文学创作的资源呢？胡适接下来写道：

> 民国七年一月《新青年》复活之后，我们决心做两件事：一是不作古文，专用白话作文；一是翻译西洋近代和现代的文学的名著。那一年的六月里，《新青年》出了一本"易卜生专号"，登出我和罗家伦先生合译的《娜拉》全本剧本，和陶履恭先生译的《国民之敌》剧本。这是我们第一次介绍西洋近代一个最有力量的文学家，所以我写了一篇《易卜生主义》。在那篇文章里，我借易卜生的话来介绍当时我们新青年社的一班人公同信仰的"健全的个人主义"。[1]

胡适没有明确论述他所说的"两件事"之间的关系。现在我们看得很清楚，没有第一件事，第二件事是不可能的。正是《新青年》"专用

---

[1] 胡适编选：《中国新文学大系·建设理论集》（影印本），上海文艺出版社，2003年，导言第28页。

白话作文",才打破了此前论说文章和文学作品分立的格局,为两者的融合和互动创造了前提,于是才可能出现"易卜生号"这样的全新的编排形式。回头看胡适1915年7月给章士钊写的信,那时他就有意翻译易卜生的《娜拉》和《国民之敌》。我们可以设想,如果没有文学革命运动,即使胡适当时译出了这两部剧作,它们也绝不可能产生像《新青年》"易卜生号"那样的影响,很有可能无声无息地被人遗忘,就像他翻译的《柏林之围》和《决斗》这两篇小说一样。胡适在同一封信中还说过一句意味深长的话:"固有之文明日即于沦亡,而输入之文明亦扞格不适用,以其未经本国人之锻炼也"[1],恰可用来移作本文的注脚,文学革命就好比"本国人之锻炼",只有经历了这样的过程,"输入之文明"才能够真正地在中国思想文化的土壤中扎下根来。

(原刊《华南师范大学学报》[社会科学版]2015年第3期)

---

[1] 胡适:《通讯·非留学》,《甲寅》第1卷第10号,1915年10月10日。

思想如何进入"文学":《新青年》与新文学的思想性

作为一场影响深远的文学运动,"五四"文学革命是从《新青年》上围绕白话文学的讨论开始的。对于文学革命发生的过程,学术界已经掌握大量的材料,基本上可以做到精细的历史还原,然而,由于现有的研究往往是从一个已经被常识化的"文学"观念出发,有关文学革命的一些基本的前提性的问题仍未得到充分的厘清,例如,最初在《新青年》上参与白话文学讨论的胡适、陈独秀、钱玄同、刘半农等人,他们在介入讨论时是否已经形成了稳定的"文学"观念?他们的"文学"观念之间有无分歧?在讨论过程中有无变化?与此相关的一系列问题是:为什么关于"文学"的讨论,是在《新青年》这样一个思想评论性的杂志上展开的?为什么在《新青年》上展开的这场讨论,最终发展为一场意义重大的文学运动?对这些问题的重新检视和思考,要求我们把"文学"观念尽可能地陌生化和历史化,去探讨清末至民国初年"文学"观念的变迁以及这种变迁所依赖的历史语境。

近年来关于晚清以来"文学"概念的输入和形成,出现了一些研究成果[1],但它们大多仍是语源学的思路,侧重于对词义变迁的梳理,较少涉及观念形成的历史语境。也有学者将现代"文学"概念的确立与文学革命联系起来,指出正是在文学革命的过程中,作为"literature"对应译语的"文学"概念才被普遍化,成为一种主导性的观念。[2]这一结论有待商榷,对"文学"的观念史考察表明,与"literature"相对应的现代"文学"观念在清末就已形成,并在相当大的范围内为新式知识分子所接受,但这一强调文学自律性和独立性的新观念并没有自动地催生出新文学的实践。正是《新青年》发起的有关文学革命的讨论,由于引入了"白话"这一因素,松动了已经成形的"文学"的边界,为崭新的文学实践的出现创造了条件。这一时期的"文学"概念,恰恰是不稳定的、充满弹性和张力的,并因而打开了文学与思想界交流和互动的渠道。表现在《新青年》杂志上,就是文学革命与思想运动之间的汇通乃至融合,在此过程中产生了将新思想内化到自

---

[1] 如蒋英豪:《十九、二十世纪之交"文学"一词的变化——并论汉语中"文学"现代词义的确立》,《中国学术》第26辑,北京:商务印书馆,2010年;钟少华:《近代汉语"文学"概念之形成与发展》,《现代中国》第13辑,北京大学出版社,2010年;栗永清:《知识生产与学科规训:晚清以来的中国文学学科史探微》,北京:中国社会科学出版社,2012年,第32—58页。最新的系统的研究则有余来明《"文学"概念史》,北京:人民文学出版社,2016年。
[2] 参见李春:《文学翻译如何进入文学革命——"Literature"概念的译介与文学革命的发生》,《中国现代文学研究丛刊》2011年第1期。

身之中的新文学。从诞生起,思想性就构成了新文学最核心的要素。

以"美术"为核心的"文学"观念及其与清末民初思想界的关系

中国古代典籍中的"文学"并不是一个稳定的概念,有文章博学、文辞、文字之学、学术文化等多种义项。这种情况一直延续到晚清乃至民初,我们仍能看到"文学"的不同用法。这一时期一种较为流行的观念是把"文学"看作各类文字的总称,接近传统"文辞"或"文"的概念。例如陶曾佑《中国文学之概观》一文即将"文学"理解为"著作之林",不仅包括诗词剧本,论文、译著也包含在内。[1]与此相关联,"文学"宽泛地指称各种学术和知识的意义,在当时也广为接受,并且反映在新学制的学科设置中。如1902年颁布的《钦定京师大学堂章程》,就将经学、史学、理学、诸子学等都纳入"文学科"之下。[2]

晚清时期,在传统的"文学"观念之外,伴随着西学的输入,"文学"获得了作为"literature"译语的新用法。根据蒋英豪的考察,最早明确地在"literature"的意义上使用"文学"一词的,是1857年英国传教士艾约瑟(Joshph Edkins)发表在《六合丛刊》第1号上的文章《希腊为西国文学之祖》一文。但在此后二三十年的时间内,这个新用法并没有普及开来,直到1907年前后,经由梁启超创办的《新民丛报》的推广,"文

---

[1] 陶曾佑:《中国文学之概观》,原载《著作林》第13期,约1908年,舒芜等编选《近代文论选》上册,北京:人民文学出版社,1999年,第245页。
[2] 参见陈国球:《文学如何成为知识?》,北京:三联书店,2013年,第62—65页。

学"的现代意义才基本上确立下来。[1]但蒋英豪并未明确地阐明梁启超所确立的"文学"概念,其内涵究竟为何。我们从梁启超发表于1902年的《释革》一文中,可以大略窥见他对于"文学"的理解:

> 以日人之译名言之,则宗教有宗教之革命,道德有道德之革命,学术有学术之革命,文学有文学之革命,风俗有风俗之革命,产业有产业之革命。[2]

这句话告诉我们两点,首先是梁启超使用的"文学"一词,是借用了日语的译名,并不是沿袭艾约瑟对"literature"的中文翻译;再者,在梁启超的理解中,"文学"是与宗教、道德、学术并立的一个独立的专名,这一点非常重要,"文学"不再是各类文字或知识活动的总称,而成为具有自身规定性的某种特殊的领域。在我看来,"文学"的现代意义并不完全依赖于它对"literature"严格而准确的翻译上,而在于人们对"文学"自身规定性和独立性的明确认识。

---

[1] 参见蒋英豪:《十九、二十世纪之交"文学"一词的变化——并论汉语中"文学"现代词义的确立》,《中国学术》第26辑。余来明认为,《希腊为西国文学之祖》一文仍是在广义的"学术"意义上使用"文学"一词,直到1870年代初,日本学者以中国古典词"文学"与Literature对译,具有近代意义的"文学"术语才开始在汉语世界中出现,见余来明:《"文学"译名的诞生》,《湖北大学学报》(哲学社会科学版)2009年第5期。旅日学者李征通过对该文更细致地解读,确认文中"文学"一词是Literature的对译,但同时也包含了中国古典思维模式的元素。李征还提出,包括西周在内的日本学者在确定"文学"译名的过程中,很可能接触过艾约瑟的文章并受其影响,从而提醒我们注意"文学"概念在近代东亚的确立这一历史过程的复杂的跨文化的语境。见李征:《翻译词"文学"——艾约瑟〈希腊为西国文学之祖〉与近代中国、日本》,魏大海等编《日本文学研究:日本文学研究会杭州年会论文集》,青岛出版社,2018年,第10—20页。
[2] 中国之新民(梁启超):《释革》,《新民丛报》22号,1902年12月。

那么,构成"文学"自身规定性和独立性的要素,或者说,使得"文学"成为"文学"的东西是什么呢? 这个问题的解答与当时出现的另外一个新概念"美术"有着密切的关系。[1] 严复对"美术"有一个简明而要的定义:"夫美术者何? 凡可以娱官神耳目,而所接在感情,不必关于理者是已。"[2] 简单地说,"美术"是指那些形式上具有美感而诉诸人的情感的事物,具有"美术"特征的文字就是"文学"。黄人编纂的《普通百科新大辞典》对"文学"的界定,即以此为标准:

> 以广义言,则能以言语表出思想感情者,皆为文学。然注重在动读者之感情,必当使寻常皆可会解,是名纯文学。而欲动人感情,其文词不可不美。故文学虽与人之知意上皆有关系,而大端在美,所以美文学亦为美术之一。[3]

黄人虽然把"能以言语表出思想感情者"纳入广义的"文学",但他的重心显然在"纯文学"上。与黄人观点可相印证的是鲁迅的看法,在写于1907年的《摩罗诗力说》中,鲁迅提出:"由纯文学上言之,则以一切美术之本质,皆在使观听之人,为之兴感怡悦。文章为美术之一,质当亦然,与个人暨邦国之存,无所系属,实利离尽,究理弗存。"[4] 鲁迅

---

[1] 参见贺昌盛:《晚清民初"文学"学科的学术谱系——从"词章"到"美术"再到"文学"》,《学术月刊》2007年第7期。
[2] 严复:《〈法意〉按语》,《严复集》第4册,北京:中华书局,1986年,第988页。关于"美术"概念在晚清的引入和传播,参见林晓照:《清末"美术"概念的输入及衍化》,桑兵等著《近代中国的知识与制度转型》,北京:经济科学出版社,2013年。
[3] 黄摩西(黄人):《普通百科新大辞典》,上海:国学扶轮社,1911年,子集第106页。
[4] 鲁迅:《摩罗诗力说》,《鲁迅全集》第1卷,北京:人民文学出版社,2005年,第73页。

所谓"文章"即等同于"文学"。周作人也用"文章"对译"literature",他认为"文章"的目的是"表扬真美,以普及凡众之人心"。值得注意的是,周作人又将"文章"界定为"人生思想之形现",但他紧接着指出,"文章思想,初既相殊而莫一",故须由意象和感情作为中介才能合一,否则文章"更无辨于学术哲理之文矣"。他又进一步将文章分为"纯文章"和"杂文章",前者包括诗赋、词曲、小说等,后者则涵盖"书记论状"一类文字。[1] 这与黄人对广义文学和纯文学的区分非常相似。

以"美术"为核心的"文学"概念内在地包含了一种区分的机制,其中一个特别重要的方面,即是将"知意"、"究理"、"学术哲理"等思想性的表达排除在"文学"("文章")——至少是"纯文学"("纯文章")——之外。周作人明确反对陶曾佑的观点,指出"学说,译学之不为文章,可无待言"[2]。有研究者指出,黄人和周作人的文学观都受到了日本学者太田善男《文学概论》的深刻影响,太田以十九世纪英国文学批评为资源,强调诉诸情感是文学的核心特征,而对思想在文学中的位置持怀疑态度,最终将其安放在"杂文学"的部类下。[3]

将思想论说排除在"文学"之外,涉及如何看待晚清已蔚为大国的报章文字的问题,而占据报刊——特别是政论杂志——的主体地位的正是论说文字。按照以"美术"为核心的"文学"观念,报章文字

---

[1] 周作人:《论文章之意义暨其使命因及中国近时论文之失》,陈子善、张铁荣编《周作人集外文》上集,海口:海南国际新闻出版中心,1995年,第46—47、54页。
[2] 周作人:《论文章之意义暨其使命因及中国近时论文之失》,陈子善、张铁荣编《周作人集外文》上集,第54页。
[3] 见陈广宏:《黄人的文学观念与19世纪英国文学批评资源》,《文学评论》2008年第6期。

自然不能算是"文学"。二十世纪初期已出现美术之文与应用之文的区分[1],报章之文追求以浅近文字传布思想,与"美术"概念格格不入,自当归入应用之文。1908年,高凤谦在《论偏重文字之害》一文中,将文字分为"应用之文字"与"美术之文字"两种,前者但取达意,须人人修习,后者则为专科。他还特别提出美术之文可不杂入新名词,应用文字则不须回避[2],使用新名词正是当时报章文体的特色。

晚清以降报刊文章的兴起,对于新思想的传播厥功甚伟,对此梁启超有充分的自觉:"报馆之天职,则取万国之新思想,以贡于其同胞者也。"[3]梁启超本人的报刊文字更是风行一时,成为一种新的文体,对近代汉语书面语的变革和发展产生了深远的影响。然而,新的"文学"观念将思想性的表达排除在外,却在很大程度上造成了自身与晚清思想运动的隔绝。即如梁启超本人虽然是新的"文学"观念的奠基者之一,但几乎没有正面讨论过"文学"与晚清思想运动的关系,他提倡的"诗界革命"和"小说界革命",基本上还是基于对传统文类的理解而展开的。另外一个颇有意味的现象是,以《清议报》《新民丛报》为代表的政论杂志,在体现刊物主旨的论说文字之外,往往都设有"文苑"一类的栏目,收入诗歌、古文和小说等文学作品,这种设置与应用之文和美术(文学)之文的区分,有隐隐相合的地方,但与前者相比,后者更多是作为一种点缀出现在杂志上的,处于无足轻重的地位,且两者明

---

[1] 林晓照:《清末"美术"概念的输入及衍化》,桑兵等著《近代中国的知识与制度转型》,第97—98页。
[2] 高凤谦:《论偏重文字之害》,《东方杂志》第5卷第7号,1908年8月。
[3] 梁启超:《清议报一百册祝辞并论报馆之责任及本馆之经历》,《饮冰室合集·文集》六,北京:中华书局,2008年,第51页。

显各自为政,互不相干,这一点颇能提示"文学"在晚清思想界中的处境。

从新的"文学"观念自身的视野来看,它也没有表现出推动文学发生变革的潜力来,恰恰相反,这一新的观念在某些时候,却扮演了为传统文学的价值进行辩护的角色。这一点并不难理解,如果"文学"的本质特征是形式上具有美感和诉诸人的情感,那么很容易在传统诗文中寻找到符合条件的对应物。一个有趣的例子是林纾通过把古文归为"美术",来证明日益没落的古文存在的合理性。[1]另一位古文家姚永概则赋予古文家以"文学家"的身份,并且刻意将它与"性理家""考据家""政治家"区分开来,在这样的逻辑中,古文一向为人诟病的不善说理的短处,也作为"文学"的题中应有之义而受到肯定。[2]

自律的文学观念使得"文学"处于文化空间中相对自足和独立的位置上,与晚清民初活跃的思想界很少发生沟通和交流。民国初年一些知识分子曾试图改变这种局面,首先对"文学"抱以更大期待的是黄远庸。1914年2月,黄远庸接办《庸言》,这是一份由梁启超创办的政论杂志,在带有发刊词性质的《本报之新生命》一文中,黄远庸特别提到了"文学",认为文学最能够"激励感情",对"表著民德,鼓舞国魂"意义重大。他计划"纂述西洋文学之概要"来影响"思想文化"[3],在他主编的《庸言》第2卷第1、2合期至第6期上,有意识地加重了文学翻译的分量。这与此前政论杂志上文学栏目偏居一隅的状态相比,在观念上是一个很大的突破。

---

[1] 参见本书中《近代散文对"美文"的想象》一文。
[2] 姚永朴:《文学研究法》,合肥:黄山书社,1989年,第16—20页。
[3] 黄远庸:《本报之新生命》,《庸言》第2卷第1、2合期,1914年2月15日。

黄远庸对"文学"的理解是,"文学者,乃以词藻而想化自然之美术也","文学者,为确实学术以外之述作之总称,而通常要以美文为限"。不难看出,这正是以"美术"为核心的文学观念,强调文学的自律性和独立性。黄远庸一方面固守"文学"的边界,另一方又期望诉诸情感的"文学"能够发挥更大的作用:"鄙人向日持论,谓今欲发挥情感,沟通社会潮流,则必提倡新文学。今欲瀹发智慧,输入科学,综事布意,明白可观,则必提倡一种近世文体,使之合于文法及名学。"[1]这里所谓的"近世文体",即是以传布思想发表论说为主旨的报章文体。问题在于,如果文学要"沟通社会潮流",影响思想文化,就很难与"瀹发智慧,输入科学"的论说文字判然两分。1915年,在给《甲寅》主编章士钊的那封著名的信中,黄远庸更明确地将"新文学"的重要性放到了"论政"之文的前面,认为前者才是根本救济之法,并且明确指出,要使"吾辈思潮""与现代思潮相接触",与一般人生出交涉,只有通过"浅近文艺"一法[2],却没有注意到,"思潮"本身往往就体现在"论政"之文当中。

章士钊对黄远庸的建议并不感兴趣,他重视的还是讲求逻辑的政论。《甲寅》杂志上虽然也开设了"文录"、"诗录"、"文苑"等文学栏目,但和当时及此前大部分政论杂志一样,只是一种消闲性质的空间。[3]真正继承了黄远庸的思路的,是协助章士钊编辑《甲寅》的陈独秀。1915年9月,陈独秀在上海创办了自己的杂志《青年杂志》,这份思想

---

[1] 黄远庸:《晚周汉魏文钞序》,《黄远生遗著》卷二,上海:中国科学公司,1938年,第356页。
[2] 黄远庸:《通讯·释言》,《甲寅》第1卷第10号,1915年10月10日。
[3] 孟庆澍:《新文学缘何而来——从〈新青年〉与〈甲寅〉月刊的差异说起》,《河南大学学报》(社会科学版)2010年第5期。

评论性的刊物与《甲寅》有明显的渊源[1],但与章士钊相比,陈独秀对文学显然有更大的兴趣。《青年杂志》不仅设有文学栏目,而且第一卷出的六期每一期封面上印的外国名人的肖像,有一半是文学家:屠格涅夫(第2号)、王尔德(第3号)、托尔斯泰(第4号)。更值得注意的是,陈独秀本人还写了介绍欧洲文艺思想的《现代欧洲文艺史谭》一文,并且特别表彰托尔斯泰等西洋作家"非独以其文章卓越时流,乃以其思想左右一世也"[2],这与黄远庸看重西方文学影响思想文化之作用的思路非常接近。不过,细绎这句话的意味,不难体会在陈独秀那里,"文章"(文学)和"思想"仍是并立的存在,在强调文学的自律性和独立性方面,陈独秀较黄远庸有过之而无不及。要打破"文学"和思想之间的藩篱,还需要另外的契机,这就是胡适倡导的白话文学主张在《新青年》上的登场。

白话的引入对自律的文学观念的冲击和破除

1916年10月,改版后的《新青年》第2卷第2号上"通信"栏登出了胡适致陈独秀的信,胡适在这封信里初步提出了他酝酿已久的文学革命"八事",陈独秀给予高度评价,只对其中"讲求文法之结构"和"须言之有物"两条提出了质疑,特别指出"文学之文"与"应用之文"不同,

---

[1] 不少学者都注意到《新青年》与《甲寅》的渊源,并从不同角度加以阐发,参见岳升阳:《〈甲寅〉月刊与〈新青年〉的理论准备》,《清华大学学报》(哲学社会科学版)1989年第1期;庄森《〈青年杂志〉相承〈甲寅〉论》,《学术研究》2005年第5期;孟庆澍:《〈甲寅〉与〈新青年〉渊源新论》,《中国现代文学研究丛刊》2010年第5期。
[2] 陈独秀:《现代欧洲文艺史谭》(续),《青年杂志》第1卷第4号,1915年12月15日。

若宽泛地追求"言之有物",则可能将文学降低至"手段"和"器械"的地位,影响文学的独立性:"窃以为文学之作品,与应用文字作用不同,其美感与伎俩,所谓文学美术自身独立存在之价值,是否可以轻轻抹杀,岂无研究之余地?"陈独秀的文学观,显然承继自晚清以"美术"为核心的"文学"概念。在公开回复之外,陈独秀还给胡适写了一封私函,进一步探讨"文学改革"的问题,"文学改革,为吾国目前切要之事。此非戏言,更非空言,如何如何?《青年》文艺栏意在改革文艺,而实无办法",显示出他推进文学变革的急切心情,但他同时又指出,"鄙意文学之文必与应用之文区而为二,应用之文但求朴实说理纪事,其道甚简。而文学之文,尚须有斟酌处"[1],仍强调文学的独立性,并把思想性的表达("说理")排除在"文学"之外。

胡适和陈独秀的讨论引起了常乃惪的注意,他给《新青年》投书,也对胡适的主张表示异议。常乃惪同样持"文学之文"与"应用之文"的二元论,认为"文学"的要素是"美术",白话可用于说理纪事的应用之文,但不可施之美术之文。陈独秀在回信中认可常乃惪对"文学之文"与"应用之文"的区分,又进一步阐明"文学美文之为美"的要素,对两者的区别作了简明的概括:"应用之文以理为主,文学之文以情为主。"[2]简而言之,陈独秀和常乃惪的文学观没有超出晚清形成的自律的文学观念的范围,这也反过来说明,这个以"美术"为核心的"文学"概念已经相当普及,在一定范围内成为新式知识分子的共识。

---

[1]《陈独秀致胡适》(1916年10月5日),中国社会科学院近代史研究所中华民国史组编《胡适来往书信选》上册,北京:中华书局,1979年,第5页。
[2]《通信》(常乃惪致陈独秀及陈独秀回复),《新青年》第2卷第4号,1916年12月1日。

对于陈独秀和常乃惪的疑议，胡适并没有做正面的回应。本来，胡适提出的文学革命"八事"中，最要紧的是"不避俗字俗语（不嫌以白话作诗词）"这一条，陈独秀对此表示赞同，给了胡适很大的鼓励。1917年1月，在正式发表的《文学改良刍议》一文中，胡适对"八事"的次序作了有意的改动，将"不避俗字俗语"放在最后，"很郑重的提出我的白话文学的主张"。[1] 同时针对陈独秀提出的批评，对"须言之有物"这一条作了进一步的说明，将"物"分解为"情感"和"思想"两事。果然，胡适的白话文学主张得到了陈独秀明确的支持，陈独秀在文后的按语中说："白话文学，将为中国文学之正宗，余亦笃信而渴望之"。[2] 此后，白话文学在《新青年》上成为讨论的焦点，但同样不可忽视的是，胡适将"情感"和"思想"都纳入到对"文学"的理解中来，是对晚清形成的自律的文学观念的重要突破。更重要的是，这种文学观念上的突破，和白话文学的主张之间，存在着不易觉察却十分密切的关系，后者实际上构成了前者的推动力。

就胡适本人的文学观而言，前后也有一个变化的过程。在1915年8月的一则日记中，胡适将"美感"界定为文学的核心要素，无"美感"而"专主济用而不足以兴起读者文美之感情者"，不足以言文学。[3] "美感"和"济用"的对立，与当时流行的美术之文与应用之文的区分基本相合。不过，当胡适开始形成他的白话文学主张时，他对文学的理解发生了变化。因为要强调白话作为文学语言的正当性，胡

---

[1] 胡适：《逼上梁山——文学革命的开始》，《胡适文集》第1册，北京大学出版社，1998年，第161页。
[2] 《文学改良刍议》文后"独秀识"，《新青年》第2卷第5号，1917年1月1日。
[3] 《胡适日记全编》第2册，合肥：安徽教育出版社，2001年，第239页。

适把"美"界定为"达意",而不再是"兴起读者文美之感情"[1],又因为要从历史上寻找白话文学的证据,胡适把用白话说理的宋人语录也纳入到"文学"中来。[2]白话作为一种文体,本来就具有能够应用于各种文字的普遍性,因而当它一旦成了衡量文学价值的最重要标准,便会对文学之文与应用之文的区隔形成冲击,使得文学的边界开始松动,这就为思想进入"文学"创造了契机。

胡适的白话文学主张得到了陈独秀的赞同,后来加入讨论的钱玄同和刘半农对之也持肯定的态度。钱玄同和刘半农原先也大体上认同以"美术"为核心的"文学"概念,他们在接受了胡适的白话文学主张后,文学观念发生了微妙的变化。1917年1月,钱玄同了解了胡适和陈独秀关于文学改革的议论,认为不仅文学之文当改革,应用之文亦当改良,而首要之务是"与文学之文划清,不可存丝毫美术之观念"。[3]他又把梁启超的报章文字归入"应用之文字",并给以高度评价。[4]这都是以"美术"为核心的文学观的典型表现。然而在两个月后发表于《新青年》的通信中,完全服膺胡适白话文学主张的钱玄同,转而将梁启超推举为"创造新文学之一人",其政论著作也被归入"文学"之列。[5]虽然他仍沿用"文学之文"和"应用之文"的表述,但两者的界限已经变得模糊起来。

刘半农最早参与白话文学的讨论,是1917年5月在《新青年》上

---

[1]《胡适日记全编》第2册,第414页。
[2]《胡适日记全编》第2册,第353—354页。
[3] 杨天石主编:《钱玄同日记(整理本)》上册,北京大学出版社,2014年,第296页。
[4] 杨天石主编:《钱玄同日记(整理本)》上册,第304页。
[5]《通信》(钱玄同致陈独秀),《新青年》第3卷第1号,1917年3月1日。

发表《我之文学改良观》一文。刘半农首先对"文学"下界说,指出"文学为美术之一",与"文字"不同。诚如文后陈独秀的按语所言,"文学"与"文字"之分,大致等同于"文学之文"与"应用之文"之分,诗歌、戏曲、小说属于前者,评论、文告等属于后者。尤堪玩味的是刘半农对《新青年》上有关文学革命的论文的定位:"就不佞之意,凡科学上应用之文字,无论其为实质与否,皆当归入文字范围。即胡、陈、钱三君及今兹所草论文之文,亦系文字而非文学。"[1]后人或对《新青年》上主张白话文学的论文却用文言来写感到奇怪,其实按照以"美术"为核心的文学观,这些论文本来就不算"文学",自然无须用白话。

然而有趣的是,就在同一期《新青年》的通信栏上,刘半农给陈独秀写了一封信,强调白话文学应付诸实践,"此后本志所登文字,即当就新文学之范围做去,白话诗与白话小说固可登,即白话论文亦当采用"。[2]那么"白话论文"算不算"新文学之范围"呢?刘半农没有明说,细细体会其语意,似乎在两可之间。"文学"与"文字"的区隔,在这里有了松动的迹象,白话作为一种媒介,显示了沟通两者的潜力。事实表明,刘半农的提议意义重大,说它决定了《新青年》未来的面目乃至文学革命的走向亦不为过。

刘半农的建议得到了《新青年》同人的响应。不久,钱玄同在给陈独秀的信中,也表达了类似的观点:"我们既然绝对主张用白话体做文

---

[1] 刘半农《我之文学改良观》及文后陈独秀按语,《新青年》第3卷第3号,1917年5月1日。
[2] 《通信》(刘半农致陈独秀),《新青年》第3卷第3号,1917年5月1日。原刊该信下未署作者名,据《新青年》第3卷第4号所载《第三卷第三号正误表》,信末"夺刘半农白四字",故知此信为刘半农作。

章,则自己在《新青年》里面做的,便应该渐渐的改用白话。"[1]原先只是被当作新的文学语言的白话,现在已经扩展到一般文章的领域了,或者说,两者的界限已经趋于模糊。从1918年1月第4卷第1号开始,《新青年》上文学方面的论文基本上都用白话了,一些政论文也开始采用白话。在文学栏目方面,最初的《青年杂志》登载的主要是外国文学的翻译,基本上是文言,这跟陈独秀对本土文学现状的不满有关,和黄远庸看重文学翻译的思路颇为接近。在白话文学讨论的初期,除了胡适的白话诗词外,《新青年》的文学栏基本上还是之前的面目,以文言体的翻译作品为主,连胡适自己翻译的短篇小说《梅吕哀》(第3卷第2号)也是用文言。第4卷以后,胡适和其他同人创作的白话诗,周作人和胡适用白话翻译的外国诗歌和小说,逐渐占据了文学栏的篇幅。《新青年》的文学作品和论说文字都采用白话后,刊物的整体风貌越发显得分明。到了第5卷,《新青年》几乎完全成了一个白话文的刊物了。

白话文对《新青年》的全面覆盖,对"文学之文"与"应用之文"的区隔构成了有力的冲击,不过在观念层面上,认为"文学之文"与"应用之文"都应采用白话,并不必然意味着取消这种区分的合理性。陈独秀就始终坚持这种区分,强调文学的自律性和独立性。在1917年7月发表的一则通信中,陈独秀依然主张分辨两者:"应用之文,大别为评论纪事之类。文学之文,只有诗词、小说、戏(无韵者)、曲(有韵者)五种。"[2]对"文学之文"和"应用之文"采用白话的理由,陈独秀也分别

---

[1]《通信》(钱玄同致陈独秀),《新青年》第3卷第6号,1917年8月1日。
[2]《通信》(陈独秀答沈藻墀),《新青年》第3卷第5号,1917年7月1日。

作了解释："盖文字之用有二方面：一为应用之文，国语体自较古文体易解；一为文学之文，用今人语法，自较古人语法表情亲切也。"[1]将论说文字划归"应用之文"，着眼"文学之文"的"表情"功能，陈独秀对"文学"的基本理解还是沿袭晚清形成的自律的文学观念，没有发生根本的改变。

与陈独秀形成对照的是胡适。对于《新青年》上有关"文学之文"与"应用之文"的讨论，胡适一直没有正面回应，但他的态度是很鲜明的。在《建设的文学革命论》一文中，胡适提倡"用白话做各种文学"，"我们有志造新文学的人，都该发誓不用文言作文：无论通信，做诗，译书做笔记，做报馆文章，编学堂讲义，替死人作墓志，替活人上条陈，……都该用白话来做"[2]，在胡适这里，包括"报馆文章"在内的所有文字都算在"文学"之下。在后来的文字中，胡适更是明确反对"应用文"与"美文"的区别。[3]从胡适白话文学主张的内在理路来看，这种宽泛的文学观不难理解。有一个例子能够很好地说明陈独秀和胡适不同的文学观念，作为新文化运动的主将，陈独秀和胡适都曾将《新青年》等报刊上发表的论文结集出版，即《独秀文存》和《胡适文存》，但两人的自我评价却迥异。陈独秀声言集中的文章没有什么文学的价值，"不但不是文学的作品，而且没有什么系统的论述"[4]，《胡适文

---

[1]《通信》(胡适、陈独秀答易宗夔)，《新青年》第5卷第4号，1918年10月15日。虽然署名"胡适之　陈独秀"，但该信却是陈独秀起草的。见《陈独秀著作选编》第1卷，上海人民出版社，2009年，第438页。

[2] 胡适：《建设的文学革命论》，《新青年》第4卷第4号，1918年4月15日。

[3] 见胡适：《五十年来中国之文学》，《胡适学术文集·新文化运动》，北京：中华书局，1993年，第125页；胡适：《国语的进化》，《新青年》第7卷第3号，1920年2月1日；胡适：《国语文法概论》，《胡适文集》第2册，第341页。

[4] 陈独秀：《〈独秀文存〉自序》，《独秀文存》第1卷，上海：亚东图书馆，1933年。

存》被陈西滢列入新文学运动以来的十部著作之一,胡适对此则颇为自得。[1]

不管《新青年》同人对于"文学"的理解有怎样的分歧,在外人看来,《新青年》的特点就在于它是一个白话文的刊物。《新青年》倡导以白话作为文学语言,但实际上白话文使用的范围已覆盖杂志全体,故有人认为文学革命实际上是"文体革命",新文学即"新文体"。对此钱玄同也表示认同。[2]更有人坦言,新文学"夷考其实,不过欲以白话为一切文而已"[3]。《新青年》的文学栏和论说文字都采用白话后,两者的分界变得越来越模糊,彼此间的渗透和互动日益显现。以白话这一共同的媒介为中介,思想开始融入到文学之中。

我们可以在《新青年》上找到很多这方面的例证。例如1918年5月第4卷第5号上刊登的周作人《读武者小路君所作的〈一个青年的梦〉》一文,就将文学作品的译介和对其中思想的阐发融为一体。同一期上鲁迅的小说《狂人日记》,是第一篇用白话创作的短篇小说,它和鲁迅随后在《新青年》上发表的《我之节烈观》(1918年8月第5卷第2号)、《我们现在怎样做父亲》(1919年11月第6卷第6号)等文,存在着明显的互文关系,它们都旨在攻击传统的礼教制度。而吴虞的论文《吃人与礼教》(1919年11月第6卷第6号),亦受到《狂人日记》的启发。在这种文学作品与思想论说的共振中,小说的思想性得到了清晰而有力的呈现。

---

[1] 陈源(陈西滢):《新文学运动以来的十部著作》(上),《西滢闲话》,石家庄:河北教育出版社,1994年,第259页;胡适:《整理国故与"打鬼"》,《胡适文集》第4册,第117页。
[2] 《通信》(查钊忠致钱玄同及钱玄同回复),《新青年》第6卷第1号,1919年1月15日。
[3] 潘力山:《论新旧》,《新青年》第7卷第1号,1919年12月1日。

最能说明问题的是1918年6月出版的第4卷第6号"易卜生号",这一期以前所未有的专号的形式,将易卜生作品的翻译和易卜生思想的论说组织为一体,彻底改变了清末以来政论杂志的编辑体例,论说文字与文学栏目分立的格局完全被打破。整个专号除了"通信"栏外,包括胡适的长篇论文《易卜生主义》、罗家伦、胡适合译的《娜拉》、陶履恭译的《国民之敌》、吴弱男译的《小爱友夫》以及袁振英的《易卜生传》,只有《易卜生传》是用文言写的,其余皆是白话。虽然介绍的是戏剧家易卜生,但最看重的却是他的思想,正如胡适自己所承认的,"我们的宗旨在于借戏剧输入这些戏剧里的思想"[1]。这期专号影响极为深远,奠定了易卜生在中国新文学和新文化运动中经典地位。此前黄远庸借助外国文学翻译来影响思想文化的设想,可以说至此得以实现。如果没有白话文学运动破除"文学"和思想之间的疆界,这一切将是难以想象的。

"文学"的重新定义和新文学的思想性

随着"文学"边界的松动和扩大,文学革命和白话文运动逐渐融为一体。当时即有人将新文学等同于白话文,并且把白话文运动置于晚清以降报章文体演变的脉络中来观察,《新青年》等杂志上的白话文,被认为是继梁启超"新文体"而来的一种新的报章文体。在北大法科教授李涤君看来,白话文除了使用一些语助词外,与《新民丛报》以来浅近的报章文字并没有根本的区别。胡适也认可这种历史连续性的

---

[1]《通信》(T.F.C致胡适及胡适的回复),《新青年》第6卷第3号,1919年3月。

视野,他的《五十年来中国之文学》就用相当的篇幅,沿着晚清以降报章文体发展的线索来论述新文学兴起的必然性,但他强调的是白话文相对于之前报章文体的优势。在与李涤君的对话中,胡适说:"照表面上看,现在流行的白话文,和浅近的报馆文,没有多大的分别,然就事实上讲,用白话达极繁密的思想,比文言实在要容易得多。"[1]其实从梁启超以来,报章之文即以传布思想为职志,胡适特意抉发白话文在这方面的优长,可见"思想"在他文学观(白话文和白话文学在他那里本无甚差别)中的重要性。

将文学革命理解为白话文运动,由此接续晚清以来报章文体变迁的脉络,这在一段时期内是一种颇为流行的历史叙述模式。陈子展《最近三十年中国文学史》曾经引用樊仲云的一句话,"梁启超《新民丛报》的报章文字倡于先,《新青年》的白话文字继于后",认为《新青年》倡导的白话文学,是进一步突破报章文体的束缚而得解放的产物。[2] 1940年代出版的李一鸣《中国新文学史讲话》一书,也把梁启超的"报章杂志文"推举为文学革命的前驱,指出从梁启超的报章文,到章士钊的逻辑文,再到"五四"时期的白话文,都是"很自然的过渡"。[3] 新文学阵营之外的钱基博,在他的《现代中国文学史》中,亦将"白话文"置于"新民体"和"逻辑文"之后,作为一个序列来论述。

然而,这种将"文学"等同于文体的论述方式并不是没有缝隙的。

---

[1]《关于新文学的两个问答》(真心),载长沙《大公报》1920年1月16日,转引自吴元康《胡适史料补阙》,见《民国档案》2006年第4期。
[2] 陈子展:《中国近代文学之变迁 最近三十年中国文学史》,上海古籍出版社,2000年,第123页。
[3] 李一鸣:《中国新文学史讲话》,上海:世界书局,1943年,第2—6页。

1925年,严既澄对文学革命作了一番回顾,他把白话文运动的主要贡献归结在说理和叙事两方面,"近年来的文体的改革运动,对于许多种学术文字,自然都可以生出很大的进步,把白话的应用范围,无限地推广下去",但是这种运动"在文学的一方面,并没有很重要的意义",因为文学自始至终"所包涵的都是感情的问题"。[1] 严既澄的文学观带有晚清以"美术"为核心的文学观的痕迹,但他本人是文学研究会的成员,其意见代表了新文学内部的一种质疑,即胡适所看重的那些表达思想的白话文,特别是《新青年》等杂志上的白话论文,并不能算是"文学"。

从"文体革命"的角度看,一般报刊上的白话论文对白话文运动的推行,确实起到了很大的作用。朱自清后来总结说:"新文学运动起来,大半靠《新青年》里那些白话论文(文言的很少),那些达意的文字"。[2] 陈平原对此做了进一步的阐述:"白话文运动成功的标志,不仅仅是'国语的文学,文学的国语',述学文章之采用白话,很可能也是至关重要的一步"。[3] 不过在当时人看来,这些述学说理的白话文是不是文学,还是有争议的。北大学生吴康这样评估白话文学初期的实绩:"大家所做的(白话文)都是偏于说理叙事方面底多,关于文艺上的著作,如诗曲小说之类还很少,或有的也不大好。"[4] 可见在他看来,说理的白话文是不算"文艺上的著作的"。时在北大任教的缪金源在给

---

[1] 严既澄:《韵文与骈散文》,郑振铎编《〈小说月报〉第十七卷号外·中国文学研究》下册,上海:商务印书馆,1927年,第4—5页(文页)。
[2] 朱自清:《文言白话杂论》,《朱自清全集》第4卷,南京:江苏教育出版社,1996年,第349—350页。
[3] 陈平原:《触摸历史与进入五四》,北京大学出版社,2005年,第205页。
[4] 吴康:《我的白话文学研究》,《新潮》第2卷第3号,1920年4月1日。

胡适的信中也对白话文学的现状表示不满,要求新文学家"多做诗歌、小说、戏剧,少做滥调的批评散文",明确表示"中国的白话散文中,尚没有'文学文'"。[1]显然,所谓"滥调的批评散文",指的就是《新青年》等杂志上的白话论文。类似的论调和严既澄后来的批评如出一辙。

白话的引入虽然松动和扩展了"文学"的边界,但并没有完全建立起一个新的严整的"文学"概念,从吴康、缪金源、严继澄等人的批评可以看出,形成于晚清的自律的文学观念,在"五四"前后依然有相当的影响力。这就使得当时对"文学"的界定,呈现出纷歧、松散甚至混乱的局面。就《新青年》同人而言,胡适和陈独秀的文学观可以说是相反的,钱玄同则有些犹疑,他早年服膺以"美术"为核心的文学观念,后来支持文学革命,承认报章杂志上的论文也是"文学"。对于《新青年》上白话文学的成就,钱玄同的评价是,"《新青年》里的几篇较好的白话论文、新体诗,和鲁迅君小说,这都算是同人做白话文学的成绩品"[2],可见他是把"白话论文"归入"文学"的。但在1920年他给胡适的一封信中,他又说自己"对于'文学'的意义,俳徊彷徨者两年于兹",对"纯文学""杂文学"的区分感到困惑,希望胡适给以明确的界说。[3]胡适以《什么是文学》为题作文答复,强调文学是能够清楚明白地"达意表情"的文字,明确反对"纯文学"与"杂文学"的区分,显示了他一以贯之的宽泛的文学观。[4]

---

[1] 缪金源致胡适(1920年12月16日),《胡适来往书信选》上册,第118页。
[2] 《通信》(钱玄同复潘公展),《新青年》第6卷第6号,1919年11月。
[3] 《致胡适》(1920年10月),《钱玄同文集》第6卷,北京:中国人民大学出版社,2000年,第96页。
[4] 胡适:《什么是文学(答钱玄同)》,《胡适文集》第2册,第149—151页。

胡适的答复是否令钱玄同满意不得而知,值得注意是"什么是文学"这个标题,也曾出现在罗家伦的笔下,说明他们认识到,站在新文学的立场上,有必要重新界定"文学"。罗家伦对文学的定义是,"文学是人生的表现和批评,从最好的思想里写下来的,有想象,有感情,有体裁,有合于艺术的组织;集此众长,能使人类普遍心理,都觉得他是极明了、极有趣的东西"[1],"最好的思想"被放在首要的位置上。罗家伦还写有一篇《近代中国文学思想之变迁》,着眼于"文学"和"思想"的贯通,把新文学置于梁启超、章士钊等人政论文字的延长线上[2],思路和胡适《五十年来中国之文学》非常接近。

对"文学"的不同界定,也构成了新文学与其反对者论争的焦点。学衡派的代表人物胡先骕对文学革命的攻击就是从定义"文学"开始的:"文学自文学,文字自文字,文字仅取其达意,文学则必达意之外,有结构,有照应,有点缀。而字句之间,有修饰,有锻炼。凡曾习修辞学作文学者,咸能言之,非谓信笔所之,信口所说,便足称文学也。"[3] "文学"和"文字"的区分,大致遵循晚清以"美术"为核心的"文学"概念。胡先骕还批评胡适《五十年来中国之文学》把梁启超的"报馆文章"纳入到"文学"中来[4],这一点也不难理解,本来晚清形成的自律的文学观念,就是把报章文字排除在外的。罗家伦对胡先骕的反驳,同样着眼于对"文学"的界说。他引用自己《什么是文学》一文,批评了

---

[1] 罗家伦:《什么是文学——文学界说》,《新潮》第1卷第2号,1919年2月。
[2] 罗家伦:《近代中国文学思想之变迁》,《新潮》第2卷第5号,1920年9月。
[3] 胡先骕:《中国文学改良论(上)》,郑振铎编《中国新文学大系·文学论争集》,上海:良友图书印刷公司,1935年,第103页。
[4] 胡先骕:《评胡适〈五十年来中国之文学〉》,《学衡》第18期,1923年6月。

胡先骕的"文学"定义,并且进一步明确指出"文学最重要的体用,既是表现批评人生和传布最好的思想"[1]。"思想"成为新文学家对"文学"的界定中最关键的要素。

然而,晚清以降自律的文学观念在当时——包括在新文学阵营内——仍很流行,对此新文学的支持者也不能视而不见,朱希祖即尝试建立一种新的关于文学的知识体系,来整合不同的文学观,他在发表于《北京大学月刊》的《文学论》一文中,标举文学"离诸学科而独立"的观念,又提出"文学作家,全以美情为主","文学以情为主,以美为归",凡此皆源于晚清自律的文学观念。但朱希祖毕竟赞成文学革命,他也强调思想的重要性,认为文学有"内事""外事","内事或称内容,即思想之谓也;外事或称外形,即艺术之谓也。欲内外事之完备,必有种种极深之科学哲学以为基础"。中国古代文学徒重"外事",有艺术而无思想,新文学则不能离思想而存在。那么如何调和这两种文学观呢?朱希祖的回答是,"文学既以感动多数为主,则不以特别之知识为标准,而以普通之知识为标准。盖寻常日用普通切己之事实,非有高深缜密之学理为之纲纪,即不能秩然有章"。[2]换言之,新文学所表达的情感,也是要有"高深缜密之学理"作为基础的,这就给自律的文学观念赋予了以新的内涵。

另外一个有趣的例子是郑振铎。他在1921年写了一篇题为《文学的定义》的文章,从标题即可看出,其旨趣也是对"文学"重新加以界定。郑振铎着重于文学诉诸情感和想象的面向,由此确立它不同于科

---

[1] 罗家伦:《驳胡先骕君的中国文学改良论》,《新潮》第1卷第5号,1919年5月。
[2] 朱希祖:《文学论》,《北京大学月刊》第1卷第1号,1919年1月。

学和其他艺术的自身的规定性。他从这个角度出发,批评罗家伦头脑昏乱,在《近代中国文学思想之变迁》一文中把文学和思想混为一谈:"明明是'中国近代思想的变迁',何必硬要插上'文学'二字在上面呢?"这种有意区别"文学"和"思想"的思路,像是又回到了晚清形成的自律的文学概念。然而吊诡的是,郑振铎又明明指出,"文学是人们的情绪与最高思想联合的'想象'的'表现'"[1],这和罗家伦的定义其实并没有什么区别,思想已经内在于"文学"之中了。郑振铎论述中的裂隙表明,新文学建立自己的独立和规范的文学观念,并不是一件容易的事。

无论新文学家对"文学"的理解和界定如何流动不居,有一点却越来越成为共识,即思想——主要是经过新文化运动洗礼后的新思想——是新文学最核心的要素。或者反过来说,正因为"文学"概念的不稳定状态,由于它的弹性和开放性,才使得思想进入到"文学"之中,并扮演了至关重要的角色。与此相比,白话论文究竟算不算"文学"的问题就没有那么重要了。朱希祖在论证新文学的价值时说:"现在的新文学,非从科学哲学出来,即不能成立;用极深远的哲理,写以极浅近的白话。所以就外面看来,学士大夫能懂得,车夫走卒亦能懂得,若就内容的理由讲,不但车夫走卒不能懂,即旧派的学士大夫何尝能懂呢?"[2]"深远的哲理"成为新文学成立的前提条件,这和他《文学论》中的观点是一致的。沈雁冰在回应新文学看不懂的责难时也说:"我以为最大的困难尚不在于'新式白话文'看了不能懂,而在'新式白话文'内的意思看了不能懂。……所以我觉得现在一般人看不懂'新文

---

[1] 西谛(郑振铎):《文学的定义》,《文学旬刊》第1期,1921年5月10日。
[2] 朱希祖:《白话文的价值》,《新青年》第6卷第4号,1919年4月15日。

学',不全然是不懂'新式白话文',实在是不懂'新思想'。"[1]以新思想为内核的新文学,对读者提出了较高的要求,在构建新文学的阅读共同体方面,新思想本身就具有划定边界的意义。

如果说白话的引入为新思想进入文学提供了前提,构成新文学内核的新思想,反过来又对白话起到了某种改造的作用。朱希祖和沈雁冰都强调新文学的白话,不再是旧式的白话,而是一种被新思想洗刷过的、普通民众和旧派读书人都不懂的新式的白话文。本来胡适最初提出白话文学的主张时,他设想的用作文学语言的白话,还是以历史上章回小说或宋明语录所用的白话为模本。但随着新文化运动的展开,随着思想运动和文学革命的合流,旧式白话已经不能承担将新思想输入文学的任务,新式白话文随之应运而生,这也使得新文学不仅仅是白话文学而已,而确确实实是在思想和语言两面都崭新的文学。在这个意义上,新思想不仅构成了新文学的内核,它同时决定了新文学外在的语言风貌。[2]

从更大的历史语境来看,作为新文学内核的新思想,是"五四"新文化运动的产物,新文化运动实际上即是新思潮运动或新思想运动,"把这思想用到文学上来,便是新文学"。[3]有意味的是,新思想运动

---

[1]《通信》(沈雁冰答梁绳祎),《小说月报》第13卷第1号,1922年1月10日。
[2] 关于五四新文学的"新式白话"或"新体白话",近年学界亦有讨论,参见严家炎:《五四"新体白话"的起源、特征及其评价》,《中国现代文学研究丛刊》2006年第1期;刘纳:《新文学何以为"新"——兼谈新文学的开端》,《中国现代文学研究丛刊》2012年第5期。但两位作者都没有提及新思想对新式白话文的形成起到的重要作用,关于这一点,还需要更为具体和详尽的文本分析。
[3] 陈问涛:《中国最近思想界两大潮流》,《时事新报·学灯》第5卷第4册第29号,1923年4月29日,转引自章清:《学术与社会——近代中国"社会重心"的转移与读书人新的角色》,上海人民出版社,2012年,第155页。

同样发源于《新青年》,《新青年》同人亦特别看重这份杂志在传播新思想方面的价值和意义,1920年1月,《新青年》在《申报》刊登广告,广告词就强调《新青年》是"新思想的源泉"。[1] 新文化运动的起点,一般都会追溯到1915年9月《新青年》的创刊,从一开始《新青年》就致力于回应特定历史时期的重大关切。共和政治的危机,一战带来的国际形势的变化,在陈独秀等知识分子那里引发了一些新的思考,它们为日后新思想的成长埋下了种子。历史地看,新思想是植根于具体的现实土壤之中的。至于新思想用何种语言表述,并不是陈独秀等人一开始关心的问题。理论上说,这些新思想完全可以用文言来表达,事实上《新青年》最初两卷的实际情形也是如此。然而,正是胡适提出白话文学主张这一带有某种偶然性的事件,使得新思想以白话为载体成为可能并付诸实践。从"文学"方面看,这催生了崭新的新文学,从新思想方面看,这使得新思想得以在更广大的范围内更便利地传播。廖仲恺在给胡适的信中,便着意表彰胡适在这一点上的贡献:"我辈对于先生鼓吹白话文学,于文章界兴一革命,使思想能借文字之媒介,传于各级社会,以为所造福德较孔孟大且十倍。"[2]

值得进一步深入探究的是,廖仲恺所说的"文字之媒介",不应仅仅理解为那些直接用白话表达思想讨论学理的白话论文,诗歌、小说、戏剧等新文学作品同样可以扮演传布新思想的媒介的角色,甚至比论文更加有力。王汎森对此有精彩的论述,他指出"五四时期,不只是思想文献,当时的小说、诗歌、散文等,也表达了许多新概念或形成了新

---

[1] 参见王奇生《新文化是如何"运动"起来的:以〈新青年〉为视点》,《近代史研究》2007年第1期。
[2] 《廖仲恺致胡适》(1919年7月19日),《胡适来往书信选》上册,第64页。

的感情结构,人们就在这张新网络之下吸收、编织他们的思想及意义,而且这张新的思潮网络也成为公众构思评判事物的新标准","新文学作品有深刻的思想史意义,五四新文学中所传达的社会思想及批判意识,对于现实的影响绝不输于一些里程碑式的思想文献"[1],这对于我们理解新文学的"思想性"是极有启发意义的。

1919年,周作人在《思想革命》一文中写道:"文学革命上,文字改革是第一步,思想改革是第二步,却比第一步更为重要。"[2]这个如今看来迹近老生常谈的表述,常为研究者征引,用来说明文学革命发生和发展的阶段性。然而,如果我们把"文学"与"思想"、"文字改革"与"思想改革"的关系充分地历史化和问题化,就会意识到这里的"第一步"和"第二步"还包含着更深一层的逻辑关系:若没有白话的引入这一"文字改革","思想改革"就不会成为内在于文学革命中的问题而被提出来。正是白话文学主张在《新青年》上的提出,《新青年》的文学栏目和论说文字都采用白话的实践,两者以白话这一共同媒介相互渗透和汇合,直至文学革命和思想运动的合流,这一系列过程催生了新文学,并使得思想成为内在于新文学之中的核心要素。这同时也告诉我们,自诞生时起,新文学就和思想界,和思想运动保持着紧密的有机的关联,新思想是新文学的活力——它对读者的吸引力和感召力,它对自身与时代关系的自觉的紧张感,它对重大思想和理论命题的关切——的重要源泉。把思想性作为自觉的追求,在思想性中感受自己的意义和价值,这是现代文学的伟大传统,对于相互日益疏离的今天

---

[1] 王汎森:《五四运动与生活世界的变化》,《二十一世纪》2009年第6期。
[2] 仲密(周作人):《思想革命》,《新青年》第6卷第4号,1919年4月15日。

的文学界和思想界来说,这也是一份珍贵的遗产和值得重新汲取的资源。

(原刊《文艺理论与批评》2015 年第 6 期)

从文类视角看现代"文学"的构造

——读张丽华《现代中国"短篇小说"的兴起
——以文类形构为视角》

在中国现代文学研究领域中,现代文学的起源与发生问题一直吸引着众多研究者的目光,所产生的成果也较为丰厚。近些年来,越来越多的研究者不再满足于"五四"新文化人自身所奠定的叙述格局,尝试从新的角度去讲述作为现代文学之起点的文学革命如何发生的故事,其中一个值得注意的趋向是从"传统"与"现代"的连续性论述出发,将"五四"文学革命置于更开阔的"晚清—五四"视野中来考察,强调晚清、"五四"两代人的合力共同推动了文学革命的发生[1],而晚清

---

[1] 如陈平原早年的近代小说史研究及《触摸历史与进入五四》(北京大学出版社,2005年)、杨联芬的《晚清至五四:中国文学现代性的发生》(北京大学出版社,2003年)等著作。

与"五四"之间的民国初年也日益受到学术界的重视。[1]

然而,对于"五四"文学革命中确立的现代"文学"观念本身,人们却基本上作为不言自明的前提而接受,较少看到反思性的辨析。这一包容而又贯穿小说、诗歌、戏剧、散文四大文类的整体性"文学"观念,已经成为我们常识的一部分。虽然源于西方的"文学"(literature)观念早在晚清就已输入中国,但它如何在"五四"文学革命中发展为一种整体性的、笼罩性的架构,这一问题似乎尚未得到认真的清理。诗、文、小说、戏曲等原先相对独立并拥有各自职能的文类,被"五四"新文化人整合和纳入到这一整体性的"文学"观念之中,在当时就曾引起梅光迪、钱锺书等人的批评。1922年,针对胡适白话文学("活文学")取代文言文学("死文学")而兴的历史目的论叙事,梅光迪在《评提倡新文化者》一文中强调,白话文学(小说、戏曲等)的兴起只是"文学体裁"的增加,诗、文等固有文类并未因此消失。到了30年代,周作人在《中国新文学的源流》中建构了"言志""载道"相循环的文学史框架,钱锺书认为,周作人无视"诗言志""文以载道"的文类区隔,以个别文类的职能概括整个"文学",未免失之笼统,他进而指出,"在传统的批评上,我们没有'文学'这个综合的概括,我们所有的只是'诗'、'文'、'词'、'曲'这许多零碎的门类"。[2]

在文类视角的观照下,整体性的"文学"观念呈现出内部的缝隙,

---

[1] 如陈方竞《多重对话:中国新文学的发生》(人民文学出版社,2003年)、陈建华《从革命到共和:清末至民国时期文学、电影与文化的转型》(桂林:广西师范大学出版社,2009年)等著作。
[2] 钱锺书:《〈中国新文学的源流〉》,《钱锺书集·人生边上的边上》,北京:三联书店,2002年,第249页。

这无疑为讨论现代"文学"观念的建构提供了一个具有启发性的思路。张丽华的著作《现代中国"短篇小说"的兴起——以文类形构为视角》(北京大学出版社,2011年)正是这方面的一个富于成效的尝试。作者重新激活了为整体性"文学"视野所遮蔽的"文类"(genre)概念的理论潜力,在从晚清到五四的广阔的社会文化背景下,通过对"短篇小说"这一现代文类形成机制的探索,有力地拆解了"五四"文学革命所建立的整体性和同质性的"文学"话语,为考察中国现代文学的起源提供了诸多有益启示。

选择"短篇小说"这一现代文类作为突破口,最能见出作者方法论上的自觉。作者没有局限于传统文类理论的形式主义方法和内部视角,而是借鉴德国理论家 Klaus Hempfer 的文类理论,将文类理解为一种制度,一种"文学交流的现实"(第4页)。就"短篇小说"这一现代文类的形成机制而言,这一点尤为重要,因为"短篇小说"并不是固有文类自然演化的结果,而是涉及报章媒体、教育机构等一系列制度的"现代性"的产物。该书第二章以清末《时报》上的"新体短篇小说"为对象,探讨了"短篇小说"是如何在作为现代印刷媒体的报纸上浮现出来的。报纸不仅是"短篇小说"的载体,同时也为其产生提供了一个具体的语境。借助于现代印刷媒体,这些小说把空洞的、同质性的"同胞"和"国民"作为拟想的读者,以传达明确的"意旨"为目标,从而创造了不同于旧小说"说—听"模式的另一种交流模式,而在这里也就蕴涵了现代文学诞生的契机。

把"短篇小说"看作现代语境中一种崭新的创造,同时意味着对胡适塑造的"白话文学史"的经典范式提出挑战。胡适一方面以"白话"为标准和媒介建立了同质性的"文学"话语,另一方面又以历史上的

"白话文学"为材料建构了一套目的论式的文学史叙事，为文学革命提供合法性论证。历史上白话小说的繁荣不仅有力地证明了白话的文学价值，而且也为新文学创作提供了不可多得的范本。受到胡适思路的影响，后来的研究者往往在晚清的白话小说和白话文与新文学之间建立起明快的连续性，前者被视为后者的源头。然而本书却有力地表明，这种基于"白话文学"自身连续性的分析框架是站不住脚的。在文类制度上，与新文学相通的不是延续"说—听"模式的晚清白话小说和白话文，而是创造了新型交流模式而又使用文言的"新体短篇小说"。

顺着这一思路，作者在第三章中分析了晚清小说译介的文类选择。无论是梁启超使用章回体翻译《十五小豪杰》，还是林纾以古文翻译《巴黎茶花女遗事》，都是将域外小说纳入到固有的文类体式中，作者称之为"归化"的翻译。与之形成对比的是周氏兄弟的《域外小说集》，他们用古奥的文言"直译"域外小说，创造了一种奇特的翻译文体。然而正是在这种"迻译亦期弗失文情"的翻译实践中诞生的文体感觉，跨越了文/白之间的区隔，贯穿到了周氏兄弟的新文学创作中，从而实现了从文言到白话几乎毫无阻碍的转化。

这种跨越文/白的文类制度和文体感觉，在鲁迅的小说创作中也昭昭可见。一般讨论鲁迅小说创作的"前史"，都会追溯到《〈呐喊〉自序》中的幻灯片事件，作者则在第四章中另辟蹊径，将鲁迅早年创作的文言短篇小说《怀旧》和第一篇白话短篇小说《狂人日记》加以有意味的对照，并且令人信服地指出，《怀旧》已经开启了一种与传统章回小说"讲故事的传统"不同的想象，即"不追求首尾自足的完整，而是力求'如其所是'地呈现人生的片段"，而这正是深刻影响了"五四"小说叙事模式的"现实主义"的核心所在（第165页）。《怀旧》同时表现了人与人之间无法交流的孤独境遇,在笔者看来,对文学直接表达经验、打破隔膜的诉求,同时又对这种表达之有效性与可能性表示深深的质疑,正是贯穿于鲁迅创作生涯的内在紧张和写作动力。在此意义上,《怀旧》不仅是"短篇小说在中国文学语境中诞生的寓言"(第170页),也是鲁迅文学创作方法的预言。鲁迅从《狂人日记》开始选择白话,并且终其一生捍卫白话的价值,并不只是遵从"将令",而是强调白话直接表达和呈现"白心"与"内曜"的意义,《狂人日记》主体部分以自白式的日记体形式出现,也许并非偶然。显然,这与周作人所说的"用古文想出之后,又翻作白话写出来的"、模拟"说—听"情境的晚清白话文,以及遵从一定程式的章回体白话小说,在文类制度上都判然有别(第146页)。

作为现代中国第一部短篇小说,《狂人日记》的横空出世给人以石破天惊之感。作者通过大量原始资料的爬梳,细细梳理和勾勒《狂人日记》诞生的微观语境,丝丝入扣,最能体现全书论述绵密而从容的特点。特别是论及钱玄同因为与鲁迅的谈话而改变对待"实写当今社会"的晚清小说的态度,最终否定了这类小说的价值,宣布"从今以后,要讲有价值的小说,第一步是译,第二步是做"(第178—180页),从而为《狂人日记》的登场清理出了舞台,论述极富于现场感和动态感,令人耳目一新。在划清了与晚清白话小说的界限之后,作者又从鲁迅对安特莱夫的翻译和阅读中追溯《狂人日记》形成的过程,特别是发现了安特莱夫的小说《思想》与《狂人日记》的渊源,分析了两者的异同。作者的论述还不止于此,而是进一步从《狂人日记》中提升出"相互对象化"(即狂人对其与周边世界的关系的自觉)的构图,正因为此"鲁迅的'狂人'才得以超越安特莱夫小说中那个绝对的、封闭的思想的'主体',而获得一种可以与他人、与民族国家甚至与人类相通的'人间性'"(第193页)。这种"相互对象化"的构图也成为此后鲁迅小说的核心特质。在一部并非以鲁迅为研究对象的论著中,为已积累大量成果乃至难以推进的鲁迅研究领域,提出如此多的洞见,实属难能可贵。不过,作者将鲁迅小说的这些特征归结为"启蒙文学",似不免重蹈旧说。依笔者之见,作者在《怀旧》中发现的人与人之间经验交流之可能性的主题,或许可以作为理解"相互对象化"构图的一把钥匙。正是着眼于人与人乃至国与国之间的交流,鲁迅对个人内心经验的直接呈现才没有走向感伤的自怜或主体的无限扩张,而是时刻将个人放置于关系之中,出之以反思的视角(如《狂人日记》前的文言小序);同时,也正是由于对交流之可能性,对语言直接呈现内心经验之可能性的怀疑,鲁迅在小说中常常采取"谨慎地与人物内心保持距离的叙述姿态"(第202页),一种"反语"的技巧。鲁迅力求描画出沉默的国民的灵魂,而又苦于灵魂的无法相通。在鲁迅这里,文学是一种呈现"白心"、沟通心意的方法,但他始终不能摆脱对其有效性的怀疑,这或许正是鲁迅的深刻之处。

回到本书的主题上来。第五章从另一个视角勾勒了短篇小说被纳入到"文学"中的轨迹。作者注意到民初小说的文言化和辞章化倾向,但她并未如一般研究者那样简单地视之为"倒退",而是将其解释为小说脱离固有"说部"话语的限制,上升到"文章"的视野中被重构这一过程中的一个环节。正是在文言书写系统的内部,小说获得了改变自身地位的契机,借助于新式报刊和国文教育,原先不登大雅之堂的"说部",通过文言化和辞章化,一跃而为品类较高的"文章",从而为此后短篇小说进入中学教育体制奠定了基础。在打破了"文言/白话"二元对立的研究范式之后,我们得以在更广阔的语境中,勘测现代"短篇小说"乃至整个现代"文学"形成的机制,而这正是本书的重要贡献。

值得注意的是这里提到的"文章"概念,作者并未加以明确的界定,也未说明它与整体性"文学"观念之间的关系,这里或可略作补充和发挥。晚清以降,伴随着"文学"(literature)、"艺术"(art)、"美术"(fine art)等观念的输入,出现了一种以"美术"为旨归的"文学"观念(例如在王国维那里),这种"文学"观念同样跨越诗、文乃至词曲、小说等固有文类,强调的是它们共有的文辞之美。陈平原注意到,"晚清以降西洋的'文学'概念引进,读者的欣赏趣味及评价尺度发生很大变化,学者们不太考虑诗词曲赋小说戏剧等不同体裁的特点,一律着眼于'文字之美'"。[1] 其实在古代中国,"文"、"文章"等概念在指称特定文类之外,还用以表示文辞之美的修辞特征,故有时亦包含"诗""文"等不同文类在内,如《文选》《文苑英华》《文章辨体》等书皆是。可以说,这种以"美术"为旨归的"文学"观念,本身就有这一辞章美学的传统作为基础,故有时也会用"文章"、"美文"等概念来表达,它属于上层文化领域,对文体的要求当然是文言。这种对文辞之美的要求甚至上升到一种本体的高度(如在桐城派古文那里,见第235页)。从这个角度来看,民初小说的文言化和辞章化很容易理解,小说要被纳入到"文章"("文学")之中,必然要求其具有文辞上的美感。需要指出的是,这种以"美术"为旨归的整体性"文学"观念,在"五四"文学革命时期仍然相当流行,林纾曾用它来为古文辩护,学衡派则以此来攻击白话文学缺少文辞之美。在新文化人内部,也曾有过有关"文学之文"与

---

[1] 陈平原:《作为学科的文学史》,第354页。

"应用之文"的争论。作为回应,"五四"新文化人达成共识,强调"文学"应以表达"情感"和"思想"为核心诉求,白话在这方面显然具有天然的优势。[1]该书第五章中论及钱玄同与胡适关于白话小说的讨论,亦指出钱玄同从"情感"和"思想"层面考量白话小说,是对胡适工具式的语言观的暗中质疑(第250—251页)。若置于更大的语境中考察,"五四"新文化人重视"文学"表达"情感"和"思想"的职能,实含有与以"美术"为旨归的"文学"观念竞争和对抗的意味。最终,前者占据主流,后者则逐渐淡出于人们的视野之外。

行文至此,让我们回到开篇提出的核心论题上来:"五四"文学革命所确立的现代"文学"观念。本书在拆除了长期束缚我们的"文言/白话"二元论的思维樊篱之后,事实上给我们也给作者自己留下了这样的问题:如果说"白话"并不足以构成现代"文学"观念的内核的话,那么构成这一整体性和同质性的"文学"观念的内核是什么呢?换言之,如果我们不满足于将"文学"视为小说、诗歌、戏剧、散文这些文类简单地叠加的话,那么贯穿这些文类而构成"文学"之为"文学"的要素是什么呢?它形成的动力又在哪里呢?作者给自己提出的任务,正是要借助"文类"的视角,对这些问题进行探讨。然而由于本书是以"短篇小说"这一具体文类为正面的研究对象,这些问题更多地是作为思考的背景而存在的。尽管如此,我们仍能够发现,作者时常从有关"短篇小说"文类形成机制的论述中,延伸出对整个现代"文学"观念的省察。大体而言,作者认为处于现代"文学"观念之核心的是"强调词与物之通达对应关系"的理念,是将文辞视为表达"意旨世界"之工具而

---

[1] 参见本书收录之《近代散文对"美文"的想象》。

非本体的态度(第267页),而这乃是"一个以实学和科学为主导的时代"(第236页)来临的结果。笔者认为,这一结论基本上是成立的,已经触及到问题的核心。需要略微补充的也许只是,这里的"物"应作较宽泛的理解,不仅包括外部的社会,也包括个人主观的内心经验("情感"和"思想",鲁迅所谓的"白心"和"内曜"),甚至后者更为重要,否则我们便很难将新文学的写实取向与同时期"实写当今社会"的章回体小说区分开来。而鲁迅对内心经验呈现之可能性的怀疑和反思,以及反思后的坚持,也正显示了现代"文学"原点和根基之处的内在紧张。不过,这里我们仍然需要进一步追问,如果"短篇小说"这一特定文类的形成机制和交流模式可以连贯地延伸到整体性的"文学"中去的话,"短篇小说"自身的文类特殊性和规定性会不会由此面临着被取消的尴尬处境?

也许,我们需要重新思考"文类"在古典文学和现代文学中的不同处境。钱锺书曾指出,古代文学中只有"诗"、"词"、"文"、"曲"等功能各不相同的门类,并没有总括的"文学"概念,大致不差。宇文所安在《过去的终结:民国初年对文学史的重写》(载《中国学术》第5辑)一文中,也批评"五四"新文化人将"很少互相关连的许多不同的文学史,融合成一个正统的文学史大叙事"。从学术研究的意义上说,钱锺书和宇文所安的批评都是有道理的,古典文学的各种文类,确实具有各自相对独立和稳定的形式规范、职能和历史脉络,不宜用"一代有一代之文学"等论述简单地加以切割。但是我们须知,"五四"新文化人的文学史叙述乃是服务于创造新文学这一宏大目标,当胡适等新文化人用同质性和整体性的"文学"与"文学史"观念对各种固有文类的历史加以整合时,原先互不相干和相对静态的文类之间建立了联系,形成了具有整体面貌的"文学",并在文学史的框架中获得了某种内在的动力,成为为当下文学变革提供意义和方向感的资源,这也是不可否认的功绩。而在新文学初期的创作实践中,由于缺少稳定的写作传统的支撑,短时间内各种资源的大量涌入,报刊媒体带来的书面文体的变化以及作家强烈的主体意识,大部分作者并没有明确的文类边界的意识,倒是各种跨越文类边界的实验性写作(如书信体小说、日记体小说、散文诗)屡见不鲜,短篇小说与散文之间的界限常常也很模糊。本书作者亦注意到,《域外小说集》中收入的作品包括故事、童话等文类,存在着明显的跨越文类边界的现象:"这种'越界'也正反映出周作人对'小说'本质的一种彻底性的理解,'小说'的根底不在其形式特征,而是以'言志'为本的在个人、国民与人类之间可以相通的'白心'之表达,而这正是周氏兄弟译介域外小说的同时所获得的对'文学'的透彻理解"(第141页)。由此不是可以说,"小说"和"文学"在根底和本质上并无二致吗?

在这个意义上,我们倒是可以反过来思考整体性的"文学"观念的积极意义。在现代文学的草创时期,当各种跨越文类边界的新体式突破了固有文类的形式规范时,正是整体性的"文学"观念为这些实验性的写作提供了空间,容纳并鼓励它们种种"越界"的尝试,从而有可能最大限度地激发作者创造新文类的潜力。白话诗在固有文类的意义上当然不是"诗",但却无碍其成为"新文学",就是一个最好的例证。可以说,整体性的"文学"观念天然地为新文学的各种实验与创造提供了合法性和庇护伞。而在另一方面,整体性的"文学"观念以对事物的直接表达与描写为内核,沟通了个体之内在精神世界与外部广阔的社会生活,它促成了现代中国人主体性之建立,同时亦在现代中国巨大的社会与文化变革中扮演了积极的、能动的角色,而这是任何一种单一文类的变革所无法做到的。明乎此或许可以明了,为何晚清梁启超诉诸于特定文类功能的"诗界革命"、"小说界革命"和"文界革命"最终都草草收场,而"五四"新文化人的"文学革命"却取得了巨大成功。

《现代中国"短篇小说"的兴起——以文类形构为视角》从文类视角出发,以"短篇小说"这一具体文类来拆解我们习焉不察的整体性"文学"观念,结果却出人意料地贯通了具体"文类"与整体"文学"之间的鸿沟,并使得我们对整体性的现代"文学"观念获得了一种新的理解。或许,现代"文学"观念的本质就在于它贯通一切"文类"的"整体性"和"同质性",这个貌似同义反复的结论其实蕴涵着丰富的意味和学术生长点。作者在导论部分写道:"建立在相对同质化的制度空间中的'新文学',其实可以在整体上视为20世纪中国的一个新兴'文类'"(第19页),已经勾勒出观照"新文学"一个崭新的整体视角。"新文学"作为一个整体的创生,也许是二十世纪中国最重要的历史事件之一,如果我们不再纠缠于"传统/现代"、"文言/白话"等线性时间框架,而是从整体上直接去面对这一新生的"现代文学",那么中国现代文学的研究必将会出现一番新的前景。

(原刊《中国现代文学研究丛刊》2012年第1期)

第三辑

社会互动的图景

地方精英、学生与新文化的再生产
——以"五四"前后的山东为例

1919年5月4日在北京发生的学生抗议运动,伴随着对山东问题的普遍关切,很快扩展为一场全国性的运动。通常认为,这场后来被称之为"五四"运动的学生运动是一个分水岭,此前在《新青年》《新潮》等杂志上展开的有关新思想和新文学的讨论,主要局限于少数知识分子和北大等教育机构,而在"五四"运动之后,一方面新文化在全国范围内得到扩展,而在另一方面,以行动为旨归的社会激进主义在新文化中开始扮演越来越重要的角色,并最终改变了运动的性质。"五四"之后的这一全国性的运动被称为"新文化运动",无论是在内涵还是在展开的方式来上,它都与先前以《新青年》为中心的文化运动有着很大的不同。事实上,"新文化运动"的提法最初主要出现在1919年10月至1920年初《晨报》的各地"特约通讯"中,这一命名本身便是对运动的全国性质的确认。[1]因此,为了完整地把握"五四"运动和新文化运动的历史图景,地方的视角乃是必不可少的。德里克曾经指出:"把五四运动只当作其少数知识分子领袖的、或只是在北京、上海发生的运动,而把其他地区视为它的消极接受者的看法是错误的。如果五四运动的一般内涵需从社会关系的关联方面来理解的话,同样也应该从它最初的,不仅被吸引进运动、而且积极参与了其创造的参加者方面去理解。"[2]新文化在地方最初的接受者和参与者是谁?他们的目的、策略和依托的资源为何?这些仍是有待回答的问题。[3]

为了对这些问题进行尝试性的探讨,本文选择"五四"前后的山东为个案,并借鉴历史社会学中的地方精英理论,以期从具体的分析中提炼出具有普遍性的观点。地方精英(local elites)理论是上世纪中叶起美国中国学界引入社会学理论后发展出的成果,特别是在中国近代史的研究领域中,"地方精英"较之传统的"士绅"(gentry)概念往往更为有效,更具包容性和弹性。伴随着科举制度的废除和现代性的展

---

[1] 参见袁一丹:《"新文化运动"发生考论》第2页,北京大学硕士论文,2008年5月。该文对"新文化运动"概念的形成及背后的历史动力做了相当精细的分析。另外,王奇生《新文化是如何"运动"起来的——以〈新青年〉为视角》(《近代史研究》,2007年第1期)一文亦指出,"新文化运动"在"五四"运动后才开始在全国范围内流行。

[2] 德里克:《五四运动中的意识与组织:五四思想史新探》,王跃、高力克编《五四:文化的阐释与评价——西方学者论五四》,太原:山西人民出版社,1989年,第65页。

[3] 叶文心(Wen-hsin Yeh)有关浙江"五四"运动的出色研究,是这方面研究的重要收获,见"Middle County Radicals: The May Fourth Movement in Zhejiang," *The China Quarterly* no. 140 (December 1994); *Provincial Passages: Culture, Space, and the Origins of Chinese Communism*, 1919-1927 (Berkeley: University of California Press, 1996). 国内学界对这一问题似乎仍不够重视,最近出版的凌云岚《五四前后湖南的文化氛围和新文学》(北京大学出版社,2008年)是不多见的成果之一。

开,日益多元化、职业化的精英群体,在许多层面上都已代替了传统士绅的位置。而且,地方精英理论更看重精英与地方社会的关系,而不像士绅概念那么强调士绅与国家的关系以及士绅在国家与地方之间扮演的中介功能。这也符合晚清以来中央权威衰落和地方势力崛起的趋势。[1]地方精英在地方社会举足轻重,就本文选择的对象——山东——而言,与通常的印象不同,在"五四"运动及其后新文化的再生产过程中,最初是地方精英而非学生起着主导性的作用。

之所以使用"再生产"而非"传播"或"扩展"这样的说法,是因为本文所讨论的"新文化",不仅仅是一套思想观念或话语,同时包括关系网络、团体、教育模式等制度性的存在,归根结底则是主动的、行动着的人——革命党人、教育家、激进学生和新诗人,他们既是新文化的接受者也是新文化的生产者。在观念的层面上我们很难精确地衡量新文化在地方上的影响力,或者很容易得出相对消极的结论,然而只要新文化不断地再生产出它自身的生产者,它就可以持续地作用于它置身于其中的社会现实,并最终改变它。

---

[1] 关于地方精英理论的发展和主要内容,参见 Joseph W. Esherick and Mary Backus Rankin. ed, *Chinese Local Elites and Patterns of Dominance* (Berkeley: University of California Press, 1990). 中文文献见李猛《从"士绅"到"地方精英"》,《中国书评》1995年5月号。此外需要说明的是,周锡瑞和兰金将"地方精英"界定为在县或县以下的地方"行使支配权力的个人或家族"(p10),在省一级的层面上有些学者使用"省籍精英"(provincial elites)的概念,见 David D. Buck, "The Provincial Elites in Shantung during the Republican Period: Their Successes and Failures," *Modern China*, Vol. 1, No. 4 (Oct., 1975). 事实上正是这一点使得"地方精英"概念在一些中国学者那里备受争议,王先明《士绅构成要素的变异与乡村权力——以二十世纪三四十年代的晋西北、晋中为例》(《近代史研究》2005年第2期)一文就指出,在乡村一级,士绅比"地方精英"概念更加真实有效。本文在较为宽泛和相对的意义上使用"地方精英"概念,指主要在省一级或省级以下的舞台上活动的精英。

政治精英:新文化与激进政治

学生运动对地方政治精英的挑战

"五四"运动因山东问题而起,山东地方精英早在五四之前就做出反应。1918年秋,时任第二届省议会副议长的王鸿一发起成立"山东各界外交后援会",王乐平、聂湘溪任干事。两人均为省议员,王乐平时任省议会秘书长。不久,山东省立工业专门学校学生李开文等发起组织"山东学生外交后援会",1918年11月中旬成立,会址就设在山东各界外交后援会内,这个"五四"之前全国范围内第一个学生运动组织,是在省议会的协助下成立的。[1]

"五四"期间省议会成为山东爱国运动的领导机关。"五四"运动第二天,当时在北京的山东省议会两位副议长张公制和王鸿一,便与参众两院的山东议员商讨营救被捕学生办法。[2] 5月7日,国耻纪念大会在省议会召开。6月上旬,省议会同山东省学生联合会、教育会等团体连日在省议会开会,于18日推选出赴京请愿代表八十三人,王乐平、聂湘溪等当选为议会代表。[3] 在当时的舆论看来,"省议会为外交问题出力甚大,处处在学生前面"[4],后来的研究者对省议会的领

---

[1] 田少仪:《五四时期的山东学生爱国运动》,《山东文献》第1卷第1期,1975年6月20日。《民国山东通志》(台北:山东文献杂志社,2002年)第一册卷六《政党志》中所记略有差异,为"山东国民外交后援会",并指出此为"首开五四运动先河之民众团体",见第570—571页。

[2] 胡汶本、田克深编:《五四运动在山东资料选辑》,济南:山东人民出版社,1980年,第255页。

[3] 同上,第254、312—314页。

[4]《山东安福部之捣乱与被捣》,《晨报》1919年7月25日。

导作用也给予了充分的肯定。[1]

省议会中聚集了山东的地方政治精英,议员主要由以王鸿一为领袖的"王派"和以张公制为代表的"张派"两大派系构成,王鸿一及其派系中的王乐平均为国民党人[2],张公制则属进步党。这一格局自民国初年即已奠定。1914年2月,在袁世凯的授意下,时任山东督军的靳云鹏解散了省议会,国民党和进步党均停止了活动。然而,地方政治中的政党更多是基于地缘或家族等个人关系网络而非共同的革命理念才得以结合的,前者比后者往往更为牢固。王鸿一派别中的成员多来自鲁西的曹州地区,尽管政党活动被取消,但"曹州团体"依然存在。[3]地方政党的"派系化"为它们的重新集结提供了基础。1916年袁世凯死后,被解散的省议会恢复活动,两派议员亦重新聚集。

地方政党在省议会选举中相互竞争,同时与代表北洋军阀系统的军事势力展开斗争。省议会恢复活动后,两大派别曾经取得暂时的妥协,组织"地方政治讨论会",着手地方事务,避免因自身的分裂而给军事势力以可乘之机。然而在1918年的第二届省议会选举中,"王派"和"张派"重新为争取选票而竞争,结果督军张树元利用两派矛盾,推

---

[1] 刘永明:《国民党人与五四运动》(北京:中国社会科学出版社,1990年)中即指出:"山东省议会在日益奋起的山东各界民众中是最积极救国的,因而起到了带动、组织作用。"见第339—340页。又见王续添:《论五四运动中的省议会》,《中共党史研究》1999年第4期。

[2] 1912年8月同盟会改组为国民党,1913年二次革命失败后被袁世凯宣布解散,逃往日本的流亡党员于1914年在日本成立中华革命党。1919年10月10日,孙中山宣布将中华革命党改为中国国民党。为论述方便起见,本文统一使用"国民党人"或"国民党员"指代以上三个阶段的革命党人。

[3]《济南十日见闻记》(二),《晨报》1920年12月12日。

举同乡郑钦担任议长,王鸿一和张公制则当选为副议长。[1]这些上层政治派别之间的派系斗争,目标是为了争夺地方事务的控制权。而"五四"运动则为地方政治精英提供了新的机会。省议会——特别是其中的"王派"——表现极其活跃,在军事势力对学生运动采取极力压制态度的情形下[2],省议会的活动为自身树立起地方民意机关的形象。1919年12月,省议会对督军张树元提出弹劾,指控他贪污军饷300多万元,最终张树元被弹劾去职。[3]

然而,学生运动这一集体政治形式也对地方政治精英提出了严峻的挑战,它与地方政治精英熟悉的派系政治完全不同。作为律师公会代表参加赴京请愿代表团的鲁佛民后来回忆说,山东省学生联合会开始组织时,"由山东省议会议员多人参加,讨论交还山东青岛问题,迨后学潮渐次扩大,形成为真正群众运动时,议会人士均藏匿不见"[4]。面对大规模的集体政治,地方政治精英并未做好准备。1919年7月21日,山东各界人士在省议会召开各界联合救国大会,主席王鸿一致开会词时便招致听众质问和诟骂,只得退出会场,王乐平继续发言,也遭到斥骂,随之遁去。[5]原因是安福系在山东建立地方组织"路矿维持

---

[1]《张公制自传》,《安丘文史资料》第11辑,政协山东省安丘市委员会文史资料委员会,1995年;《五四运动在山东资料选辑》,第431页。
[2] 陈志让分析说,"五四"运动之所以能在北京取得成功,"跟北京军警当局缓和的态度很有关系"。相比较而言,地方学生——包括山东学生——则没有这么幸运,"真正用军警压制学生运动的全是皖系和拥护皖系的军阀——长沙的张敬尧、济南的马良、西安的陈树藩、上海的卢永祥、杭州的杨善德、安庆的倪嗣冲、福州的李厚基。"见陈志让:《军绅政权——近代中国的军阀时期》,桂林:广西师范大学出版社,2008年,第114页。
[3] 吕俊伟等:《山东区域现代化研究(1840—1949)》,济南:齐鲁书社,2002年,第218页。
[4]《五四运动在山东资料选辑》,第241页。
[5] 方传雄、王群演:《砸昌言报馆始末》,中国社会科学院近代史研究所编《五四运动回忆录》下册,北京:中国社会科学出版社,1979年,第705—706页。

会",王鸿一参与其中,事为学生侦悉并公布于众,才有上述一幕的发生。[1]王鸿一的行动表明,他仍然遵循着派系政治的规则,试图与各方政治势力建立关系,然而在新的集体政治面前,这种政治行动的模式已经受到了极大的冲击。

事实上,王鸿一对学生运动一直持保留态度。1920年1月,北大学生、新潮社成员徐彦之(山东郓城人)回乡考察,他在济南拜访了王鸿一,王鸿一明确反对当时的学生从事于办杂志结社团的活动,认为是"务外",荒废学业,在他看来,"求学是自治,作修身的工夫"。[2]他对发源于北大之"新潮流"也表示怀疑,虽经徐彦之介绍晤见蔡元培李石曾,然"谈许久不得要领,始知两先生虽居北大中坚地位,其实是莫名其妙"[3]。此后,王鸿一在反对山东督军兼省长田中玉的斗争中失败,被迫离开山东,依靠与国务总理、前任山东都督周自齐的个人关系,从事西北垦殖事业,并与梁漱溟携手鼓吹"村治"理论,基本上告别了地方政治舞台。[4]

面对大规模的学生运动和集体政治,地方政治精英必须发展出新的策略,而伴随学生运动而来的"新潮流",也成为难以回避的一股力量。

以新文化"运动学生"

1919年秋,从北大国文系毕业的傅斯年回山东办理官费留学事

---

[1]《五四运动在山东资料选辑》,第418页。
[2] 徐彦之:《济南两周见闻记》(二),《晨报》1920年1月24日。
[3] 王鸿一:《三十年来衷怀所志之自剖》,《山东文献》第3卷第2期,1977年9月20日。
[4] 谌耀李:《同盟会员王鸿一生平纪略》,山东省政协文史资料委员会编《山东文史资料选辑 第31辑 辛亥革命在山东》,济南:山东人民出版社,1991年。

宜,亲眼目睹山东省腐败黑暗的政治和教育状况,不过他还是看到了"一件很可乐观的事,就是有了所谓的新旧之争,而第一师范就是争的场所",新派教员以王祝晨刘次箫最为有力,他们遭到《新齐鲁公报》的大肆攻击,同时"王乐平的齐鲁通讯社在济南销新思想的出版物,很有些力量"。[1] 有趣的是,《新齐鲁公报》并非军阀或保守势力的报纸,而是国民党在山东的机关报,并且支持学生运动,表现颇为引人注目。[2] 从整体上看,山东的国民党人似乎尚未充分认识到新文化的意义及其与学生运动的关联,不过王乐平等部分国民党人已经开始着手于新文化的介绍和传播了。

"五四"运动后不久,王乐平便召集部分同人创办齐鲁通信社,"一方作通信事业,传达到外边去,一方代派各处新出版物为介绍思潮改良社会的先声",当时便引起官方注意,被明令取缔通信社所售《建设》《解放与改造》两种杂志。[3] 从一开始齐鲁通信社便似乎不脱政党色彩。通信社中负责销售新出版物的贩卖部原只是附设部门,但短短两个月的时间"已经有了骇人的效果了。《新青年》《新潮》《少年中国》《新教育》诸报,销数都在百份左右。其他如《解放与改造》《建设》《星期评论》等期刊销数亦都不少"[4],一年下来成绩颇为可观,便于1920年9月正式成立齐鲁书社,由王乐平任社长,聂湘溪任副社长,并公开召集股东,招股简章中表示"本社以传播文化为宗旨","不纯粹以营利

---

[1] 孟真:《济南一瞥记》,《晨报》1919年12月23日。
[2] 山东省地方史志编纂委员会办公室编:《山东省图书馆藏山东地方史志文献选目》,山东省图书馆,1983年,第300页;《五四运动在山东资料选辑》,第254页。
[3] 《济南特约通信・山东的文化运动》,《晨报》1919年12月28日。
[4] 徐彦之:《济南两周见闻记》(四续),《晨报》1920年2月1日。

为目的,而以促进社会文化的进步为主要目的"。[1] 齐鲁书社是当时济南唯一一家销售新文化出版物的书店,受到青年学生的欢迎,营业额逐年增长,为此甚至受到同行的嫉妒。[2]

在后来的历史叙述中,齐鲁书社被看作是"五四"时期山东新文化运动的中心,同时又是山东国民党的秘密活动机关。[3] 据担任过齐鲁书社经理的王立哉回忆,在公开销售书报的门市部后面,另有厅房三间,陈设桌椅及桌球台架等,供青年学生驻足休息和各方人士联络开会,从事政治活动。[4] 文化的"幕后"是政治,这提示我们注意"五四"后期新文化与政党政治之间的紧密关系。新文化在青年学生中的巨大市场,意味着它可能为政党政治提供新的资源。

王乐平在"五四"运动中相当活跃,与王鸿一不同,他主动接近青年学生并介入到学生运动中,曾在山东女师驱赶校长周干庭的运动中发挥作用,为此受到学生的信任。[5] 事实上,早在"五四"之前,王乐平便意识到青年学生可能会成为重要的政治力量。1916年10月,王乐平的诸城同乡学生在济南成立诸城旅济学生会,王乐平亲自祝词:"峨峨青年,摩厉以须。异日宣劳,实为国柱。"[6]

---

[1]《山东新文化与齐鲁书社》,《晨报》1920年10月7日。
[2] 王立哉:《九十忆往(二)》,《山东文献》第11卷第4期,1986年3月20日。
[3] 参见成湘舟:《关于齐鲁书社的沿革略记》,《山东出版志资料》第1辑,济南:山东人民出版社,1984年;《齐鲁书社的创办及活动》,刘大可主编《山东重要历史事件》(北洋政府时期),济南:山东人民出版社,2004年。丁惟汾主编:《山东革命党史稿后编》(一),台北:山东革命党史编纂委员会,1971年,第1页。
[4] 王立哉:《九十忆往(二)》,《山东文献》第11卷第4期,1986年3月20日。
[5] 隋灵璧:《回忆王乐平》,五莲县政协文史资料委员会编《五莲文史资料》第3辑,1992年。
[6] 王钧五、臧任堪:《王乐平传略》,政协日照市文史联谊委员会《日照文史》第7辑,1999年,第54页。

在王乐平传播新文化和动员学生的活动中,基于同乡和家族关系的网络构成了他最初的资源。王乐平属诸城王姓大家族,辛亥革命期间他常常往返于济南和诸城之间,王乐平的表弟范予遂回忆说:"在他每次回到诸城时,都向我们讲述天下大势,宣传孙中山关于推翻君主专制建立民主共和的主张。"[1]范予遂1917年考入北京高师,在校期间参加了"五四"运动,热心于无政府主义和工学主义,参与创办《工学》杂志。[2]范予遂同时还是《曙光》杂志的撰稿人,这是主要由中国大学学生创办的一份新文化杂志,成员中多是山东人,其中主笔王统照、王晴霓也都属诸城王氏家族。《曙光》从一开始就把山东读者作为主要的接受对象,在济南、烟台和东京的山东侨胞中均设有代派处,而在山东的代派处便是齐鲁书社。[3]

济南省立一师的部分学生也常常在齐鲁书社活动,他们于1920年10月成立了励新学会,并出版《励新》杂志。学会常借齐鲁书社为活动场所,王乐平经常出席。励新学会的发起人之一王尽美也是王乐平的同乡(王尽美是莒县人,毗邻诸城,现已划归诸城),且有远亲,交往甚密。学会中王翔千、王志坚、王象午、李祚周等均为诸城人。[4]

1920年下半年,《曙光》杂志已经表现出明显的社会激进主义的倾

---

[1] 范予遂:《辛亥革命对我的影响》,山东省政协文史资料委员会编《文史资料选辑》第12辑,济南:山东人民出版社,1981年,第68页。
[2] 范予遂:《九十回顾》,山东省政协文史资料委员会编《文史资料选辑》第16辑,济南:山东人民出版社,1985年,第4页。
[3] 见余世诚、刘明义著:《中共山东地方组织创建史》,东营:石油大学出版社,1996年,第85、102页。
[4] 《五四时期的王乐平》,徐善来、伊光彩、范凤学主编《五莲》,山东省出版总社潍坊分社,1988年,第59页;丁龙嘉、张业赏:《王尽美》,石家庄:河北人民出版社,1997年,第25页。

向，用大量篇幅介绍苏俄。主编宋介(山东滋阳人)后来成为北京共产主义小组的成员，他和王晴霓经常回山东活动，与王乐平、王尽美、邓恩铭(励新学会的另外一名成员)讨论马克思主义。[1] 大约同时，王尽美和王翔千等在济南也组织了"马克思学说研究会"。

1919至1921年间，围绕着王乐平和齐鲁书社的青年学生，逐渐形成了"诸城—济南—北京"的地缘关系网络，激进的新思潮不断扩大着自己的影响范围，同时开始以社团的形式寻求社会实践和政治活动的空间。"马克思学说研究会"很快发展为共产主义小组，王尽美成为中共一大代表。1922年春，王乐平在王尽美的帮助下，于齐鲁书社设立平民学会总会，于各县设立分会，吸收青年学生及工人，经过训练后加入国民党。齐鲁书社事实上已成为省党部机关。[2] 1924年5月，借助"五一"、"五四"和"五七"纪念的机会，各校学生中的国民党员恢复了沉寂多时的山东省学生联合会，标志着国民党掌握了学生运动的领导权。[3]

当山东"五四"运动的两名学生代表于1920年3月赴上海参加全国学生联合总会时，他们避而不见孙中山，认为"学生搞爱国运动就行了，不想参加其他政治活动"[4]；四年后，学生运动已经和政党政治难舍难分。在1924年5月4日济南"五四"纪念大会上发布的《山东国民党宣言》中，"五四"后学生运动的沉寂被归咎于"脱离了政治运动"和

---

[1] 田永德、葛凤春：《王乐平与中共山东党组织的创建》，戴维政主编《文博研究》第2辑，北京：文物出版社，2002年，第370页。
[2] 丁惟汾主编：《山东革命党史稿后编》(一)，第1页
[3] 《山东省党部报告(一九二六年一月)》，中国革命博物馆党史研究室编《党史研究资料》第2集，成都：四川人民出版社，1981年。
[4] 《五四运动在山东资料选辑》，第230页。

"没有主义的信仰":

> "五四"运动,纯是热烈感情的作用,并没有一坚确的主义信仰。所以事过境迁,空气消失,又那恶劣的环境和社会,威吓诱惑,遂不知不觉的把"五四"的精神完全失掉了。现在要改革政治,领导群众向民治途径上走的是谁?——"中国国民党"。他有主义的,——三民主义——的确是一个学生运动的指导者。可爱可敬的学生同志们!赶快起来,认识认识国民党的主义和党纲,作有统系的运动,恢复五年前的"五四运动"的精神,勇气,和荣誉。打倒我们群众的仇敌,列国帝国主义者和国内的军阀。[1]

国民党是"有主义"和"信仰"的政党,这是它区别于其他政治势力并对青年学生产生吸引力的关键所在。这里的"三民主义"显然是指1924年1月国民党一大重新阐释过的"新三民主义",它已然吸收了新文化中社会激进主义思潮的若干成分。[2] 新文化中的社会激进主义本身就包含了对政治的新的理解,它提供了对集体政治这一新的政治行动模式的理论说明,并通过社团等形式为集体政治创造了实践空间。"五四"运动作为一场由外交问题引发的"纯粹"的爱国运动,在形态上和之前的学生运动并无本质不同[3],它本身并未提供新的政治

---

[1]《五四纪念大会》,《平民日报》1924年5月5日。
[2] 参见吕芳上:《革命之再起——中国国民党改组前对新思潮的回应,1914—1924》,台北:中央研究院近代史研究所,1989年。
[3] "五四"学生采用的集会、游行、请愿、罢课等形式,早在晚清民初的学生运动就已出现。参见桑兵:《晚清学堂学生与社会变迁》,桂林:广西师范大学出版社,2007年,第9—10页。

内容,以及对集体政治的新的理解,后者是由随之而来的新文化完成的。国民党人敏锐地把握到了这一点,成功地将学生运动转化为了现实的政治力量。

由于材料的限制,我们尚无法清晰地了解王乐平如何看待新文化与集体政治之间的关联,并将其运用于动员学生的活动之中。然而有一点可以肯定,他以新文化来"运动学生"的事业获得了成功,在此过程中,他自己对政治也获得了新的认识。1921年,王乐平"默察军阀专政,代议政治难裨国是;而苏俄甫推翻帝俄,新政权成立,或有可供借镜参考之处",于是和王尽美一道"赴俄考察",参加莫斯科远东会议,"返国赴沪,谒总理报告视察所得,被派回鲁省主持党务"[1]。社会激进主义带来的崭新视野,使得王乐平超越了地方议会政治中的派系斗争,成为深得孙中山信任的国民党山东负责人。1925年秋齐鲁书社被张宗昌反复搜查,旋遭封禁,王乐平也被迫离开济南,但他仍然积极地活跃在政治舞台上,并且在大革命中成为国民党改组派的领袖人物。

作为文化资源的马克思主义

在被社会激进主义吸引的山东青年学生中,王尽美是特别突出的一个。他是省立第一师范的年轻学生,同时又是济南共产主义小组的创立者、中共一大代表和中共在山东的早期负责人。从他身上我们可以看到,新文化中的社会激进主义思潮是如何和具体的政治实践相结合的。

1918年4月,王尽美考入山东省立第一师范预科,"五四"运动中他以山东省学生联合会代表的身份积极参与各种活动。大概也正在

---

[1] 王志信:《王乐平》,《传记文学》第57卷第6期,1990年12月。

此时,他与同乡兼远亲的王乐平来往颇为密切,通过齐鲁书社接触到大量的新思潮读物。尽管出身贫寒,阶级和财富上的差距并未成为王尽美和王乐平交往的障碍。事实上,当陈独秀函约王乐平在济南组织共产党支部的时候,正是王乐平把正在研究马克思主义的王尽美介绍给了陈独秀。[1]在早期共产主义者的结合过程中,往往是同乡和家族关系而非共同的阶级利益,成为关系网络建构的最初资源

王尽美接触马克思主义的另外一个途径则是由"五四"运动本身创造的。"五四"前后王尽美作为山东省学生联合会代表来到北京,结识了罗章龙等北大学生。1920年初罗章龙等秘密酝酿组织马克思学说研究会,王尽美知道后也参与了进来,成为北京马克思学说研究会在山东最早的通讯会员。[2]此后他经常往来于北京、济南之间,并且在1920年下半年和邓恩铭、王翔千等人组织成立了济南马克思学说研究会。

最初只是在少数知识分子中间流传的马克思主义,显然是作为新思潮的一部分和一新的文化资源出现在王尽美面前的,这种文化资源往往是通过和地方精英(王尽美)或中心城市教育机构(北大)的关系来获得。对王尽美来说,马克思主义首先是一种有待吸收的新文化。"马克思学说研究会"刚成立时原名"马克思主义研究会",后来

---

[1] 中共诸城县委、山东大学历史系编:《王尽美传》,济南:山东人民出版社,1981年,第21页。王乐平与陈独秀似乎之前就认识,《新青年》和齐鲁书社关系密切,齐鲁书社是《新青年》在济南的经销处,《新青年》也为齐鲁书社刊登广告进行宣传,见田永德、葛凤春:《王乐平与中共山东党组织的创建》,戴维政主编《文博研究》第2辑。《新青年》上的齐鲁书社广告,见《新青年》第8卷第2期,1920年10月1日。
[2] 罗章龙:《回忆王尽美光辉的一生》,《王尽美传》第166页。

"觉得研究主义不如研究学说方便",才改为此名。[1] 通常认为这是出于掩护实际政治斗争的需要,然而更可能的原因是,王尽美和他的朋友确实是将马克思主义作为一种学说来加以研究,他们首先需要马克思主义为他们打开新的视野,而不是立刻将其付诸政治实践。[2]

从王尽美1920年下半年写的几篇文章来看,他当时关心的主要是乡村教育和平民教育问题,文章中如果说有马克思理论观点的话,那也是相当粗糙的。[3] 王尽美"眼光向下"的姿态和对农民的关切,使得他很容易接受马克思主义中的阶级观点,不过就文章本身而言,他似乎还没有放弃以教育(特别是师范教育)弥合阶级鸿沟的观点。直到1921年冬,王尽美在学校的壁报栏上写了一篇题为《饭碗问题》的文章,讽刺学校教职员只顾自己的饭碗,不敢过问政治,被学校开除之后,王尽美才彻底脱离学生生活,走上职业革命家的道路。[4]

即使在王尽美从事政治实践的过程中,马克思主义在某种程度上仍然保持着文化资源的面目。马克思主义对"五四"后的集体政治提出了新的要求:和民众结合。但马克思主义不只是政治行动的纲领,

---

[1]《五四运动在山东资料选辑》,第509页。
[2] 这样对待马克思主义的"研究"态度,在马克思主义的早期传播过程中可能是一种普遍现象。周策纵谈到北大学生的"马克思学说研究会"时便指出:"该会用'学说'而不用'主义'命名,表明该会的成员对马克思主义在一定程度上持一种超然的、冷静的、学者式的态度。需要指出的是,那时人们所说的马克思主义或者马克思学说,其涵义要远比后来共产党的教条中的马克思主义丰富得多。"见周策纵:《五四运动史》,陈永明等译,长沙:岳麓书社,1999年,第77页。考虑到山东"马克思学说研究会"本来就是受北京"马克思学说研究会"的影响而创办的,更有理由得出这样的结论。
[3] 见《乡村教育大半如此》、《我对于师范教育根本的怀疑》、《山东的师范教育与乡村教育》等文,均收入《王尽美传》。
[4]《王尽美传》,第24页;王云生口述:《一九二一年至一九三三年山东党的活动片断情况》,《山东省志资料》1961年第3期。

它本身包含着一套可以被民众理解的理论话语（如阶级观念），而这套话语一旦被民众掌握便可以成为改变现实的力量。马克思主义中蕴含着文化与政治相互转换的巧妙机制，在王尽美动员民众的政治活动中，向民众宣传马克思主义理论往往是必不可少的一部分，罗章龙回忆说："每到一地，尽美同志都积极向工人群众宣传马克思的学说和理论。"[1]1923年5月，王尽美以"平民学会"的名义在济南主办马克思诞辰一百零五周年纪念会，他四处张贴和散发宣传品，并且亲自画了一张约一米高的马克思的炭画像，悬挂在主席台的中央。[2]这既是文化资源的传播，同时亦是政治动员。

为了使这种传播和动员更为有效，王尽美充分展示和运用了他的文化才能。他给家乡农民熟悉的曲调谱写了新词，为济南的工人、店员和士兵编写歌谣。[3]王尽美掌握了传统士绅所必需的各种文化技巧，"他能书善写，既能作一手好文章，也会赋诗填词；他精于汉字书法，能挥笔作画，也善下棋对弈"，对于音乐"更为精湛娴熟"[4]，这为他接近民众并赢得他们的信任创造了条件。作为职业革命家的王尽美，同时也扮演着"文化人"的角色。这非但没有阻碍他和民众的结合，反而使得这种政治实践成为可能。

裴宜理（Elizabeth Perry）对中国早期共产党人的研究指出，这些青年知识分子"并没有掩盖他们作为知识精英、社会精英的身份，而是

---

[1] 罗章龙：《回忆王尽美光辉的一生》，《王尽美传》第166页。
[2] 《王尽美传》，第56页。
[3] 《王尽美传》，第14、63页。
[4] 《王尽美传》，第55—56页；蒯树基：《和王尽美同志在一起的时候》，政协山东省济南市委员会文史资料研究委员会编《济南文史资料选辑》第2辑，1983年。

利用这样一种身份。他们就是以一种领导阶层的姿态,以一种知识精英的姿态,出现在老百姓面前"。他们"充分利用传统中国社会所赋予他们的领导者的角色",让民众在接受他们作为"社会精英"和"领导阶层"的身份的同时,接受他们宣传的理念。[1]这个分析也适用于王尽美。1922年7月,王尽美编辑的中国劳动组合书记部山东支部的机关刊物《山东劳动周刊》创刊,"出版宣言"中表示该刊的目的是为了"促一般劳动者的觉悟",为此首先需要通过"平民教育"来"增进劳动者的知识"。[2]王尽美学生时代对平民教育的关切,在他后来的政治实践中保留了下来。在动员民众的活动中,他在很大程度上仍然是以"教育者"的身份出现的。

如果说新文化中的社会激进主义为王尽美打开了新的、普遍性的理论视野的话,传统的文化才能则在他具体的、地方性的政治实践中扮演了重要角色。两者之所以能够统一,是因为它们都帮助建构了一种新的文化身份,这种文化身份在将革命者和民众区别开来的同时,也推动了他们之间的结合,从而创造出了新的激进政治。

教育精英的新文化事业

教育界的形成及其对新文化的反应

山东的新式教育始自晚清袁世凯担任山东巡抚时期,1905年停废

---

[1] 裴宜理:《中国革命中的知识精英与底层教育》,许纪霖主编《公共空间中的知识分子》,南京:江苏人民出版社,2007年,第198页。
[2] 《山东劳动周刊宣言》,中共中央马克思恩格斯列宁斯大林著作编译局研究室编《五四时期期刊介绍》第二集下册,北京:三联书店,1959年,第543页。

科举后又有了长足的发展。新式学校培养出的大批人才，逐渐成为一支重要的社会力量。民国成立后，在各级议会议员的选举方面，受新式教育者已经占据优势地位，旧功名出身者则退居次席。他们已经逐渐取代后者，"成为各级政府用人的主要来源"。[1]

新式教育正在成为一种新的权势，投入新式教育也变成一件有利可图的事业。事实上，自停废科举之后，不少丧失了向上流动途径的地方士绅便转而投身于新式教育，试图以此继续维持其在地方上的影响力，这也构成了新式教育发展的最初动力。王尽美后来便指出，当时山东地方上办学的人物，"差不多是奔走官衙的绅士。他办的学也没有什么宗旨，不过因为办学是很名誉的事，很受官厅奖励的，很受士大夫欢迎的，更想为子弟打算个出身。科举已早停了，就不得不走这条路，是他们之视学堂，实是升官发财的佳舍。"[2]鲍德威(David D. Buck)对近代山东教育的研究也表明，"1905年以来，教育的真正权力掌握在地方士绅领导层手中。"而民国建立之前参与新式教育的经历，则成为他们在民国初年加入省级领导层的社会资本。[3]

袁世凯称帝期间，省议会被都督靳云鹏解散，许多政治精英离开省城，回到自己的家乡办学。王鸿一便是一个例子，民国建立后他出任山东第一任提学使，后来回到家乡曹州担任省立六中校长。由于受到这些地方精英的抵制，袁世凯推行的复古教育在地方并未获得成

---

[1] 张玉法：《中国现代化的区域研究：山东省(1860—1916)》，台北：中央研究院近代史研究所，1982年，第668—674页。
[2] 王尽美：《山东教育大半如此》，《王尽美传》，第85页。
[3] David D. Buck, "Educational Modernization in Tsinan, 1899‑1937," in Mark Elvin, ed., *The Chinese City Between Two Worlds* (Stanford: Stanford University Press, 1974), p. 187.

功。地方精英通过教育,进一步巩固了他们在地方上的影响力,即使在他们离开后也是如此。[1]

与此同时,新式教育培养出的学生在新式教育系统内部也占据着支配地位。清末至民初山东受新式教育者大多毕业于本省学校,留学者只占5%。其中习师范者仅次于习法政者,在数量上位居第二。[2]这些在本省师范学校中毕业的学生,又成为各级新式学校的师资。据时人观察,直至二十年代初期,山东省各级教育(特别是中等教育),基本上都被"把持"在"旧师范人物"("师范团")手中。[3]

在经历了短短十几年的时间后,一个由地方精英(地方士绅和新式学校毕业生)组成的教育共同体("教育界")逐渐形成了。他们一方面把新式教育作为维持其地位和影响力的资本,另一方面又试图维持共同体自身的"独立性",以抗拒外部势力的侵入和干扰。这个教育共同体在"五四"运动中显示了他们的力量,成为学生运动的领导者之一。1919年5月23日,山东省教育会召集各教育机关开会,提出四项行动,"定期开联合大会","致电政府转电陆专使万勿签字","教育界每星期开会三次(二四六)","由联合会派员赴各县联络一致进行",最后议决各校学生次日罢课。[4] 1920年元旦,济南各校学生在大舞台排演新剧,筹备学生会活动经费,警察厅长金荣桂派大批军警入场,加以禁阻,双方发生冲突,

---

[1] David D. Buck, "Educational Modernization in Tsinan, 1899‑1937," in Mark Elvin, ed., *The Chinese City Between Two Worlds* (Stanford: Stanford University Press, 1974), pp.189‑190.

[2] 张玉法:《中国现代化的区域研究:山东省(1860—1916)》,第669—672页。

[3] 《济南教育界不振之原因》,《晨报》1921年1月26日;陈汝美:《山东教育界应有的觉悟》,《励新》第1卷第2期"山东教育号",1921年1月。

[4] 《五四运动在山东资料选辑》,第210页。

学生多人受伤。济南各校教职员随即召开会议，决定"一律停止职务"，以示抗议，直至省政府给予回复并表示"反省"之后才回复职务。[1]

尽管教育界在"五四"运动中表现积极，与省议会一起成为支持学生运动的重要力量，然而伴随"五四"运动而来的新文化也给他们带来了冲击。当齐鲁通讯社销售的新出版物逐渐传播开来时，济南各校校长"更是慌起来了，怕学生中了新文化的毒，于自己饭碗有碍，遂招集了一个会议，商量对待办法"[2]。当时全国教育会联合会已经议决"推行国语以期言文一致案"，有人"主张中等学校也用白话文"，"且说自己也没受过白话文底训练，无论教授或是编辑教科书都不敢冒昧，提议向外省延聘一个白话文教习"，因为涉及"饭碗问题"，引起充任某校教员的"前清底举人"们的大恐慌。[3]

由此可见，新文化对教育界的冲击，观念的冲突还在其次，主要的矛盾却在"饭碗问题"，而感到恐慌的也不只是"前清的举人"，更多的可能还是占多数的受新式教育者。正如当时人已经看到的，白话文的教授是一种有待训练的新技能，地方的教育精英尚不具备掌握的条件，不能不乞灵于"外省"，这对共同体来说无疑是一个挑战。1921年7月，毕业于北京大学英文系的顾随受聘担任山东职业女子中学国文教员，当时他便注意到："现在山东专门学校毕业的学生、而有充当教员资格的，多半是数理、英文；国文一门实在是缺乏得很，所以我改行

---

[1]《元旦济南大舞台之惨剧》，《晨报》1920年1月6日；《山东教职员停止职务宣言》，《晨报》1920年1月10日；《山东教职员回复职务宣言书》，《晨报》1920年1月21日。
[2]《济南特约通信·山东的文化运动》，《晨报》1919年12月28日。
[3]《济南特约通信》，《晨报》1919年12月14日。

了。"[1]顾随在班上讲授白话文和新文学,颇受学生喜爱。后来发生学潮,某教员便在省籍上做文章,声称:"山东即缺乏教员,何至求及外省",顾随为免生事端,提出辞职。[2] 在省界意识颇为浓厚的山东教育界,外来的新文化、新的教育理念乃至新教员,已经对他们的利益构成了威胁。

然而,新文化不仅仅是文化而已,同时也构成了一种制度性的力量,1919年10月全国教育界联合会第五次会议通过的"推行国语以期言文一致案",不久便于1920年1月转化为教育部的正式部令,要求在全国范围内推行。包括白话文在内的新文化,由此获得了某种代表国家的权威性质。这在对地方教育界构成挑战并遭到抵拒的同时,也给另外一些地方教育精英提供了机遇,他们利用这种或许只是象征性的权威,扩展了自己的资源,巩固乃至提升了自己的地位。作为新文化在地方的代理人和实践者,他们为自己赢得了新的资本和声望。

全国性资源与地方资源

傅斯年提到的省立一师教员王祝晨便是这些人中杰出的一位。实际上,傅斯年之前便与王祝晨有所来往。1918年前后,王祝晨在东昌(今属聊城)省立二中任校长时,便认识了籍贯本地的北大学生傅斯年,并曾邀请他到学校做过演讲。[3] 1919年7月,傅斯年和杨振声赴济南参加官费留美考试,曾与王祝晨就新文化运动做过一番畅谈,王祝晨有感"五四"运动后山东的沉寂现状,颇思有所作为,得到傅、杨两

---

[1] 1921年8月1日致卢伯屏,《顾随全集》第4卷,石家庄:河北教育出版社,2005年,第113页。
[2] 《鲁省学潮迭起》,《晨报》1924年6月3日。
[3] 王恒:《王祝晨传》,政协齐河县文史资料委员会编《齐河文史资料》第4辑,1996年,第33页。

位的赞赏,并"与他们商定了提倡新文化的办法",随即又邀请两位到省立一师和一中演讲。[1] 1919年9月他担任省立一师附小教导主任兼省立一师教员,大力推行白话文教学,一时教育界为之哗然,《新齐鲁公报》也大肆攻击。[2] 到了年末,山东的新文化运动渐有起色,然而非议和排斥的声音仍然不少,王祝晨"为与守旧派斗争起见,特邀请杜威博士、胡适博士,来济讲演,以助声势"。[3] 于是便联合省议会中王乐平、聂湘溪及一师教员刘次箫等人,趁傅斯年进京之便,托他和胡适及杜威交涉,约定于12月24日到济。胡适与杜威夫妇如期抵达,于25日至29日在济南共演讲五次,每次听讲者"均在二三千人左右",杜威讲"教育原理"和"新人生观",杜威夫人讲"妇女教育",胡适讲"国语的文学"和"研究国学的方法"。[4]

杜威一行抵济前,督军张树元曾试图发电报拒绝,省议会亦有议员提出异议。等到杜威到后,张树元又派代表表示欢迎。离开济南前,中小学教职员开谈话会招待杜威一行,教育厅长袁道冲发言,对"新"的讲演不以为然,并云"旧的不可尽废",遭到胡适的驳斥,袁道冲一时"大难为情,很觉得自己失言"[5]。面对来自中心城市乃至海外的新人物,地方势力显得进退失据,至少从表面上看,新文化的权威在

---

[1] 张默生:《王大牛传》,上海:东方书社,1947年,第34页;王恒:《王祝晨传》,《齐河文史资料》第4辑,第38—39页。
[2] 王恒:《王祝晨传》,《齐河文史资料》第4辑,第40页。按:原文记王祝晨1920年9月起担任一师附小主任兼一师教员,误,应为1919年9月。
[3] 张默生:《王大牛传》,第34页。
[4] 《济南特约通讯》,《晨报》1920年1月6日;徐彦之:《济南两周见闻记》(四续),《晨报》1920年2月1日。
[5] 徐彦之:《济南两周见闻记》,《晨报》1920年1月23日;徐彦之:《济南两周见闻记》(二),《晨报》1920年1月24日。

地方得到了尊重。

新文化的"声势"为王祝晨的事业提供了动力。1920年暑假期间，王祝晨约省城各小学教员赴南京高师暑期学校听讲，这是陶行知为提升中小学教员素质而创办的学校，胡适应邀在课上讲授"白话文文法"。[1] 王祝晨从会上带回许多白话文教育材料，在各小学中分发。此后，他又派附小教员赴北京"国语讲习会"听讲，并请黎锦熙来附小示范教学。[2] 1924年夏，时任省立一师校长的王祝晨，以"一师讲学会"的名义，邀请周作人、沈尹默、朱谦之等到校演讲。[3]

显然，在王祝晨推进白话文教学和新文化传播的事业中，他凭借的主要是全国性的教育资源。值得注意的是，甚至在"五四"时期全国范围的学生运动和学生组织出现之前，就已经出现了全国性的教育团体和教育网络。"推进国语以期言文一致案"首先是在全国教育会联合会第五次会议上通过后，才被转化为教育部令在全国施行的。它的"国家权威"与其说来自于中央政府的权力，不如说来自于全国教育会联合会所体现的更广泛的代表性。成立于1915年的全国教育会联合会由各省代表组成，每年都召开年会。它的出现意味着投身于新式教育事业的新知识分子的广泛联合（其背景是他们因袁世凯专政而对政治感到失望，期待教育承担起国家建设的重任）。事实上，教育部之所以能够在动荡不安的民初政局中依然运转良好并较为有效地推行其政策，正是依赖于它和这类全国性的教育团

---

[1] 余子侠：《山乡社会走出的人民教育家：陶行知》，武汉：湖北教育出版社，1999年，第109—111页。
[2] 王恒：《王祝晨传》，《齐河文史资料》第4辑，第39、41页。
[3] 《山东教育界近事》，《申报》1924年4月3日；张默生：《王大牛传》，第40—41页。

体和教育网络的密切关系,这使得它比较容易获得地方教育界的支持。[1]全国性的教育团体和教育网络在"五四"运动后得到了进一步的加强,并且为新文化运动的扩展提供了渠道。

不过在"五四"运动之前,这类全国性的教育团体和教育网络似乎并未和山东教育界发生过密切的关系。山东教育界比起其他省份要显得更为封闭和保守。王祝晨民国初年拟定的《普及教育意见书》,1912年和1916年两次上呈山东教育行政部门,均未蒙采纳。[2]也正因为如此,"五四"运动之后,王祝晨便积极主动地寻求全国性资源的帮助。这类全国性的教育网络也开始在山东发挥作用,1922年7月和10月,中华教育改进社第一次年会和第八次全国教育会联合会均在济南召开,胡适等新文化人通过演讲等形式,进一步扩大了新文化的影响力。又如前述王祝晨设立的"一师讲学会",也有教育部的部令可依。1915年教育部召开的全国师范学校校长会议,便议决师范学校当为本学区开设讲习会,以便"新知识之输入"。[3]

王祝晨积极寻求全国性的资源,并不意味着地方资源对他无关紧要,事实上后者对他也相当重要。他能够担任一师附小教导主任,随后又出任一师校长,都与他在山东教育界的关系网络有关。王祝晨本人便是"师范团"中的一员,1910年毕业于山东优级师范学堂。凡民元以前毕业于该校者,被称为"优级系",是"师范团"中势力最大的一

---

[1] David D. Buck, "Educational Modernization in Tsinan, 1899-1937," in Mark Elvin, ed., *The Chinese City Between Two Worlds*, p. 192.
[2] 张默生:《王大牛传》,第30页。
[3] 璩鑫桂、童富勇、张守智编:《中国近代教育史资料汇编 实业教育 师范教育》,上海教育出版社,1994年,第822、834页。

派。[1]属于该系者,除王祝晨外,尚有鞠思敏、于丹绂等人。1913年王祝晨曾与鞠思敏等人创办正谊中学,鞠思敏任校长。民国初年,鞠思敏先后担任山东高等师范学校、省立一师校长。1917年继鞠思敏出任一师校长者则为于丹绂。王祝晨正是应于丹绂之聘任一师附小教导主任兼一师教员。鞠思敏对王祝晨传播新文化的事业亦表示支持,曾与王祝晨创设"尚学会",协助其编辑《文化新介绍》。[2]因此,尽管王祝晨备受攻击,但却一直职位无忧。1922年11月,省立一师学生因为不满于校长思想守旧,滥用权威,掀起学潮,于丹绂被迫去职。王乐平等国民党人参与到学潮中,背后指挥操作,推出了代表国民党的候选人,而省长熊秉琦也想安插自己的人选。在各方势力争夺不下的僵局中,一师教职员因为担心外部政治势力的侵入和"师范团"的破裂,最终选择王祝晨继任校长职。地方教育界维持其团结和"独立"的考虑,把王祝晨推到了校长的位置上。王祝晨在传播新文化方面的表现,也使他得以被学生接受。[3]从此掀开了他教育生涯中最有光彩的一页。

新文化的"普及"与"提高"

王祝晨出任省立一师校长后,继续推进新文化事业。除了请新文化人来校演讲外,他还聘请外省新文化人(如担任国文专修科教员的杨晦)来校任教,并给予优厚待遇,其他教员乃至校外人士虽有意见却也无可奈何。他甚至向全校同学建议,只要财力允许,希望每个人都买一部《胡适文存二集》。为了学生接受新文学知识的方便,他帮助学

---

[1]《山东教育界派别之今昔观》,《晨报》1922年9月16日。
[2] 李弢:《鞠思敏先生事略》,《济南文史资料选辑》第7辑,1986年。
[3]《王祝晨先生手迹》,《齐河文史资料》第4辑;《山东一师又闹校长风潮》,《晨报》1922年11月9日;《鲁省一师风潮解决原因》,《晨报》1922年11月28日。

生成立书报介绍社,代售新文学书刊,参与其事的就有邓广铭。一时省立一师成为"山东新文学新文化传播的中心"。[1]

王祝晨不仅仅只是传播新文化而已,他对白话文和新文化一直都有自己的思考,贯穿于其中的则是他的教育理念。1919年秋,王祝晨与傅斯年杨振声"商定提倡新文化的办法",决定选择新文化出版物中各类文章编辑成书,后来成《文化新介绍》"文学号"、"教育号"、"哲学号"三册,分别于1920年1月、4月、9月出版,发行甚广,"文学号"尤为畅销,后来由上海文化书社以《新文学评论》为名再版。[2] 这虽然是一个选本,但却能看出王祝晨关注新文学的教育层面的取向,这与新文化人主流其实有相当差异。王祝晨选了施畸的一篇《文学的批评》,便引起了傅斯年的批评。王祝晨的解释是:

> 《文学的批评》很多误会的地方,我因他有些中国和西洋底历史材料,把他选上。——当时傅孟真先生,很不以为然,问我怎么不选罗志希底《什么是文学》?我说:我注意点在一般中等以上学生,小学以上教员,想叫他有点历史底见解!不敢过于高谈。[3]

施畸(施天侔)当时是京师第四中学的国文教员[4],《文学的批

---

[1] 褚承志:《褚承志先生自订年谱》,《山东文献》第13卷第1期,1987年6月20日;邓广铭:《漫谈我和胡适之先生的关系》,《邓广铭全集》第10卷,石家庄:河北教育出版社,2005年,第263页;《我与胡适》,同上,第292页。
[2] 张默生:《王大牛传》,第34页。
[3] 《文化新介绍·文学号》,1920年1月,第3页(北大图书馆藏)。
[4] 见冯至:《自传》,徐州师范学院《中国现代作家传略》编辑组《中国现代作家传略》上集,成都:四川人民出版社,1981年,第141页。冯至是施畸在京师第四中学的学生。

评》一文1919年9月8日至9月30日连载于《晨报》,为作者课堂讲义,大体上是一篇普及新文学观点的文章,不为傅斯年所看重并不奇怪,但却正与王祝晨的思路相合,即为"中等以上学生,小学以上教员"说法,重在普及和教育。王祝晨所选文章分为新文学的"辩论"和"实行"两部,"实行"又分为"报纸方面"、"教科方面"、"诗歌方面"、"小说方面"和"戏剧方面"五类,而"教科方面"分量最重,选了六篇文章,占了一半的篇幅。考虑到全国教育会联合会已经议决"推行国语以期言文一致案",对于地方教育精英而言,如何教授白话文的问题已经成了当务之急,一时各地都有讨论。王祝晨也从外地的学校汲取经验:

> 浙江第一师范国文教授,——浙江《教育潮》一卷五期沈仲九《对于中等学校国文教授的意见》狠可参考——我以为在这个时候是狠适当的一种办法,因为中等以上学生,和小学以上教员,受文言文底余毒,思想材料都很枯窘。用这种方法,改革他的思想,开拓他的材料,是第一步工夫;再用胡适之先生,教授国语方法,整齐他的形式,是第二步工夫;所以这书可以说是"白话文教科书"或"白话文自修参考书"。[1]

沈仲九的文章较之全国教育会联合会的议案走得更远,他主张不仅小学国文当改国语,即中等学校也应全部用国语。王祝晨编这本"白话文教科书",不仅是给小学以上教员看,也给中等以上学生看。因为他所在的省立一师,正是以培养小学师资为任务。这是一本"眼

---

[1]《文化新介绍·文学号》,第6页。

光向下"的"白话文教科书",与新文化人希图借助"国语的文学"以创造"文学的国语"的宏大目标看来相差甚远。

王祝晨在山东的地方教育精英中对白话文表现得如此热心,与他一直以来注重平民教育和乡村教育不无关系。早在民国初年,他在《普及教育意见书》中就提出普及乡村教育的方案,强调"农民有文化知识"的重要性[1],但如前所述,他的意见并未被教育当局重视。1915年他任聊城省立二中校长,要求学生放假后回乡做乡土调查,搜集材料以备编写乡土教材。但是他的教育思想不能为当地士绅所了解,实施起来阻力甚大,只得辞职。不久他又回齐河老家,创办私立强恕小学,实行半工半读的乡村教育,最后仍以失败告终。[2]

王祝晨的教育成就主要是在省城济南取得的,他在省立一师附小和省立一师积极推行白话文教学的成绩,也有机会让他——通过培养小学教员——实践乡村教育的理想。这种反差似乎进一步印证了下面的观点:新式教育主要是一种城市教育,最有可能在城市特别是大城市取得成功。那么,在城市中推行的白话文教育,能够为乡村教育提供推动力么?与此同时,王祝晨还必须回应城市精英的质疑:如果白话文只是一种普及的工具,一种用于平民教育的粗浅文体,它如何能够取代文言文的位置呢?

这样的疑虑并不是多余的。当王祝晨在一师附小贴出第一份白话布告的时候,便引起全校的震动。当时在该校就读的李长之对此印象深刻:"这是我们第一次被惊醒了,白话文原来也可以有登大雅之堂

---

[1] 王恒:《王祝晨传》,《齐河文史资料》第4辑,第24页。
[2] 王恒:《王祝晨传》,《齐河文史资料》第4辑,第31—32、34—35页。

的资格,所以对那布告的印象特别深。"[1]可见即使是当时的小学生,也认为白话文难登大雅之堂。《新齐鲁日报》则在社论中提出质疑:"古文历代沿袭相传,文风已定,岂能为粗浅之言而取代。"王祝晨似乎早已意识到这样的攻击,在第一堂白话文课上就明确宣称:

> 白话文并不是大白话,而是现今最进步的文学语言。[2]

王祝晨表示,白话文不只是普及教育的工具,同时也是一种新的精英文体,从而维护了白话文的地位和价值。普及与提高或许是一对矛盾,但在教育家那里却可以兼顾。王祝晨在省立一师大力引入新文学和新文化的空气,并非单纯着眼于白话文的教学,同时也包含着这样的用意:让地方学生能够"眼光向上",获得新的资源和视野,为此他甚至鼓励学生从事新文学的创作。他在省立一师开设国文专修科,便有这方面的考虑。按照1922年全国教育会联合会第八次会议的议案,师范学校得设两年期的专修科,是为了"补充初级中学教员之不足"[3],而王祝晨的目的则是"为适应学生要求发展个人所长起见"[4],于是他聘请新文学作家杨晦为教员,指导学生建立文学社团和发表创作。臧克家回忆说:"文艺专修科的同学,文艺修养都相当高,有的同学常在《洪水》等大刊物上发表作品。学校里每周出版一张校刊,发表一些文艺

---

[1] 李长之:《社会与时代》,《李长之文集》第8卷,石家庄:河北教育出版社,2006年,第372—373页。
[2] 王恒:《王祝晨传》,《齐河文史资料》第4辑,第40页。
[3] 《全国教育联合会之第三幕》,《晨报》,1922年10月23日。
[4] 张默生:《王大牛传》,第39页。

创作"。这成为臧克家"逐步走上文艺创作道路的鼓舞力量之一"。[1]

按照新式知识分子的设计和教育部的规定,师范学校与一般重在升学的中等学校不同,是"以造就小学校教员为目的"[2],而小学教员是实行平民教育和乡村教育的主体,因而师范学校曾一度被寄予厚望:"要想使大多数的国民都有真正的觉悟,必得有促进国民自觉的真正人材;促进国民自觉的真正人材,就是将来的小学教员;将来的小学教员,就是现在的师范生。"[3]然而新式教育事实上进一步加剧了近代以来城乡分离的趋势,这使得师范学校的最初目标难以实现。陶行知指出当时乡村教育之"不发达""已达极点","现在师范学校都设在城市,连教授方面,也是重城轻乡"[4],教育部也早就注意到,由于小学教育为清苦职业,毕业生多不愿往,为此在1918年专门通令各省教育厅,师范生毕业后限令服务小学教育。[5]

山东省立一师的情形也是如此。王尽美在1921年的一篇文章中指出,省立一师不过是"中校式挂上师范的招牌",教师并不教授"师范生应该特具的学问知识",办学者目的只在升学,并不考虑平民教育和乡村教育的发展,"山东的师范教育自师范教育,乡村教育自乡村教育,其间并不发生关系"。[6]

---

[1] 臧克家:《溯往事,六十年——追忆杨晦先生》,《臧克家全集》第6卷,长春:时代文艺出版社,2002年,第41—42页。
[2] 朱有瓛主编:《中国近代学制史料》第三辑下册,上海:华东师范大学出版社,1992年,第436页。
[3] 《新山东》,《五四时期期刊介绍》第三集上册,北京:三联书店,1959年,第174页。
[4] 陶行知:《师范教育之新趋势》,《中国近代教育史资料汇编 实业教育 师范教育》,第862页。
[5] 《中国近代学制史料》第三辑下册,第461页。
[6] 王尽美:《山东的师范教育与乡村教育》,《王尽美传》,第99—101页。

"乡村小学教师,用不着什么文学家、教育家",这是王尽美的针砭之言。但是,对山东省立一师的学生来说,做"文学家""教育家"却比"乡村小学教师"更具有吸引力,而新文化运动毫无疑问为他们提供了难得的机会。王祝晨为省立一师的学生开拓了新的视野和上升空间,越来越多的学生由此从地方走上了全国性的舞台。很难说王祝晨的"普及"和"提高"两方面的工作究竟何者更有成效,但显然后者带来的社会后果更为引人注目。邓广铭后来现身说法,表彰王祝晨"提高"一面的功绩,最能说明这一点:

其时肄业于第一师范的学生,不论是专修科或本科的,既全都能够和国内国外的许多学者名流相接触,他们的眼界遂得以无限地扩大,知识也得以急遽地增高。……那时的师范学校,学生一体公费待遇,课程方面则对英文、数学极不重视,只是以造就小学师资为目的。但师范毕业生如愿升学,在那时却是不受限制的。山东一师的学生,受了国内外的学者和大教育家们的启迪诱发,在心里大都已激荡起一种高飞远举的念头,他们仰慕私淑这一辈人,他们也暗自立志要做成这一辈人的模样。[1]

"新文学家":城市中的新精英

1923年,当臧克家考入省立一师时,新文学的氛围已经相当热烈,

---

[1] 邓广铭:《记一位山东的老教育家——王祝晨先生》,《邓广铭全集》第10卷,398页。

购买新文学书报在学生中形成一种风尚。"《创造》、《洪水》、《语丝》、《沉钟》……每人总有一份,我的更多,杂志之外,新书有好些,特别是诗集。"[1]臧克家"对有名的新文艺作家,羡慕而又崇拜,特别是大诗人郭沫若更使我奉若神明,五体投地",他从杂志上剪下郭沫若的照片,悬诸案头,并题字"郭沫若先生,我祝你永远不死!"[2]在短短的几年时间内,新文学已经推出了自己的文化英雄,他们对青年学生产生了强大的吸引力。一个以青年学生为主体的广阔的新文学市场已经形成。

重要的是,青年学生不仅是这个市场的消费者,同时也是生产者。文化英雄引起模仿的冲动,模仿者由此把自己想象为他们中间的一员,从而形成一种新的身份意识。国文专修科的一名同学,"到处投稿,而且发表出来一些,于是俨然以新文学家自许,留着长头发,生活浪漫,还有时去逛'妓院'"[3],"新文学家"的身份允诺了新的生活方式和自由,而且似乎并不必付出太大的代价就能获得。早期新文学维持其再生产的关键是,生产者不必积累文化资本,模仿不必经过训练。臧克家觉得模仿郭沫若写新诗是很容易的事,可以"放荡自由,无拘无束,写景抒情,一挥而就"。[4]杨贤江曾经批评"五四"时期的学生染上虚荣和享乐的习气,表现之一便是热衷于创作新文学:"他们所欢喜干的,却是做短篇小说,做新诗,特别地做小诗",理由只是"不费力、容易出风头罢了"[5],在新兴的新文学市场中,不必投入太多便能获得

───────
[1] 臧克家:《我的诗生活》,《臧克家回忆录》,北京:中国工人出版社,2004年,第14页。
[2] 臧克家:《诗与生活》,成都:四川人民出版社,1981年,第52页。
[3] 同上,第52页。
[4] 臧克家:《关于〈罪恶的黑手〉》,《臧克家全集》第12卷,第125页。
[5] 杨贤江:《十年来的中国与学生》,《杨贤江全集》第1卷,郑州:河南教育出版社,1995年,第785页。

相当的回报。

新诗的门槛若是如此之低,就难免引起那些受过传统文化训练的精英的质疑和嘲笑。臧克家回忆说:

> 还有位守旧的国文教师,反对白话文、白话诗。他说,白话诗,直口白说,我一天可以作几十首。有的同学说,请老师作首我们看看,他不假思索,立即出口成章:"鹊华桥上望望,大明湖上逛逛,掉下去了湿了衣裳,拾起了晾晾。"惹得全班哄堂大笑。[1]

这位国文老师对新诗的讥讽并非毫无意义。在传统士绅那里,文化是一套复杂的技艺,需要通过刻苦的训练才能获得,他们也借助于文化技艺建构起自己作为"士"或"读书人"的精英身份,既把自己和民众区别开来,又获得了教化民众的权力。卜正民(Timothy Brook)在对明清宁波士绅的研究中发现,文学成就在精英群体及其象征性地位的形成中起到了关键作用。[2] 而对于这位国文老师来说,"直口白说"的新诗并不具备这样的功能,因而也无法得到他的尊重。

这可能是新文学早期的通病,它对于新文学迅速扩展其影响力和市场自然功不可没。但是新文学要成为一项真正值得尊重和付出的事业,就必须建立起自身的规范和秩序。事实上新文学的精英们已经开始这样做了。臧克家的文章和回忆录中多次提及的族叔臧瑗望,便是这种规范和秩序的牺牲品。这个新文学的失败者的故事意味深长。

---

[1] 臧克家:《诗与生活》,第55页。
[2] 参见卜正民(Timothy Brook):《家族承续性与文化霸权——1368—1911年的宁波士绅》,收入许纪霖编《公共空间中的知识分子》。

臧瑗望,字亦蘧,笔名一石。二十年代初就读于中国大学预科,受到新文化的影响,开始从事新诗创作:

> 抱着诗集,抱着一颗求赏识的忐忑的心去请教胡适先生,胡先生顺手翻开诗本子,眼睛恰巧落到一首叫做《夜过女子师大》的小诗上。"想那些异性的同胞们,都已朦胧入睡了。"胡先生吟咏着这两个句子笑着问他:"人家睡了,关你什么事?"听了这两句话,他便抱着诗本子,抱着一怀冰,回到了自己破烂的小公寓,颓然地倒在床上,床呻吟了一声,他也长嘘了一口气。后来,他又出了第二本,第三本。他寄鲁迅先生求教,得到的批评是:"太质白,致将诗味掩没。"这个回信他一直保存着,我看过。他又把集子连上信寄给梁实秋先生了,梁先生的回信中有这样的句子:"先生之诗,既违中国诗人温柔敦厚之旨,复乏西洋诗人艺术刻画之功……"[1]

臧瑗望并不灰心,他觉得他们都有派别的成见,认为自己可以和徐志摩、闻一多、郭沫若并立而无愧色。他还发展出自己的风格:"用土语白描"。但无论如何,他没有得到承认,只得回到家乡。他继续从事新诗创作,但他那口语化、略带诙谐的新诗,在"封建乡村"更无法为人理解,只被当作笑谈。不为人知的臧瑗望,虽然自费印过两本诗集,终于寂寞地在家乡潦倒终生。[2]

胡适、鲁迅、梁实秋对臧瑗望新诗的拒绝,表明新文学在内容和形

---

[1] 臧克家:《我的诗生活》,《臧克家回忆录》,第6—7页。
[2] 臧克家:《诗与生活》,第88—94页;《我的诗生活》,《臧克家回忆录》,第7—12页;《沉重的担负》,《臧克家全集》第5卷,第155页。

式上都已开始形成规范,这种规范构成了一种排斥机制,并建立起了自己的权威。新文学同样是一种精英气味十足的文学。当臧瑗望无法作为一个新诗人获得承认的时候,也就意味着他加入到新文学精英群体中的努力失败了。于是他只能回到乡村,更有意味的是,虽然使用的是"土语"和白话,新文学与乡村却完全格格不入,不仅不被接受和承认,反而受到抵触。这或许是臧瑗望更大的悲剧。与之形成对照的是,臧克家的父亲臧统基和族叔臧武平,作为喜欢写作旧诗的地方乡绅,则能与乡村建立较为亲和的关系。[1]

新文学是一种在城市中产生的文学,其影响力往往亦限于城市中的新知识分子和青年学生。作为一种精英文化,新文学所要求的形式和技巧的训练,常常是在城市的学院环境中完成的。臧克家早年"一挥而就"的新诗被他放弃了,等到他就读青岛国立山东大学并师从闻一多时,他才有机会磨炼自己的技巧,并建立起自己"苦吟诗人"的声名。另外一个例子是臧克家的同学李广田,他在省立一师读书时就开始写新诗,但真正创作出有影响的作品,还是在北大英文系接触到更广阔的文化资源之后。

新文学精英并不掩饰他们对城市的向往,正如臧克家写于1933年的一首题为《到都市去》的诗中所写的:"他欢喜,仿佛是逃开了灾难。/都市的影子/牵着他的小心飞,/用一枝想像的彩笔,/在上面涂抹些美丽的颜色。"[2]虽然无论是臧克家还是李广田,都写下了大量描写家乡风土的诗篇和散文,并且反复表达他们对乡土的热爱以及自

---

[1] 臧克家:《诗与生活》,第91—93页。
[2] 见《臧克家全集》第1卷,第56页。

己作为"农民诗人"、"地之子"的归属感,但是无法否认的是,"乡村"在他们那里只是作为素材而存在的。经过种种形式技巧的"中介"后呈现出的乡村经验,更多是他们主观意识世界的投射。在这个意义上,所谓"乡土文学"乃是新文学精英与乡村疏离的产物,或者是对这种疏离的补偿。

结语:新文化与社会流动

1925年4月,奉系军阀张宗昌担任山东军务督办,开始对新文化运动采取压制态度。此时国民党在青年学生中影响力已经逐渐壮大。王乐平应王祝晨之邀,亲自到省立一师讲演三民主义,"济南一师的同学于是由新文化运动逐渐变为中国国民党领导之下的国民革命运动,读书的趣味亦由新的文学作品与学术论著改为政治经济的著述",新文化中的社会激进思潮在学生中的影响力大幅上升,并与政党政治结合起来,省立一师成为济南的"党务中心",到1926年底,本科十八、十九两班六十多人几乎都加入了国民党。[1]臧克家此时也与同学结伴南行,前往武汉投考"中央军事政治学校"。[2]

李长之后来说:"五四运动的发动是政治,但结果是文化的。"[3]这是他从山东地方经验中得出的结论,与胡适晚年所谓"五四"运动是

---

[1]《褚承志先生自订年谱》,《山东文献》第13卷第1期,1987年6月20日;《山东文献》第16卷第1期,1990年6月20日。
[2] 臧克家《诗与生活》第63页。
[3] 李长之《社会与时代》,《李长之文集》第8卷,第372页。

对文化运动的"政治干扰"的说法相映成趣。[1]从李长之的角度看,"政治干扰"事实上为新文化运动的扩展提供了动力,同时也意味着,新文化运动从一开始就包含着强烈的政治性。新文化中包含着激进政治的吁求,加之国民党人的动员,新文学的爱好者很容易转变成国民革命的参与者。

不过与王尽美这样的早期职业革命家不同,对臧克家这样的青年来说,国民革命更像是一种向上流动的社会途径,而非与民众结合的政治实践。当臧克家"心豪气壮"地奔向"光明的结穴处"武汉时,他同样是为一种新的生活方式、一种对未来的想象和允诺所吸引,正如他为新文学所吸引一样。从这个角度来看,国民革命之于他们的意义似乎也更多的是"文化"的而非"政治"的。

有一点可以肯定,无论是王尽美还是臧克家,都是"五四"新文化之子。作为既包含社会激进主义又包含新文学的复杂的思潮和运动,新文化及其再生产引起了多重的社会后果。新文化为"五四"学生运动提供了政治内容,使得学生运动和政党政治结合成为可能,并推动了动员民众的新型激进政治的产生。新文化为地方上的青年学生提供了新的视野和更多的向上流动的机会,他们由此获得了一个更加宽阔的舞台。

新文化同时也给地方的政治精英和教育精英提供了机遇。周锡瑞和兰金在综合有关近代中国地方精英的研究成果后提出,对变化的

---

[1] 关于新文化运动与政治运动的关系,参见罗志田《走向:"政治解决"的"中国文艺复兴"——五四前后思想文化运动与政治运动的关系》,《近代史研究》1996年第4期。

适应能力和运用多种资源的灵活性,是近代地方精英的重要特征。[1]新文化为他们提供了外部的社会和文化资源,这有助于维持乃至加强他们在地方上的影响力。

经历了新文化运动之后,地方与全国的关系更加密切了,这迅速扩大了近代中国社会流动的范围。以王祝晨为例,当他1902年参加科试时,对革命、立宪两派舆论毫无所知。1903年赴省城参加会试,开始接触严复、梁启超的著作。1907年升入山东优级师范本科时,在接触新学书籍时,仍致力于宋明理学和曾国藩的古文。[2] 王祝晨属于地方精英中主动趋新者,但视野还是相当有限。新文化运动中,他积极寻求外部的、全国性的资源,但他的事业始终局限于地方舞台。而他在省立一师的学生已经大不相同,新文化极大地拓展了他们的上升空间,使得他们有可能在短短的数年间成长为全国性的精英人物。

但是新文化精英为此付出的代价是,他们日益疏离地方事务,并失去了在地方的影响力。虽然他们有可能回到地方,但地方之于他们只是"在而不属于"的场所,他们属于一个悬浮的、全国性的精英网络。李广田从北大毕业后回到济南,担任省立一中国文教员,但他主要的事业是在北京和上海的新文学杂志上发表作品,目标是"最好能每年有新书出版"[3],虽然他写的是以家乡风土为题材的散文。

总体而言,新文化仍是一种属于城市的精英文化,主要作用于城

---

[1] Joseph W. Esherick and Mary Backus Rankin, "Concluding Remarks," *Chinese Local Elites and Patterns of Dominance*, p. 344.
[2] 王恒:《王祝晨传》,《齐河文史资料》第4辑,第12—20页。
[3] 李广田:《自己的事情》,《李广田文集》第3卷,济南:山东文艺出版社,1984年,第401页。

市中的青年学生和少数地方精英,与乡村中的民众并无直接关系。当王尽美面对农民和工人进行政治动员时,他使用的主要是诗词音乐等传统文化技巧,比起旨在"与一般人生出交涉"的新文学,传统文化技巧似乎对民众更有亲和力和说服力。虽然同属于精英文化,新文化与乡村的关系看上去相当淡薄。事实上新文化引起的社会流动,加剧了近代以来城乡分离的趋势。[1]

另一方面,新文化创造出的新的精英群体,对近代中国社会诸多层面都产生了深远的影响,在文学、教育等思想文化领域,新文化通过持续的再生产建立起了自身的传统,在社会变革方面,革命党人亦从新文化中获益良多。新文化及其再生产所带来的社会后果,它的成功和失败,直到今天仍然滋养——同时也困扰着我们。

附录:相关人物简介

王鸿一(1874—1930)山东郓城人,名朝俊,字鸿一,以字行。1901年入日本东京宏文学院,回国后在曹州办理学务。1905年任曹州中学堂监督(校长)。1912年任山东省提学使,袁世凯称帝后辞职,回曹州任省立六中校长。1918年当选为省议会副议长。1921年结识梁漱

---

[1] 鲍德威的研究表明,从晚清以来,山东的"省籍精英"即把他们的重心转到城市和市镇中的慈善事业、商业活动和政治活动上,与此同时切断了他们与乡村的联系,等到他们意识到这一点并设法补救时已经为时已晚。参见 David D. Buck, "The Provincial Elites in Shantung during the Republican Period: Their Successes and Failures," *Modern China*, Vol. 1, No. 4 (Oct., 1975). 郝锦花和王先明则指出,新式教育是造成近代城乡分离和城乡一体的传统文化被打破的重要因素。参见《从新学教育看近代乡村文化的衰落》(《社会科学战线》2006年第2期)、《清末民初乡村精英离乡的"新学"教育原因》(《文史哲》2002年第5期)。

溟,后约请梁漱溟在曹州办学,倡行村治。1922年辞去议长职,寓居北平,创办《中华日报》,招募贫苦农民赴西北垦殖。1929年以国民革命军高级顾问身份,策划冯玉祥、阎锡山联合倒蒋。1930年7月病逝于北平协和医院。遗著有《三十年来衷怀所志之自剖》《东西文化及民族出路序言》《伦理为文化重心案》《建设村本政治》《中华民族自救运动之研究》等。

王乐平(1884—1930)山东诸城人,名者塾,字乐平,以字行。1907年加入同盟会,1909年考入山东法政专门学校。辛亥革命后任省议会议员,《齐鲁日报》主编。1918年当选为第二届省议会议员,并任省议会秘书长。1919年创办齐鲁通讯社,积极推动新文化的传播。1922年赴莫斯科出席远东各国共产党及民族革命团体第一次代表大会。1924年1月参加国民党一大,后任国民党山东省党部主任委员和候补中央执行委员。1928年发表《中国国民党的改组与训练》,成为国民党改组派的主要负责人。1930年2月在上海被蒋介石派人刺杀身亡。

王尽美(1898—1925)山东莒县(今属诸城)人,原名王瑞俊,字灼斋。1918年考入山东省立第一师范学校,积极投身"五四"运动。1920年联合邓恩铭等人组织励新学会,创办《励新》半月刊,同时成立"马克思学说研究会"。1921年7月在上海参加中共一大,1922年赴莫斯科出席远东各国共产党及民族革命团体第一次代表大会。回国后任中国劳动组合书记部山东支部主任,主编《山东劳动周刊》。1924年11月担任中共山东省地方执行委员会书记,1925年初赴青岛开展国民会议运动和工人运动,同年8月病逝于青岛。

王祝晨(1882—1967)山东齐河人,原名王世栋,字祝晨,以字行。1910年毕业于山东优级师范学堂,1915年任省立二中校长,1919年任省立一师教员兼附小主任,积极推行白话文教育。1922年起任省立一师校长。1926年避难广州,入广州农民讲习所听课。1927年加入国民党,1928年起历任省立二师教员兼附小主任、省立三师教务主任、省立一师教务主任、济南中学教员。抗战爆发后带领流亡学生南迁,任国立第六中学(驻四川绵阳)教员。1946年返鲁继任济南中学及齐鲁中学教员。1948年任济南一中校长,1950年被推选为济南市政协副主席,1955年任山东省教育厅副厅长。1958年反右运动中被停职劳教,1967年9月病逝。

臧克家(1905—2004)山东诸城人。1923年考入山东省立一师。1926年赴武汉参加中央军事政治学校。1930年考入青岛国立山东大学,师从闻一多。1933年出版第一部诗集《烙印》。1934—1937年任教于临清中学。抗战爆发后深入前线,1942年到重庆,参加"中华全国文艺界抗敌协会"。1949年到北京,历任华北大学创作研究室研究员、人民出版社编审。1951年加入中国民主同盟,1956年任中国作家协会书记处书记。1957年任《诗刊》主编。"文革"中遭受迫害,下放至湖北咸宁"五七干校"。1976年《诗刊》复刊,担任顾问兼编委。2004年2月病逝于北京。作品辑为《臧克家全集》12卷,2002年由长春时代文艺出版社出版。

国家与道德:民初共和危机与新文化人伦理关切的发生

1912年中华民国的成立,在中国历史上第一次建立起了共和国体。然而,仅仅依靠一套移植自西方的政治制度,并不足以保证新生的共和国的长治久安。时人普遍认识到,道德对于共和国家的建设至关重要,这其中既有将统治的正当性建立在道德基础上的儒家政治传统的残留,也有西方政治学说和国家理论的支持,更有对中国现实的道德状况的忧虑。围绕"国家与道德"这一论题,民初各方知识分子展开了一系列论述,它们实际上构成了新文化运动发生的历史语境。尤其是新文化人对伦理问题的高度关切,可以看作对这些论述的直接回应。

一

民国肇建,革命党人和袁世凯都曾提出以传统伦理道德作为国家建设的要素。1912年5月,黄兴在致袁世凯的电文中说:"民国初建,百端待理。立政必先正名,治国首重饬纪。我中华开化最早,孝弟忠信、礼义廉耻为立国之要素,即为法治之精神。"[1]不久,1912年9月,袁世凯下令"尊崇伦常",他强调:"中华立国以孝悌忠信礼义廉耻为人道之大经。"[2]11月6日,教育总长汤化龙在一次公开演讲中也指出,"吾人今日之责任,全在以道德为根本而巩固民国之基础"。[3]

如果说政治人物对伦理道德的重视,主要是基于传统的政教相维的框架,以期实现规范秩序和治理国政的现实目标,那么知识分子的关怀则要更为深远。1912年底,梁启超发表一系列文章探讨国家建设的根本方针问题。他将道德提升到"最高之本体"的地位,认为中国的道德传统构成了"国性",它构成了中国数千年文明存续的基础,今日仍有待发扬淬厉,"夫既以此精神,以为国家过去继续成立之基,即可用此精神,以为国家将来滋长发荣之具"。[4]但这一作为国民结合的纽带和历史传统之依托的"国性",今天却有失坠的危险,共和国的前

---

[1] 黄兴:《致袁世凯等电》,湖南省社会科学院编《黄兴集》,北京:中华书局,1981年,第193页。
[2] 见李新、李宗一主编:《中华民国史(第二编 北洋政府统治时期)》第一卷(1913—1916年)下,北京:中华书局,1987年,第534页。
[3] 《政党须重道德》,《申报》1912年11月28日,第7版。
[4] 梁启超:《中国道德之大原》,《庸言》第1卷第2号,1912年12月16日。

途也因此蒙上了暗淡的阴影。[1]

对中国道德传统失落的焦虑,在梁启超周围的进步党背景的知识分子中间相当普遍。蓝公武从外来势力入侵、国内变动、物质文明发达、社会生活困难等方面分析了中国道德权威失坠的缘由,悲叹道:"夫国于天地,必有与立,中国之礼教,中国立国之道也,而今皆扫地尽矣,则中国之所与立者,其尚有存乎。"[2]张东荪从法律角度补充了蓝公武的论述,认为除了社会方面的因素外,"今日民德不振,乃法律之原因"。[3]而吴贯因则将道德之堕落归咎于"共和"本身,"盖在纲纪整饬之世,有礼教足以范围人心,有刑罚足以惩治不法,故国民之性质,可以改恶而为善,不至改善而为恶。今则上无道揆,下无法守,明哲归隐,贼民朋兴,其有能执礼法以相绳者,则彼有民权自由之名词,足以为破坏法律,破坏道德之武器,于是纲纪废隳,藩篱尽撤,遂成为暴民专制之世界"[4],"盖共和之国,不重纲常,不尚名分,惟平等自由之义竞争权利之说,则为一般人所了解。于是民德易漓"。[5]

吴贯因的观点引出了一个尖锐的问题。共和国体本身就建立在"民权""平等""自由"等观念基础上,如果说这些观念会造成道德的沦丧,那只能说明共和国体有天生的缺陷。这当然体现了某种保守主义的立场。然而在另一方面,吴贯因的看法也包含了某种真理性。与中国传统的政教相维的国家体制相比,共和体制只是提供了一个制度的

---

[1] 梁启超:《国性篇》,《庸言》第1卷第1号,1912年12月1日。
[2] 蓝公武:《中国道德之权威》,《庸言》第1卷第3号,1913年1月1日。
[3] 张东荪:《道德堕落之原因》,《庸言》第1卷第12号,1913年5月16日。
[4] 吴贯因:《政治与人物》,《庸言》1卷12号,1913年5月16日。
[5] 吴贯因:《中国共和政治之前途》(续前),《庸言》第1卷第23号,1913年11月1日。

框架,并没有道德教化的功能。传统的伦理道德失去了制度性的依托,其前途确实岌岌可危。事实上,梁启超也意识到了这一点。推翻帝制的辛亥革命不仅是一场政治革命,也是思想革命,"盖数千年公共之信条,将次第破弃,而数千年社会组织之基础,将翻根柢而动摇",由于"嬗代之时间太促,发动之力太剧,则全社会之秩序破,非亟有道以维系之,而社会且将自灭"。要维持社会有形与无形的秩序,"非涵养新信条,建设新社会组织,无以致之"。[1]然而,他诉诸历史传统中形成"国性"而非"新信条",而"国性"在共和国体下又自身难保,这一悖论表明为共和国体寻求新的道德基础依然是一个极大的难题。

需要说明的是,梁启超等知识分子亟亟为新生的共和国寻求道德基础,并非简单地沿袭传统的政教相维的思维模式,而是有西方的理论资源——"国家有机体"说——作为根据。十九世纪末,梁启超在严复的影响下,已经形成了将"群"看作社会政治的有机体的观念。国家作为一种有机体的凝聚,依赖于"公"的道德理想。[2]但梁启超稍晚接触到的德国法学家伯伦知理(Johann Caspar Bluntschli)的国家有机体理论,对他的影响更为深远。1899年4月至10月,《清议报》上就连载了伯伦知理的《国家论》[3],1901—1903年间,梁启超在数篇文章都提到了伯伦知理的国家有机体说,但此时他对卢梭以契约论为基础

---

[1] 梁启超:《中国立国大方针》,《庸言》第1卷第1号,1912年12月1日。
[2] 参见张灏:《梁启超与中国思想的过渡(1890—1907)》,崔志海、葛夫平译,南京:江苏人民出版社,1997年,第70—76页。梁启超当时读到了严复的《天演论》,而《天演论》中已经包含了斯宾塞的社会有机体思想。
[3] 据法国学者巴斯蒂的研究,这个译本是在日本学者吾妻兵治当年的译本《国家学》基础上加工润色而成的,参见巴斯蒂:《中国近代国家观念溯源——关于伯伦知理〈国家论〉的翻译》,《近代史研究》1997年第4期。

的国家理论也表现出认同感。大概在1902—1903年间,梁启超转向了伯伦知理的国家学说[1],1903年10月他在《新民丛报》上发表的《政治学大家伯伦知理之学说》一文,系统介绍了伯伦知理的国家有机体理论,其中的核心观点是,国家是一个在历史中形成的有机体,"国家自有其精神,自有其形体,与人无异"。但国家作为有机体与生物出于"天造"不同,仍是"人力之创作"的产物,其形成包含了两个方面的要素:一是"由国中固有之性质与夫外界事物之刺激而生者",指国家形成过程的历史性,二是"由君长号令所施行与夫臣民意志所翊赞而生者",则侧重于制度安排特别是宪政在国家建构中的重要性[2]。前者对应的是国家的"精神",是在历史中形成的;后者对应的是"形体",即国家内部的政治结构和宪政秩序。两者相结合,形成了一个有机的共同体。

伯伦知理的国家有机体说为梁启超提供了一种将中国的历史传统与理想中的君主立宪体制结合起来的国家建设方案。换言之,在这一理论框架内,传统作为一种"精神"要素,仍可以在现代国家体制中安身,而不会被弃如敝屣,这是卢梭基于自然法和契约论原理的国家学说无法做到的。[3] 更重要的是,借助国家有机体说,作为"私德"的传统道德重新获得了正当性。在1902—1903年间完成的《新民说》中,梁启超对道德的看法前后有一个微妙的变化。写于1902年的《论

---

[1] 参见李春馥:《论梁启超国家主义观点及其转变过程》,《清史研究》2004年第2期。
[2] 梁启超:《政治学大家伯伦知理之学说》,《饮冰室合集·文集》,文集之十三,北京:中华书局,1989年,第70页。
[3] 关于梁启超对伯伦知理的接受,参见雷勇:《国家比喻的意义转换与现代国家形象——梁启超国家有机体理论的西方背景及思想渊源》,《政法论坛》2010年第6期。

公德》一文批评中国人有私德而无公德,所谓"公德",乃"人群之所以为群,国家之所以为国,赖此德以成立者也",这反映了梁启超之前的群学观点。而在1903年的《论私德》一文中,梁启超则强调今日"所恃以维持吾社会于一线者",为"吾祖宗遗传固有之旧道德而已","此机体之所以成立,舍道德之感情,将奚以哉"。[1] "旧道德"可以起到凝聚和维系有机体的作用,这显然是国家有机体说的看法。

1903年之后,梁启超基本上秉持国家有机体说来展开他的国家论述,并以此为他的君主立宪的政治立场申辩。能够与中国数千年传统"精神"有机结合的,只能是君主立宪这一"形体"。他对前者的强调甚至达到了吸纳后者的程度:"当知此君权有限之理想,为我国尧舜孔孟所发明垂教,绝非稗贩之于他国。"[2]1911年11月,当辛亥革命爆发,清廷大势已去,梁启超仍在幻想实行"虚戴君主之共和政体",其理由正是"国家为一种有机体,非一时所骤能意造也,其政治现象之变化,必根据于历史"。[3] 只要仍保留"君主"的象征,中国这个有机体似乎就可以一直存续下去。

中华民国的建立,使得传统的儒家伦理道德失去了制度性的依托,作为一种游离出来的"精神",它是否还能在新生的共和国体中安身,这是摆在梁启超面前的难题。但这并没有让梁启超放弃将中国的道德传统安顿到现代国家架构之中的努力,这一任务反而由此变得更加紧迫了。除了借助报刊等大声疾呼外,梁启超还调整了早年反对其

---

[1] 梁启超:《新民说》,《饮冰室合集·专集》,专集之四,第12、132、135页。
[2] 梁启超:《敬告国人之误解宪政者》,《饮冰室合集·文集》,文集之二十六,第66页。
[3] 梁启超:《新中国建设问题》,《饮冰室合集·文集》,文集之二十七,第43、29页。

师倡导孔教的立场[1],转而参与到孔教运动中来。

二

1912年10月7日,陈焕章、沈曾植等人创立孔教会,梁启超亦列名其中。1913年7月12日,由国会选举出的宪法起草委员会成立,开始着手制定宪法。8月15日,孔教会代表陈焕章、夏曾佑、梁启超、严复等上书参众两院,请于宪法中明文规定孔教为国教。[2]《请愿书》写道:

> 为请定孔教为国教事。窃惟立国之本,在乎道德,道德之准,定于宗教。我国自羲炎以来,以天为宗,以祖为法,以伦纪为纲常,以忠孝为彝训,而归本于民。……今日国本共和,以民为主,更不容违反民意,而为专制帝王之所不敢为。且共和国以道德为精神,而中国之道德,源本孔教,尤不容有拔本塞源之事,故中国当仍奉孔教为国教。[3]

请愿书虽然强调孔教的宗教性,但着眼点仍在道德之于"立国"的本体地位,可代表包括梁启超在内的相当一部分民初知识分子的共

---

[1] 见梁启超:《保教非所以尊孔论》,《饮冰室合集·文集》,文集之九,第50—59页。
[2] 参见丁文江、赵丰田编:《梁启超年谱长编》,上海人民出版社,2009年,第439页。
[3] 《孔教会请愿书》(孔教会全体代表陈焕章严复夏曾佑梁启超王式通等),《庸言》第1卷第16号,1913年7月16日。据严复1913年9月25日致熊纯如书:"呈辞乃高要陈氏(按:即陈焕章)所作",见《严复全集》第8卷,福州:福建教育出版社,2014年,第291页。

同关切。该项议案经过数次讨论,最终未能获得通过,宪法草案对相关条款的最终表述为"国民教育以孔子之道为修身大本"(第三章第十九条)。[1]此后孔教会为力争孔教的国教地位,仍付出了诸多努力。但梁启超本人似并未执着于此,在他拟定的《进步党拟中华民国宪法草案》中,规定"中华民国,以孔子教为风化大本",之所以列此条款,是因为"孔教屡蒙污蔑,国人固有之信仰中坚,日以摇动削弱,其影响及于国本者非尠",其中并未牵扯"国教"问题。显然,梁启超理解的"国本",并非作为宗教的孔教,而是作为中国固有之道德传统的孔教。

不过,借助宪法来维护孔教"国本"的地位,实际上已经说明这一"国本"并不稳固。更重要的是,孔教作为中国道德的源泉,在共和国体的架构中本应安于"精神"层面,一旦牵涉制定宪法这一政治行动,就有越界的嫌疑,考虑到儒教与帝制不可分割的历史,甚至可能会有损孔教的形象。张东荪就意识到了这一点,他承认孔教是"中国数千年文明之结晶",自然是中国的国教,然须知"国教非可以强定者也","诚以国教非以政治之力而定,乃本于国民自觉心而定耳。是故国教者,社会上之事业,非政治上之事业。往往一语及国教,则连想专制。此误解之由,不可不辨也",故他认为"近人谋建议案于国会,欲定孔教为国教,且以祀孔配天,此无足为孔子增光,殆亦画蛇添足之类,无足取也"。[2]参与宪法制定的国民党议员谷钟秀则明确反对立孔教为国教,他针对孔教习惯上已成国教列入宪法不过使之成文而已的说

───────

[1] 参见陈茹玄:《增订中国宪法史》,郑州:河南人民出版社,2016年,第51页。
[2] 张东荪:《余之孔教观》,《庸言》第1卷第15号,1913年7月1日。

法,反驳道:"且既称孔教习惯上已为国教,即不载诸宪法,于孔教何损,若虑孔教衰微,特以法律之力巩固之,是习惯上已为国教之说根本已失。"[1]所谓"习惯",义同张东荪所谓的"自然",均可从孔教形成于历史中的"有机性"这一层面来理解,而如今孔教却须依赖有意识的立法行为来维持不坠,恰恰证明了这一"有机性"的丧失。

此后民国政局的动荡似乎更进一步印证了孔教的尴尬地位。1912年11月4日,宪法草案刚刚通过不久,袁世凯下令解散国民党,取消国民党籍议员资格。11月13日,国会因不足法定人数,停止开会。宪法草案亦束之高阁。此后至1916年6月袁世凯病逝,三年多的时间内,中华民国呈现出无国会无议员的状态,共和国体已名存实亡。在此期间,袁世凯颁布了一系列尊孔祭孔的典礼和告令,并于1914年9月28日亲自到孔庙祭孔。[2]虽然袁世凯并不赞成定孔教为国教[3],但他的一系列举动无异于将孔教重新制度化,让人们意识到孔教有与帝制重新结合的可能。如果孔教不止于"精神",而是侵入到国家制度的"形体"中,它就会直接危及共和国体的生存。《甲寅》的一位作者注意到,"两载以来,故家遗老,辄藉口于国民道德之堕落,欲恢复种种之旧制,谓是可以改良民德,微论其所言者乃等项庄之舞剑,意在于沛公,而不在于陪谯饮也"。[4]语婉而讽,意谓种种恢复旧制之举措实别有政治用心。另一位论者引张东荪为同调,表示"道德之于立

---

[1] 谷钟秀:《中华民国宪法草案释义》,《正谊》第1卷第1号,1914年1月15日。
[2] 见李新、李宗一主编:《中华民国史(第二编) 北洋政府统治时期》第一卷(1913—1916年)下,第535—538页。
[3] 关于袁世凯对孔教的态度,参见韩华:《民初孔教会与国教运动研究》,北京图书馆出版社,2007年,第260—263页。
[4] 无涯:《道德进化论》,《甲寅》第1卷第10号,1915年10月1日。

国重矣,虽然,此以社会之精神言,而非以政治之作用言",强调"人之精神藏于内部,必非政治之力所能侵入,故道德由优游涵泳而成,而政治以限制程督为用,执道德主义为政,消极行之,不免空言而无效,积极行之,且有危险之结果",倡导孔教亦是"执道德主义为政"的表现,将有"流于专制"的危险。[1]后来者记述道:"民国三四年的时候,复古主义披靡一世。什么忠孝节义、什么八德的建议案,连篇累牍的披露出来,到后来便有帝制的结果。可见这种顽旧的思想,与恶浊的政治,往往相因而至。"[2]虽是后见之明,亦可见旧道德与旧制度之间的剪不清理还乱的纠葛。

袁世凯恢复旧制的政治举措,一步步导向帝制运动,这引起了蓝公武、吴贯因等人的警惕。他们一改民国初年热切召唤传统道德的论调,意识到共和国家须有与相适应的伦理道德。蓝公武明确以国家有机体说为依据,断定"古之所谓礼教与近世国家之有机组织不相容也",他进而对梁启超的"国性"论述也提出质疑,认为"所谓国性者,又空泛而至难解者也",作为中国道德传统之结晶的"国性","在文化未进闭关自守之时,固未尝不可以维系纲纪而范围人心,顾在今日,适足以阻国运之进步文化之发展而已,尚得谓之国性也哉!"[3]吴贯因也对梁启超的"国性"论做出重新解读,指出"国性之为物,不过表示国民一时之心理,原非历代相承成一固定之结晶体",强调"国性必当时求改良不能作为复古之注解"。[4]

---

[1] 光昇:《评法治与德治之优劣》,《中华杂志》第1卷第3号,1914年5月16日。
[2] 毋忘:《最近新旧思潮冲突之杂感》,《每周评论》第17号,1919年4月13日。
[3] 蓝公武:《辟近日复古之谬》,《大中华》第1卷第1期,1915年1月20日。
[4] 吴贯因:《说国性》,《大中华》第1卷第3期,1915年3月20日。

梁启超也调整了自己的论述。他在《大中华发刊词》中虽然仍坚持使用"国性"概念，肯定其"有以沟通全国人之德慧智术，使之相喻而相发，有以纲维全国人之情感爱欲，使其相亲而相扶"从而"抟挖四万万人为一浑合有机体"的功能，但他已不再强调传统道德的本体地位，也未提及孔教之于"国性"的意义。[1]不久他又撰文，重新阐发了自己对"孔子教义"的看法，他一方面仍认为"吾国民二千年来所以能抟控为一体而维持于不敝，实赖孔子为无形之枢纽"，但另一方面又自觉地将孔子之言中有关"治国平天下之大法"的部分搁置起来，单单拎出"养成人格"一项，当作孔子教义"实际裨益于今日国民者"，实际上是让孔教退出公共领域，彻底剥离其制度性的层面，让其仅仅作为"私德"发挥作用。[2]针对蓝公武对"复古"的批判，梁启超承认"道德论与复古论相缘。凡倡道德，皆假之以为复古地也"，但仍归咎于少数"居要津之人"，而"吾侪以为道德无时而可以蔑弃，且无中外新旧之可言"，试图通过将道德普遍化，把"旧道德"从政治的泥潭中拯救出来。[3]

总之，在袁世凯帝制运动造成的共和危机中，中国的道德传统对共和国家建设的负面作用越来越清晰地暴露出来，民国初年以传统道德为共和国之"精神"的方案已然名誉扫地。那么共和国家应该以什么样的道德作为其"精神"呢？正是在这样的语境中，有论者重新拾起梁启超早年有关"公德"与"私德"的区分："自泰西学说输入以来，于是

---

[1] 梁启超：《大中华发刊词》，《大中华》第1卷第1期，1915年1月20日。
[2] 梁启超：《孔子教义实际裨益于今日国民者何在欲昌明之道何由》，《大中华》第1卷第2期，1915年2月20日。
[3] 梁启超：《复古思潮平议》，《大中华》第1卷第7期，1915年7月20日。

乎言道德者有新道德旧道德之分,旧道德之范围在私德,如孝弟忠信礼义廉耻是也。新道德之注重公德,如爱国心公益心是也。值此世界大通之世,非助长国民之公德不足以立国,社会已承认之矣。"[1]在这里维系国家的不是作为"旧道德"的"私德",而是作为"新道德"的"公德",这实际上接近梁启超接受伯伦知理国家有机体说之前的立场。但较之依托中国历史传统内涵相对明确的"旧道德","新道德"有着更宽广的阐释空间,"国家与道德"的论题,将在一个新的层面上继续展开。

三

在寻求为共和国家建立道德基础的孔教运动中,康有为是一位不可忽视的人物。早在戊戌变法时期,康有为就已形成了较为系统的孔教思想,并倡导建立以基督教为模板的孔教组织。康有为意识到,"方今国争方竞,旧理诚间有不适于时用者。今必当政教分行,双轮并驰,乃不偏弊"[2],这种受西方政教分离体制之启发而形成的政教双轨的思路,一直延续到民国初年,"且欧美各国,政教分离,向不相属。……故其政教并行,已如双轮并驰,一前一却,一上一下,相牵相掣而得其调和也","俾言教者极其迂阔之论以养人心,言政者权其时势之宜以争国利,两不相碍而两不相失焉"。[3]正因为孔教与具体的政治制度

---

[1] 惟一:《最近社会之悲观》,《正谊》第1卷第7号,1915年2月15日。
[2] 康有为:《与梁启超书》(1910年秋),《康有为全集》第9集,北京:中国人民大学出版社,2007年,第166页。
[3] 康有为:《中华救国论》(1912年5、6月间),《康有为全集》第9集,第316、327页。

无关,故亦可托身于共和国体之下。不仅如此,为了给孔教争取更大的空间和更高的地位,康有为反复征引英人勃拉斯(Viscount James Bryce)《平民政治》(*The American Commonwealth*)一书中的观点,指出美国共和制之所以成功,"盖道德与物质之发明,过于政治,而后能成此大业也"[1],极力拔高"教"的重要性,淡化"政"的作用。而在中国的语境中,道德当然本自孔教。

民国初年,中央和地方政府曾出台一系列革除旧俗改良风气的措施,这引起了康有为极大的不满,也加强了他对孔教失坠的危机感。他以政教双轨为理据,指出"历史民俗"与"立国之政治无关","宗教之事,风俗之源,尤非政府所能干预"。[2]在现实的刺激下,作为孔教会的领袖(康有为在1913年9月召开的全国孔教大会上被正式推举为孔教会会长),康有为把孔教提升到"国魂"的地位:

> 蜡人之机体,有耳目手足,能持行运动,而无心知灵觉,则可谓之人矣乎? 若是者,电器之为傀儡者足矣。共和有政府议院政党国民,摹欧钩美,以为政治风俗,而无其教以为人心之本,若是者可谓之国矣乎? ……夫所谓中国之国魂者何? 曰孔子之教而已。[3]

---

[1] 康有为:《中华救国论》(1912年5、6月间),《康有为全集》第9集,第325页;又见《议院政府无干预民俗说》(1913年2月),《康有为全集》第10集,第24页。类似表述在康有为这一时期的论著中所有多有,不一一列举。
[2] 康有为:《议院政府无干预民俗说》(1913年2月),《康有为全集》第10集,第23、25页。
[3] 康有为:《〈中国学会报〉题词》(1913年2月),《康有为全集》第10集,第16页。

这段话带有明显的国家有机体论的色彩。孔教作为"魂"和"人心之本",对应的是国家的"精神","政府议院政党国民"等对应的是国家的"形体",两者互不凌越,各司其职,恰如康有为设计的政教双轨架构一般。康有为孔教思想整体上确实表现出道德化的取向[1],"盖孔子之道,本乎天命,明乎鬼神,而实以人道为教"[2],孔教虽然有超越性和神性的一面,但较之佛教和基督教,它的优势主要在于作为"人道之教"的安顿世俗生活的道德力量。然而正因为孔教"言天而不离人"的世俗性,它不可能与政治完全剥离开来。因而,当我们在康有为的文章中看到这样的表述,也就不会感到奇怪了——"惟孔教本末精粗,四通六辟,广大无不备,于人道犹详悉,于政治尤深博"[3],"数千年中人心风俗,政治得失是非,皆在孔教中,融铸洽化,合之为一"[4]。这些论述显然有违于政教双轨的原则,与传统的政教相维的思路也有别,毋宁说是某种以"教"领"政"的蓝图的表达。[5]

实际上,康有为及其领导的孔教运动,已然卷入到民国初年的现实政治之中。康有为对"方今志士,感激于风俗之隳坏,亦多欲提倡道德以救之"表示同情,"然空言提倡,无能为也。必先发明中国教化之美,知孔教之宜于中国而光大之"[6],所谓光大孔教,自然不止于空

---

[1] 参见萧公权:《近代中国与新世界:康有为变法与大同思想研究》,汪荣祖译,南京:江苏人民出版社,1997年,第97—101页。
[2] 康有为:《孔教会序》(1912年9月),《康有为全集》第9集,第341页。
[3] 康有为:《拟中华民国宪法草案》(1913年3月),《康有为全集》第10集,第82页。
[4] 康有为:《覆教育部书》(1913年5月),《康有为全集》第10集,第116页
[5] 关于康有为民国初年对政教关系的思考,参见张翔:《共和与国教——政制巨变之际的"立孔教为国教"问题》,《开放时代》2018年第6期。
[6] 康有为:《中国颠危误在全法欧美而尽弃国粹说》(1913年7月),《康有为全集》第10集,第129、142页。

言,还要见诸行事。事实上孔教会本身就带有某种政党色彩[1],而康有为除参与推动定孔教为国教的运动外,还提出祀孔祭天的制度设计[2],正如论者所言,这些国家制度层面上的诉求,"虽竭力与袁世凯复辟帝制的图谋撇清关系,但客观上却难以区隔,致其政教双轨的制度构想流于虚妄"。[3]

平心而论,无论康有为的孔教实践与现实政治——特别是袁世凯的帝制运动——有多么深的瓜葛,至少在价值层面上,他对"共和"仍持肯定的态度。为了协调孔教与"共和"之间的关系,康有为以公羊学三世说和《礼运》大同之义对孔子学说做了"与时俱进"的重新阐释,指出"今孔子有平世大同之道,以治共和之世"[4],甚至将孔子之道发挥到可适用任何时代的程度:"圣人之陈治法,以变万世之变通,非止供一时之行用"[5]。在孔教的道德内涵方面,针对"或以孔子为旧道德,不能行之于新世"的"今之议者",康有为强调"新道德、旧道德之名词"皆是谬说,孔子之道德,如智仁勇信、忠恕廉耻等,并无新旧之别。[6]

---

[1] 1912年7月,康有为在致其弟子陈焕章的信中谈及创立孔教会事:"今为政党极难,数党相忌……今若以传教自任,因议废孔之事,激导人心,应者必易,又不为政党所忌,推行尤易。"从中可见康有为借孔教会从事政治活动的意图。见康有为:《与陈焕章书》(1912年7月),《康有为全集》第9集,第337页。

[2] 关于康有为和孔教会将儒教重新制度化的努力,参见干春松:《制度化儒家及其解体》,北京:中国人民大学出版社,2003年,第335—346页。

[3] 彭春凌:《儒学转型与文化新命——以康有为、章太炎为中心(1898—1927)》,北京大学出版社,2014年,第321页。关于袁世凯的帝制运动与孔教会的复杂关系,参见韩华:《民初孔教会与国教运动研究》,第264—272页。

[4] 康有为:《中华救国论》(1912年5、6月间),《康有为全集》第9集,第327页。

[5] 康有为:《参政院提议立国之精神议书后》(1914年12月),《康有为全集》第10集,第204页。

[6] 康有为:《致教育总长范静生书》(1916年9月),《康有为全集》第10集,第322页。

只是如此一来,孔教既成为普遍的真理,就被抽空了其作为"国魂"的独特性。后来陈独秀即以此否定孔教:"若夫温良恭俭让信义廉耻诸德,乃为世界实践道德家所同遵,未可自矜特异,独标一宗者也。"[1] 另一方面,康有为理想中的"共和"也并非民国采用的民主共和制,而是他设计的保留君主的"虚君共和"国体。1917年7月他参与清室复辟,目的仍是要建立以溥仪为君主、以中国为国号的立宪国家,"政体虽有虚君,民权仍是共和"。[2] 也许在康有为看来,只有这样的国体才是真正能够安顿孔教之"魂"的"形体",然而它却不可能实现,孔教终究只能成为"游魂"而已。[3]

四

1913年8月参与上书参众两院请求定孔教为国教的还有严复,虽然严复在私人信件中称"孔教会仆亦被动而已"[4],但从他这一时期的文字来看,在以中国的道德传统为立国之基这一基本立场上,他与梁启超及孔教会同人并无分歧。在1913年的一篇演讲中,他也使用"国性"这一概念,指出"大凡一国存立,必以其国性为之基。国性国各不同,而皆成于特别之教化,往往经数千年之渐摩浸渍,而后大著。但使国性长存,则虽被他种之制服,其国其天下尚非真亡"[5],观点与梁

---

[1] 陈独秀:《宪法与孔教》,《新青年》第2卷第3号,1916年11月1日。
[2] 康有为:《丁巳代拟诏书》(1917年7月),《康有为全集》第10集,第398、399页。
[3] 参见余英时:《现代儒学的困境》,《现代儒学论》,上海人民出版社,1998年,第233页。
[4] 严复1913年9月25日致熊纯如书,《严复全集》第8卷,第291页。
[5] 严复:《读经当积极提倡》,《严复全集》第7卷,第463页。

启超几乎如出一辙。1914年10月,严复向参政院提出《导扬中华民国立国精神议》,其中云:

> 国于天地,其长存不倾,日跻强盛者,必以其民俗、国性、世道、人心为之要素。此所由来旧矣。……故近世之言群治者曰:无机之物,则有原子,有机之体,则有细胞,皆为幺匿。幺匿一一皆有相吸相拒之二力含于其中,此天之所赋也。相吸力胜者,其幺匿聚而成体,相拒胜甚者,其幺匿散而消亡。国者,有机之体也;民者,国之幺匿也;道德者,其相吸力之大用也。故必凝道德为国性,乃有以系国基于苞桑。即使时运危险,风雨飘摇,亦将自拔于艰难困苦之中,蔚为强国。[1]

严复曾提及"斯宾塞以群为有机团体,与人身之为有机团体正同。人身以细胞为幺匿,人群以个人为幺匿"[2],显然这里"近世之言群治者"当指斯宾塞,他试图援引斯宾塞的社会有机体说,来为他的"立国精神"议案提供理论根据。有机体通过细胞这样的单元(幺匿)结合而成,国家作为有机体则依靠国民的结合。然而需要指出的是,在斯宾塞那里,社会有机体是通过个人之间的自愿合作和交互影响而形成并不断进化的,意识仅仅存在于个人,整个共同体并没有共同的意识。与生物有机体不同,社会有机体不存在调控全体的感觉中枢,不可能设想社会有机体有自己的"精神"与人格。斯宾塞极力反对国家对社

---

[1] 严复:《导扬中华民国立国精神议》,《严复全集》第7卷,第475—476页。
[2] 严复:《进化天演》,《严复全集》第7卷,第432页。

会的干预,在他看来,社会有机体是为其成员的利益而存在,而非成员为了集合体的福祉而存在。[1]这与伯伦知理的国家有机体说大相径庭,而严复这里的表述明显更接近后者。事实上严复对斯宾塞的学说并非存有误解,在1913年3月的一次演讲中,严复如此描述斯宾塞的观点:"斯宾塞曰:生物幺匿无觉性,而全体有觉性。至于社会则幺匿有觉性,而全体无别具觉性。是故,治国是者,必不能以公利之故,而强使小己为之牺牲。"对斯宾塞的论旨领会得相当准确,然而接下来严复在按语中则强调:"至身为社会一份子,则当知民生所以为国,而后种族国土有以长存",把国家置于更高的位置上,并称斯宾塞"极端主张民权者是也",并不掩饰自己的立场。[2]

严复不惜扭曲斯宾塞的社会有机体说,突出以道德为源泉的"国性"对于"立国"的重要性,当然出于他对民国"时运"的忧惧。接下来他从中国历史中提炼出"忠孝节义"四者"为中华民族之特性","而即以此为立国之精神,导扬渐渍,务使深入人心,常成习惯"。[3] 1914年10月27日,严复的议案经梁士诒、王世澂等二十人联署,在参政院会议上提出并获得通过,当日咨送政府。袁世凯据此于11月3日发布《大总统告令》,认为此建议案,切中时弊,并谕令内务部和教育部及各省按六条办法分别实行。[4]

康有为对该议案的通过极为兴奋,他在《参政院提议立国之精神

---

[1] See Ernest Barker, *Political Thought in England from Herbert Spencer to the Present Day* (London: Williams and Norgate, 1915), pp. 84 - 131. 又见迈克尔·弗里登:《英国进步主义思想:社会改革的兴起》,曾一璇译,北京:商务印书馆,2018年,第151页。
[2] 严复:《进化天演》,《严复全集》第7卷,第436页。
[3] 严复:《导扬中华民国立国精神议》,《严复全集》第7卷,第477页。
[4] 见《导扬中华民国立国精神议》编者题注,《严复全集》第7卷,第475页。

议书后》一文中如此描述自己的心情："鄙人闻之,喜而不寐,距跃三百"[1],大概这是民国政府办的少数几件让他满意的事情之一。以官方文件的形式确立"忠孝节义"作为"立国之精神"的地位,虽未能载诸宪法,但也聊胜于无了。他唯一感到不满的是该案并未提出贯彻实行的根本办法,这办法也很简单,即"尊孔"而已。从康有为的角度来看,道德也好,忠孝节义也好,当然都包含在孔教之中了。

然而在其他人看来,参政院通过这项议案,不过更进一步地证明了传统道德与旧制度之间的内在关联。有论者直斥"严某借此以献媚于总统",所谓"道德"已成为"一般梯荣沽宠者藉作效顺一人之专用名词"。[2]蓝公武亦指出,所谓"忠孝节义者",为"古昔封建制信条,乃不适于今日国家之文化"。[3]参政院本身就是袁世凯专制统治的产物。袁世凯解散国会后,召集御用的政治会议修改约法,1914年5月1日公布的新的《中华民国约法》规定设立参政院,作为临时性的立法机构,严复本人亦是参政院参政之一。参政院通过该议案,本身亦可归入蓝公武所批判的"复古"之举。正是由于受到这些逆共和而动的政治活动的"牵连",传统道德的形象不断被负面化,但对适应时代要求和共和国体的"新道德"的诉求,也由此变得更加强烈起来。

五

在民国初年围绕"国家与道德"展开的一系列论述中,张东荪的思

---

[1] 康有为:《参政院提议立国之精神议书后》(1914年12月),《康有为全集》第10集,第203页。
[2] 惟一:《最近社会之悲观》,《正谊》第1卷第7号,1915年2月15日。
[3] 蓝公武:《辟近日复古之谬》,《大中华》第1卷第1期,1915年1月20日。

考尤为引人注目。如论者所述,张东荪"始终将个人道德视为共和政治的基础"[1],但他对道德的理解却较时人更为深入,也更具弹性。如前所述,张东荪亦对国民道德堕落的状况忧心忡忡,对梁启超等人"以孔教挽回今日道德堕落"的努力亦表示同情与肯定,但又强调"非谓今日道德之救济,仅恃孔教,不过言于生计政治教育之外,而孔教亦为不可轻忽者耳"[2]。孔教固当努力保持,但并不能完全解决共和国家的道德基础问题。与梁启超等人相比,张东荪对所谓"国性""国魂"持一种更为动态的看法,由于时世的变迁和旧道德的瓦解,中国的道德传统已不足恃,"'中国魂'之说,诚不为无所依据,特不过追思数千年前中国民族所以致兴之道而已,与现今之中国状态与夫国民性质,绝不相同",仁义廉耻之说,证诸历史,堪为国魂,然而如今"则杳焉无或存矣"[3]。共和国家必须建立在新的道德基础之上,这种道德应该是"应乎时代之道德,所以合群立国之道德,由科学研究而出之道德,非胶柱鼓瑟,谓一民族必有其固有之伦理"[4],他曾把这种新的道德概括为"正谊","正谊者,自我实现之方法,圆满一己之义务,而不侵占他人之权利之谓也",今天要保障共和国体并无他途,"惟促进人民之道德耳。公民之道德在明权利义务之辨,明权利与义务之辨,即在正谊"[5]。

---

[1] 高波:《追寻新共和——张东荪早期思想与活动研究》,北京:三联书店,2018年,第87页。
[2] 张东荪:《余之孔教观》,《庸言》第1卷第15号,1913年7月1日。
[3] 张东荪:《中国之将来与近世文明立国之原则》,《正谊》第1卷第7号,1915年2月15日。
[4] 圣心(张东荪):《国本》,《新中华》第1卷第4号,1916年1月。
[5] 张东荪:《正谊解》,《正谊》第1卷第1号,1914年1月15日。

从张东荪的理解来看,"正谊"(rightness)[1]建立在对权利与义务互为条件不可分割的认识的基础上。在西方经典自由主义传统中,权利意味着一种与自主性相关的、不等同于道德的正当性,然而当义务被引入进来作为权利的前提时,权利观念就被道德化了。[2]义务意味着对国家的道德责任,张东荪的思考以共和国家的建设为出发点,强调公民"一己之义务"正是题中应有之义。

张东荪的国家观念,深受英国新黑格尔派的代表人物鲍桑葵(Bernard Bosanquet)影响,他曾在论著中多次引用其《关于国家的哲学理论》(The Philosophical Theory of the State)一书,其中有一段话写道:

> 英人濮森蒯教授曰:"联想与社会,实同一之构造,今分三段以证之。一曰,凡社会皆不过为个人之精神结合之外部表现而已;二曰,凡个人精神皆为系统中之系统,而此系统实与社会相适应;三曰,社会者虽谓各个人精神所结合而成,然实有实在性,而此实在性,即在精神全体之中也。"濮氏之言,足以证社会意识之存在。社会意识,即国家意识,是故谓国家为意识的结合的混一体,固未尝不可也。[3]

---

[1] 据《正谊》杂志的封面,"正谊"对应的英译词是 rightness,即公正、正当之义。
[2] 参见金观涛、刘青峰:《近代中国权利观念的起源和演变》,载《观念史研究:中国现代重要政治术语的形成》,北京:法律出版社,2009年,第105、135—136页。
[3] 张东荪:《论宪法之性质及其形式》,《庸言》第1卷第10号,1913年4月16日。原文注明这段话引自 Bosanquet, *The Philosophical Theory of the State* (London: Macmillan and Co., 1899), p.170。张东荪文中"联想"一词,对应的英文是 minds(精神),见鲍桑葵:《关于国家的哲学理论》,汪淑钧译,北京:商务印书馆,1996年,第178页。

鲍桑葵认为,社会是一个精神的共同体,每一个人的精神都是社会精神的表现或反映,两者在根本上是一致的。在鲍桑葵那里,社会和国家基本上是同义语,都是指一种有机的共同体。按照霍布豪斯(L. T. Hobhouse)的说法,鲍桑葵把"国家看成了我们的社会活动的主要内容,认为它是文明生活的有机组织"[1],霍布豪斯从自由主义立场出发,对鲍桑葵的国家理论提出了深刻的批评。从理论谱系上说,鲍桑葵的学说与斯宾塞的社会有机体说完全不同[2],倒是更接近同样源自黑格尔国家学说的伯伦知理的国家有机体说。

依据鲍桑葵的国家学说,张东荪一方面认定"国家者,意志结合之产物也","为人民意志之结晶体"[3],另一方面又指出"国家有人格,是为法人"。[4]由此就带来一个问题,自身作为行动之主体的人格化的国家,其意志能否与组成国家的人民的意志完全保持一致?如果说"正谊"包含了个人对于国家所承担的道德责任,那么又如何保证国家本身的行动是道德的呢?

对于这样的问题,鲍桑葵给出的回答非常简单明快:"国家的目的就是道德的目的","国家的行动就是维护各种权利"。[5]这在理论上当然无可置疑,但张东荪所面临的民初现实却要复杂严峻得多,他似乎也意识到了这一问题,并试图给出自己的回答:

---

[1] 霍布豪斯:《形而上学的国家论》,汪淑钧译,北京:商务印书馆,2000年,第67页。这本书即是对鲍桑葵的国家理论的系统批判。
[2] 关于鲍桑葵对斯宾塞的批评,见《关于国家的哲学理论》,第63—64、第97—100页。
[3] 张东荪:《中国共和前途之最后裁判》,《正谊》第1卷第3号,1914年3月15日。
[4] 张东荪:《中国之将来与近世文明国立国之原则》,《正谊》第1卷第7号,1915年2月15日。
[5] 鲍桑葵:《关于国家的哲学理论》,第204、205页。

……国家人格说,乃近世文明之所产,亦近代文化之精髓也。国家之有人格,即是国家之行动,等于国民。国民之有人格与受制限,固不待言,惟国家亦然,此近世国家之真诠也。故近世国家与道德同源,格林亦谓政治上之服从,与道德同其渊源,异乎奴隶,仍保其权于自身。则近世国家,纯为道德之产物,非徒自身有人格,受制限,且必承认国民之人格,其互相交涉之间有一定之规律与严密之径途,各不侵越也。试观吾国何如乎?国家对于国民,素未承认其有人格,国家与国民之交,亦未有一定之径途,独秀君谓如此国家,其何能爱?"保民之国家,爱之宜也。残民之国家,爱之也何居?""残民之国家,恶国家甚于无国家"。吾诵斯言,吾泪如缒。吾国家其真不足爱乎?吾闻人之诟病独秀斯言者众矣。吾亦亟欲驳斥之,然观乎近世国家所以生存之道,无奈其于言外,不能更觅一语。呜呼![1]

文中所提及的格林(T. H. Green)与鲍桑葵同属英国新黑格尔派的自由主义思想家。引用的陈独秀的话,出自那篇当时极具争议的《爱国心与自觉心》一文。这篇文章给张东荪很大的刺激,使得他不得不正视国家为恶这个在民初的中国已然是现实而非理论的问题。抛开文中真挚情感的流露不谈,从论述的逻辑来看,张东荪的回答并不

---

[1] 张东荪:《行动与政治》,《甲寅》第1卷第6号,1915年5月30日。张东荪有关国家行动之限制的思考,很可能直接源于鲍桑葵《关于国家的哲学理论》第八章"国家目的的性质和随之而来的对国家行动的限制"。鲍桑葵的论述中本身就包含了某种悖论,他认为国家为了促进共同体的全体利益,应该采取行动干预个人生活,这种干预在形式上是积极的,但其目的和效果是消除妨碍美好生活的障碍,因而是消极的,见第195—204页。

令人满意。人格化的主体本身应受到道德的约束,这是他的理论前提;但他在前面说"国家之行动,等于国民",着眼于国家作为国民意志之结合体的性质,而在后文中又说国家与国民"互相交涉之间有一定之规律与严密之径途",则是明明将"国家"与"国民"当作两个不同的人格化的主体了。这里的逻辑漏洞实际上透露出这样一种认知,即在民国的现实政治中,真正作为主体能够行动的那个"国家",并非全体国民,而只是国民中的一部分,实际上即是"政府"。在同时期的另外一篇文章中,张东荪亦强调国家与国民之间有严密之分界,互不相越,此乃"制治之根本也"。在专制统治下,国民道德只会日趋堕落,"欲国民进德,必赖自然发展与自然竞争",此只能"由政府之受制限中得之"。[1] 由此可见,政府受到道德的约束,较之"促进人民之道德"更加重要,前者构成了后者的前提。也正是基于这种认识,张东荪开出了"贤人政治"的药方,最终将共和国家的道德基础寄托在了少数"贤人"身上。

六

1914年5月,"二次革命"后避居日本的章士钊在东京创办了《甲寅》杂志,开篇之作《政本》一文带有某种宣言的性质,表达了章士钊对时局的基本看法。有感于民国肇建以来各方势力之争夺与相互倾轧,他提出以"有容"为"政本":"何谓有容?曰不好同恶异。"[2] 乍看上

---

[1] 张东荪:《贤人政治》,《东方杂志》14卷11号,1917年11月15日。
[2] 秋桐(章士钊):《政本》,《甲寅》第1卷第1号,1914年3月15日。

去,这像是对政治人物提出的一项道德要求,无怪乎有读者来信批评该文"偏于道德方面,而略于法律方面",章士钊回应道,不好同恶异正是"法治之精神"得以产生的前提。[1] 相对于道德而言,章士钊更看重政治与法制的改进,事实上,他对时人亟亟以道德为虑的思考和言说方式非常不以为然:"徒伤民德之不进,发为迂阔远于事情之论,谓当改造民性以后,始谋政治之改良,而不悟政治不良,即民德不进之唯一症结。"当务之急是谋求政治和法制的建设:"吾国今日之大患,不在伦理之不良,而在政治之不善。不在道德之不进,而在法制之不立。政治者本以济伦理之穷,而法制者即能补道德之不足。"[2] 针对道德为立国之基的流行论述,章士钊反驳道:

> 立国首重道德,此何待论。然立国是一事,培养道德又是一事,不可并为一谈。盖吾人不能虚悬一道德之量,为立国至少之度,不及是焉,即废国不治也。[3]

显然,在章士钊看来,共和国家的建设首先是一个现实的政治问题,而国民道德素质的提高,却不是短时期内所能办到的。重要的是能够见诸实效的政治活动,而非迂阔的道德玄谈。浸淫于英国经验主义的章士钊,把政治理解为在现实中不断摸索和试验的能动性的实践:"盖政治之径途,纡曲错综,不可骤辨。往往今日之发展,昨日乃茫无所知。乙策之成功,非经甲策之失败,将决无其事。故政治之进程,

---

[1]《人治与法治(致甲寅杂志记者)》,《甲寅》第1卷第2号,1914年6月10日。
[2] 无卯(章士钊):《迷而不复》,《甲寅》第1卷第3号,1914年8月10日。
[3]《救国本问(致甲寅杂志记者)》,《甲寅》第1卷第4号,1914年11月10日。

其关键纯在试验,试验一度,即进步一度。"由此,政治制度作为人的实践的产物,其形式较之所谓"精神"更重要。他将制度比喻为"七巧板","钧是板也,甲法拼之而未善,安在乙法拼之而亦不善乎?夫近世之政治,所重者形式耳。故国有国体,政有政体,国体政体之争,皆形式之争也。形式不存,即精神不寄"[1],这与当时那种将道德传统视为"国性""国魂"的主流看法形成了有意味的对照。考虑到这种看法在当时被袁世凯政府利用的事实,章士钊对"道德"和"精神"的贬黜,实有釜底抽薪的意义。

更重要的是,章士钊从这种对政治的实践性的理解出发,破除了"国家"的人格性和精神性,在章士钊这里,国家亦不过是人类政治活动的产物而已,是人们创造出来的用来满足自身需要和享受自身权利的工具。他对国家的定义是:"国家者,乃自由人民为公益而结为一体,以享其所自有而布公道于他人者也","国家者宜建之于权利之上者也"。[2]他特别认可英国自由主义思想家霍布豪斯的观点,曾在《甲寅》上刊载自己翻译的霍布豪斯《民政与反动》(*Democracy and Reaction*)一书第五章的全章内容(题为《哈浦浩权利说》),并曾多次引用其中的观点。霍布豪斯写道:"夫近世国家之所以高于中古及太古者,以其于人民能力之发展,使得充其量也,以其与人以圆满之自由,而同时复保持社会全体之秩序也。以是近世国家,纯筑之于各种权利之上,而人人之精力,因获由此种或彼种以寻其途而致于事焉。"[3]考

---

[1] 秋桐(章士钊):《政治与社会》,《甲寅》第1卷第6号,1915年6月10日。
[2] 秋桐(章士钊):《国家与责任》,《甲寅》第1卷第2号,1914年6月10日。
[3] 秋桐(章士钊):《哈浦浩权利说》,《甲寅》第1卷第2号,1914年6月10日。英文原文见 L. T. Hobhouse, *Democracy and Reaction* (London: T. Fisher Unwin, 1904), p. 127.

虑到霍布豪斯对鲍桑葵的批评,我们会发现章士钊和张东荪所代表的两种不同的国家观,均有其各自的且针锋相对的英国思想脉络,尽管章张两人并未发生直接的论争。[1]

基于这种以人民权利为基础的国家观念,章士钊将当时主张国家高于个人的观点称之为"伪国家主义"。[2]这显然是针对当时如严复鼓吹的那种"民生所以为国"的声音,在袁世凯专权时期,这种声音代表了官方舆论的态度。章士钊声明,"国为人而设,非人为国而设也。人为权利而造国,非国为人而造权利也",进而指出"国家者非人生之归宿,乃其方法也。盖人之所求者幸福也,外此立国,焉用国为"[3],我们后面会看到高一涵对这一判断的认同与阐发。当陈独秀在《甲寅》上发表《爱国心与自觉心》一文并引起轩然大波后,章士钊对陈独秀"切身之痛"的"不爱国"之言表示同情和支持,称"吾国之大患,在不识国家为何物,以谓国家神圣,理不可渎",将其视为"伪国家主义"的表现,这是陈独秀"国家偶像破坏论"的先声。章士钊引用卢梭的社会契约说,指出国家即建立在契约之上,当然可以解散,"解散之后,人人既复其自由,即重谋所以建国之道,再造总意,复创新约"[4],这让我们想起他在民国初年提出的"毁党造党"说,或可称之为"毁国造国"说。国家或解散或重建,完全取决于人民主体性的实践活动。章士钊

---

[1] 邹小站以章士钊、张东荪、高一涵等人为例,指出民国三、四年间中国思想界受袁世凯专制集权的刺激,开始反思国家主义(包括国家有机体论)的国家观,主张个人自由权利,似没有注意到张东荪的国家观受国家有机体论影响的一面。参见邹小站《民国三、四年间中国思想界对国家观念的表述》,《澳门理工学报》2012年第4期。
[2] 秋桐(章士钊):《自觉》,《甲寅》第1卷第3号,1914年8月10日。
[3] 秋桐(章士钊):《复辟平议》,《甲寅》第1卷第5号,1915年5月10日。
[4] 秋桐(章士钊):《国家与我》,《甲寅》第1卷第8号,1915年8月10日。

的国家论述,将"国家"与"道德"这两个民初政论中的核心概念都去神秘化了,消除了它们身上的光环,从而为《新青年》清理出了一个新的文化论辩的空间。

七

在《甲寅》杂志上,《新青年》的一些作者已经开始登场亮相[1],高一涵是其中重要的一位。我们读高一涵在两份杂志上发表的文章,能清晰地发现作者思路的一贯性。1914年11月,高一涵在《甲寅》上发表《民福》一文,直接引用《哈浦浩权利说》中有关国家"建筑于人民权利之上"的观点,指出"国家职务,在致民于各得其宜,不在代民行其职务"。[2] 高一涵经由章士钊的翻译对霍布豪斯的接受,确立了他对国家的基本看法。在后来发表于《新青年》的文章中,高一涵秉持自由主义的国家观,强调共和国家作为保障国民权利和发展个人天性之手段和工具的性质:"共和国家,其第一要义,即在致人民之心思才力,各得其所。"[3] 他专门写了一篇题为《国家非人生之归宿论》的文章,对章士钊的观点加以详尽的阐发,指出"国家者非人生之归宿,乃求得归宿之途径也",国家的终极蕲向(end),仅仅是保护人民的权利,"是故无人民不成国家,无权利不成人民,无自由不成权利,自由、权利、国家,

---

[1] 关于《甲寅》与《新青年》的渊源,学界多有论述,较新的研究参见孟庆澍:《〈甲寅〉与〈新青年〉渊源新论》,《中国现代文学研究丛刊》2010年第5期;陈友良:《从辛亥到五四:欧事研究会、〈甲寅杂志〉与五四知识群体的兴起》,《船山学刊》2014年第4期。

[2] 高一涵:《民福》,《甲寅》第1卷第4号,1914年11月。

[3] 高一涵:《共和国家与青年之自觉》,《青年杂志》第1卷第1号,1915年9月15日。

均非人生之归宿,均不过凭之借之,以达吾归宿之所耳"。[1] 国家并没有自身的目的,"惟以人类之目的为目的"。[2] 当个人不再被"国家"定义为"国民",而拥有了独立自主的"人生"的时候,就获得了更丰富和更广阔的发展空间,"五四"时期那个有深度和主体性的自我也就呼之欲出了。

在接受自由主义的国家观的同时,高一涵还对国家有机体说展开了深入的检讨与批判:

> 夫总人类集合之体,而名之曰国家。指人类共同创设之制度,而称之曰国体。是国家为人类所合成,国体为人类所创造,均非自有本体,由勾萌柝甲,含生负性,而自生自长,以底于成者也。近世学者,自伯伦知理(J. K. Bluntschli)以迄韦罗贝(Willoughby)氏,均以国家之起,肇自人类之自觉、感情、意志。而国家有机体说,又为多数学者所斥驳,掊击之至无完肤。[3]
>
> 关于国家蕲向一事,至十九棊初叶以前,纷纷聚讼,几为政治学议论汇萃之区,迫近世且有谓为无置论之必要者。又因国家官品【按:即有机体】之说兴,多谓国家如自然物,其生长发育,皆因其有自然主体,主体而外,绝无蕲向之可言。殊不知国家为人类所创造之一物,其实有体质,即为人类所部勒之一制度,用为凭藉,以求人生之归宿者也。故一国之建也,必有能建之人与夫所

---

[1] 高一涵:《国家非人生之归宿论》,《青年杂志》第1卷第4号,1915年12月15日。
[2] 高一涵:《近世三大政治思想之变迁》,《新青年》第4卷第1号,1918年1月15日。
[3] 高一涵:《共和国家与青年之自觉》,《青年杂志》第1卷第3号,1915年11月15日。

建之旨,能所交待,而国家乃生、乃存、乃发达、乃垂久,固非漫无主旨,而自然生成也者。[1]

高一涵大体沿袭章士钊的思路,把"国家"看作人的有意识的实践活动的产物,指出它与自然生长的有机体有着本质的区别。高一涵将国家有机体说置于政治学的脉络中考察,对西方政治思想史显然下过一番功夫,但让人感到奇怪的是,他把伯伦知理也置于国家有机体说的反对者之列。这里面似乎存在着某种误解,按照梁启超的介绍,伯伦知理已经区分了国家有机体与生物有机体,国家起源"肇自人类之自觉、感情、意志"并不影响它在历史中形成一个有机体。[2] 高一涵对伯伦知理的了解很可能并不是经由梁启超,而是通过直接阅读伯伦知理著作的英译本而获得的。因为他在《青年杂志》第1卷第2号上发表的《近世国家观念与古相异之概略》一文,译自伯伦知理的著作 *Lehre vom modernen Stat*(《近代国家论》)第一卷 *Allgemeine Statslehre*(《国家凡论》)的英译本 *The Theory of the state*(高一涵在文中译为《原国》),该书与梁启超译介的《国家论》并不是一本书,而且在高一涵留学的大正日本也没有日译本。[3] 高一涵的译文译自该书第一章第六节,总体而言相当准确。应该说,伯伦知理的国家有机体说也包含了某种自由主义的成分,如他承认现代国家的权力是有边界

---

[1] 高一涵:《国家非人生之归宿论》,《青年杂志》第1卷第4号,1915年12月15日。
[2] 梁启超:《政治学大家伯伦知理之学说》,《饮冰室合集·文集》,文集之十三,第70页。
[3] 参见森川裕贵:《高一涵思想的形成——以"五四"前后为中心》,《政论家的矜持:章士钊、张东荪政治思想研究》,袁广泉译,北京:社会科学文献出版社,2017年版,第211—213页。

的;个人并没有完全被国家吸纳,而是独立地发展自身;国家作为目的并不能涵盖个人生活的所有方面等等。[1]凡此种种,都是高一涵在译文中极力发挥的观点。然而总体上而言伯伦知理是一个国家有机体论者是毫无疑问的。事实上,高一涵的译文中就有这样的论述:"近世国家,自拟人身,举其精神、肉体,而一以贯之(精神即民族精神,肉体即宪法也)。"[2]这是国家有机体论的经典表述,高一涵却未置一词。

森川裕贵推测高一涵在《新青年》上提及伯伦知理,是受到了美国政治学家迦纳(James Wilford Garner)的著作《政治学概论》(*Introduction to Political Science*)的影响。[3] 在这本书中,迦纳把伯伦知理看作国家有机体说"最极端的鼓吹者之一"(one of the most extreme advocates of the organic theory),同时对该学说提出了全面的质疑和批评。[4] 如果高一涵确实读过迦纳的著作,想必应该了解他对伯伦知理的态度。需要补充的是,高一涵提到的韦罗贝(Westel W. Willoughby, 1867-1945)是迦纳同时代的美国政治学家,而且与中国颇有渊源,他曾于1917年受邀担任北洋政府的法律顾问。韦罗贝著有《国家的性质研究》一书,影响颇大,或亦为高一涵所参考。这

---

[1] Johann Caspar Bluntschli, *The Theory of the state* (Kitchener: Batoche Books, 2000), pp. 58, 259-265.

[2] 高一涵:《近世国家观念与古相异之概略》,《青年杂志》第1卷第2号,1915年10月15日。英文原文见 *The Theory of the state*, p. 61.

[3] 参见森川裕贵:《高一涵思想的形成——以"五四"前后为中心》,《政论家的矜持:章士钊、张东荪政治思想研究》,第213页。

[4] James Wilford Garner, *Introduction to Political Science* (New York: American Book Company, 1910), pp. 58, 63-65.

本书也批评了国家有机体说[1],高一涵把作者列入国家有机体说的反对者,倒是很恰当的。

不管高一涵有意还是无意地曲解了伯伦知理,他反对国家有机体说的基本立场是明白的。此外,他对斯宾塞的社会有机体说也持批判的态度,特别指出"国家和社会"与有机体有很多不同之处,其中第一条就是"有机体的构成分子,离了全体,就没有独立的生命;国家和社会的构成分子,就是离了全体,也可以独立生活的",强调个体不依赖于国家和社会的自主性。[2] 但他没有意识到在斯宾塞那里"国家"与"社会"有着完全不同的含义,不免将两者混为一谈。

如果说国家不是一个有机体,那么也就不需要以道德作为维系这一有机体的粘合剂。于是道德就被从"国性"话语中解放了出来,而完全系于个人。事实上,高一涵正是从这一点出发,否认国家与道德之间的关联。民国初年各方人士都喜欢引用孟德斯鸠"共和国以道德为精神"的名言[3],连1913年10月10日袁世凯正式就任总统时的宣

---

[1] Westel W. Willoughby, *An Examination of the Nature of the State* (New York: The MacMillan Company, 1896), pp. 35-38.
[2] 高一涵:《斯宾塞尔的政治哲学》,《新青年》第6卷第3号,1919年3月15日。
[3] 仅举以下诸例,以见一斑:"孟德斯鸠谓专制之国尚威力,立宪国尚名誉,共和国尚道德"(康有为:《中华救国论》(1912年5、6月间),《康有为全集》第9集,第325页);"孟德斯鸠有言,专制国所恃以维系者在威力,立宪国所以维系者在名誉,共和国所以维系者在道德,斯言谅矣"(梁启超:《中国立国大方针》(续第二号),《庸言》第1卷第4号,1913年1月16日);"吾闻之孟德斯鸠之言曰:共和国以道德而立"(张东荪:《正谊解》,《正谊》第1卷第1号,1914年1月15日);"孟德斯鸠曰:专制以威吓为精神者也,立宪以名誉为精神者也,共和以道德为精神者也"(谷钟秀《良心与势力》,《正谊》第1卷第5号,1914年9月15日)。时人了解这句话可能有两条途径,或是严复翻译的《法意》,或是梁启超《法理学大家孟德斯鸠之学说》(《新民丛报》第4、5号,1902年3月24日、4月28日)一文。孟德斯鸠的原文,见孟德斯鸠:《法意》,严复译,北京时代华文书局,2014年,第42页。

言书上,也有"共和国重道德"的话头[1]。1918年11月24日徐世昌发布的"大总统令"上,也有"西哲有言,道德为共和国之元气"的说法,引来了高一涵的不满,他考求孟氏的本意,从学理上对这一名言做了细致的辨析:

> 他【按:指孟德斯鸠】虽说过共和政府以道德为原理,然他所谓"道德",乃是政治的道德(politcal virtue),即是爱国与爱平等是也,绝不是那关于伦理的道德与宗教的道德(not moral or Christian virtue)。因为近世谈政治的人,稍明政治原理,即明白道德为人类内部的品德,属于感情及良知的范围。国家的权力,仅能支配人类外部的行为,绝不可干涉人类的思想、感情、信仰。[2]

民初时人引用孟德斯鸠的格言时,对"道德"都有各自的理解和表述,与孟氏的原意几乎毫不相关。但这种将共和国体与道德联系起来的思考和言说方式,在当时非常普遍,可以说极具症候性。正如我们在前面所论述的,它反映了人们为共和国家建设寻求道德基础的努力。在这个意义上,高一涵的辨析堪称具有革命性的意义,他将道德还原到个人精神生活的领域,道德议题不再受到国家话语的支配,而有可能在与"人"和"人类"相关联的更开阔的层面上展开。

---

[1]《中华民国大总统莅任宣言书》,《时事汇报》第1号,1913年12月。
[2] 高一涵:《非"君师主义"》,《新青年》第5卷第6号,1918年12月15日。

八

1914年11月,陈独秀在《甲寅》上发表《爱国心与自觉心》一文,发出国亡无所惜的激愤之言,引起舆论大哗,《甲寅》"获诘问斥责之书,累十余通",章士钊却深表同情。[1]陈独秀在文中以一种冷静而决断的口气说道:"国家者,保障人民之权利,谋益人民之幸福者也。不此之务,其国也存之无所荣,亡之无所惜"。[2]这句话透露出的国家观念,与章士钊的基本一致,不过与章士钊从政治实践的角度看待国家的思路相比,陈独秀显然对精神因素更为看重,这从该文标题就可以看出来。陈独秀把"爱国心"与"自觉心"都视为"立国之要素"。"爱国心"不难理解,"自觉心"正是那种正视国家之恶与国民之愚的理性态度。陈独秀写作此文,也是为了警醒国人。

不久陈独秀就在上海创办了直接面向青年发声的《青年杂志》。开篇即以"敬告青年"为题,向青年提出了"自主的而非奴隶的""进步的而非保守的"等六项要求,实际上也可以理解为某种道德律令。[3]陈独秀还将中国之危境归咎于"民族之公德私德之堕落有以召之耳",提倡勤、俭、廉、洁、诚、信诸德,似乎与民初的主流论述也没有什么本质区别。[4]但不同的是,陈独秀的道德论述带有强烈的动员色彩,旨在从读者中召唤出新的道德主体以建设共和国家,与民初论述中那种

---

[1] 秋桐(章士钊):《国家与我》,《甲寅》第1卷第8号,1915年8月10日。
[2] 独秀:《爱国心与自觉心》,《甲寅》第1卷第4号,1914年11月10日。
[3] 陈独秀:《敬告青年》,《青年杂志》第1卷第1号,1915年9月15日。
[4] 陈独秀:《我之爱国主义》,《新青年》第2卷第2号,1916年10月1日。

从中国传统道德中寻求共和国家之基础的思路完全不同。陈独秀的这一论述理路实际上引导了"五四"新文化运动道德革命的走向。[1]正因为诉诸作为道德主体的个人,陈独秀对传统道德完全持否定的态度,"集人成国,个人之人格高,斯国家之人格亦高;个人之权巩固,斯国家之权亦巩固。而吾国自古相传之道德政治,胥反乎是",作为"一切道德政治之大原"的"儒者三纲之说",只是抹杀了个人独立人格的"奴隶道德"。[2] 在这里,道德作为塑造人格的基本力量,实际上构成了政治的基础。陈独秀由此把"伦理之觉悟"看作比"政治之觉悟"更彻底的觉悟:"伦理思想影响于政治,各国皆然,吾华尤甚。儒者三纲之说,为吾伦理政治之大原,共贯同条,莫可偏废。三纲之根本义,阶级制度是也。所谓名教所谓礼教,皆以拥护此别尊卑、明贵贱之制度者也。近世西洋之道德政治,乃以自由、平等、独立之说为大原,与阶级制度极端相反。此东西文明之一大分水岭也。"因此他以极为斩截的口气断定:"吾人果欲于政治上采用共和立宪制,复欲于伦理上保守纲常阶级制,以收新旧调和之效,自家冲撞,此绝对不可能之事。"[3]

陈独秀的"觉悟",应该与他在袁世凯帝制运动下经受的现实刺激有直接的关系,旧道德与旧制度之间的亲缘关系已非常清晰地显露出来,也印证了陈独秀"伦理思想影响于政治"的判断。1916 年 8 月,袁世凯去世后,国会重新恢复。9 月,宪法起草委员会继续讨论 1913 年未完成的宪法草案,孔教会重新提出列孔教为国教的议案,宪法中有

---

[1] 参见鲁萍:《"德先生"和"赛先生"之外的关怀——从"穆姑娘"的提出看新文化运动时期道德革命的走向》,《历史研究》2006 年第 1 期。
[2] 陈独秀:《一九一六年》,《青年杂志》第 1 卷第 5 号,1916 年 1 月 15 日。
[3] 陈独秀:《吾人最后之觉悟》,《新青年》第 1 卷第 6 号,1916 年 2 月 15 日。

关孔教的表述再次引起激烈争论。[1] 陈独秀对孔教入宪问题极为关注，《新青年》的"国内大事记"栏目持续跟踪报道。在陈独秀看来，"孔教问题不独关系宪法，且为吾人实际生活及伦理思想之根本问题也"，应该在"国体宪法问题解决之先"就应该解决。[2] 换言之，孔教不只是关系到制定宪法这一具体的政治行动，更牵涉共和国家建设的基础问题，亦即伦理问题。

在把孔教问题当作共和国家建设的基础问题这一点上，陈独秀和康有为等孔教会人士其实分享着相似的关切。陈独秀乐意承认孔教"为吾国精神上无形统一人心之具"[3]，"孔教之为国粹之一，而影响于数千年来之社会心理及政治者最大"[4]。这是一个基于历史事实的判断，但因为双方共同关心的立国之基的问题涉及价值的选择，同一历史事实却会指向完全相反的立场。陈独秀的态度非常明确，"孔教与共和乃绝对两不相容之物"[5]，"若一方面既然承认共和国体，一方面又要保存孔教，理论上实在是不通，事实上实在是做不到"。[6]

回过头来看，民国初年梁启超、康有为等人发展出一套"国性""国魂"等论述，试图将孔教当作抽象的"精神"，安放在共和国体之中。然而孔教和传统道德在民初共和危机中扮演的暧昧乃至不光彩的角色

---

[1] 关于此次宪法起草委员会上有关孔教的争论以及最后的结果，参见韩华：《民初孔教会与国教运动研究》，第199—212页。
[2] 陈独秀：《宪法与孔教》，《新青年》第2卷第3号，1916年11月1日。
[3] 《通信》（陈独秀复俞颂华），《新青年》第3卷第1号，1917年3月1日。
[4] 《通信》（陈独秀复常乃惪），《新青年》第3卷第2号，1917年4月1日。
[5] 陈独秀：《复辟与尊孔》，《新青年》第3卷第6号，1917年8月1日。
[6] 陈独秀：《旧思想与国体问题》，《新青年》第3卷第3号，1917年5月1日。

似乎表明，将孔教从帝制中国的历史中完全抽离出来是不可能的，孔教不可能和共和国体"有机地"结合在一起，反过来还会威胁后者的生存。孔教和传统道德的这种尴尬处境，在陈独秀那斩截明快的论述中得到了彻底的揭示，甚至被推到了极端。更重要的是，如果说在历史事实的层面上，作为伦理道德体系的孔教是传统政治的基础，是渗透到中国传统社会、礼俗和文化之中的精华（就像陈独秀和康有为都认定的那样），那么在价值立场上对帝制的否定就必然导向对孔教的否定，并进一步导向对中国传统的整体性否定。正是在这里，"五四"新文化人吹响了全面反传统的号角。

（原刊《杭州师范大学学报》[社会科学版]2019年第4期）

新文化运动是启蒙运动吗?

一

用中国的"启蒙运动"来描述新文化运动,几乎已成为一种老生常谈,但却很少有人去认真追问,我们在什么意义上把新文化运动理解为一种启蒙运动?或者说,"启蒙"在多大程度上能够涵盖新文化运动的意义?如果不去思考和澄清这个前提性的问题,而只是不假思索地借用"启蒙"来界定这场影响深远的思想文化运动,那么我们对它的认识就会日趋单薄和僵化而不自知。

之所以使用"借用"一词,是因为"启蒙"并不是新文化运动的自我理解。"启蒙"一词古已有之,通常指幼童发蒙,晚清以降,又衍生出开启民智的近代内涵。晚清知识人借助白话报纸等媒介,向民众灌输新知,形成一股面向下层的启蒙运动,征诸史实,可谓名实相符。但这里的"启蒙"尚不是我们现在所理解的 Enlightenment 的对译语,现在通行的"启蒙"概念应当是清末从日本输入。"五四"时期,《建设》《改造》《少年中国》等杂志上有零星的对欧洲启蒙运动的介绍,但"启蒙"一词远未通行,更不可能成为当时人对新文化运动的界定。北伐之后,现代意义上的"启蒙"概念才开始较为广泛地使用。[1]

把"五四"新文化运动理解为一场"启蒙运动",是后来者的历史阐释。1920 年代末至 1930 年代初,左翼文化人开始把新文化运动比附为启蒙运动。值得注意的是,在左翼文化人的论述中,"启蒙"并未给新文化运动增添今人想象中的那种荣光,相反却标示出这场运动的缺陷和不足[2]。"五四启蒙运动"成了被批判和有待超越的对象,左翼文化人借助对新文化运动相对负面的历史评价,获得了开展左翼文化运动的方向感。这种历史与现实之间的对话,在一百年来对新文化运动的叙述和阐释中是很常见的。

1940 年发表的毛泽东《新民主主义论》,确立了"五四"运动作为新民主主义革命起点的历史地位。建国以后,新民主主义论成为解释新文化运动的主导范式,启蒙运动式的理解随之隐退,直到 1980 年代才又重新浮出水面,最有代表性的自然是李泽厚《启蒙与救亡的双重变奏》一文。按照李泽厚的理解,新文化运动应该在中国完成西方启蒙运动的历史任务,即确立自由、民主等一系列现代价值观,但随后

---

[1] 参见陈建守:《近代中国"启蒙运动"的翻译、书写及挪用》,张仲民、章可编《近代中国的知识生产与文化政治——以教科书为中心》,上海:复旦大学出版社,2014 年。
[2] 参见张艳:《五四"启蒙运动"说的历史考辨》,《史学月刊》2007 年第 6 期。

迫于救亡要求而兴起的政治革命，中断了启蒙运动的历程，结果使得落后的封建主义的思想形态和社会结构沉渣泛起。如今救亡的压力已不复存在，需要重新回到新文化运动未竟的使命上来，补上启蒙运动这一课，这就是当时的新启蒙思潮。李泽厚的论述影响很大，基本上笼罩了近三十年对新文化运动的叙述和阐释。即便是那些反对李泽厚启蒙主义立场的论者，也往往沿用他以"启蒙"界定新文化运动的思路：或拓宽"启蒙"的内涵，将李泽厚贬抑的政治革命的内容也纳入其中（如黄纪苏、祝东力《"五四"之后的两种启蒙》）；或反其道而行之，以革命文化反衬"五四"启蒙运动的历史局限性（如贺照田《启蒙与革命的双重变奏》）。至于对"启蒙"概念本身的辨析，却少有涉及。

1980年代以来的"启蒙范式"，将"启蒙"看作不言自明的具有普遍效力的范畴，应用于新文化运动这一特定的历史对象，结果是后者的面目变得越来越模糊，其意义也日趋抽象化甚至空洞化。理论上说，人们自然有理由选择他们认为合适的概念，赋予其一定的内涵，来理解新文化运动。但问题在于，"启蒙"和"启蒙运动"本身是来自西方具体历史脉络的概念，在挪用它们来描述现代中国的文化运动的时候，如果不能澄清中西两种历史之间的关联，概念的合法性就会受到质疑。

其实在西方对启蒙运动的阐释中，也存在类似的问题。意大利思想史家费罗尼在《启蒙：一个观念的历史》[1]一书中，区分了"哲学家的启蒙"和"历史学家的启蒙"，特别强调"启蒙"作为西方文化历史

---

[1] Vincenzo Ferrone, *The Enlightenment: History of an Idea*, trans. Elisabetta Tarantino (Princeton: Princeton University Press, 2015). 此书最近有中译本面世，见文森佐·费罗内：《启蒙观念史》，马涛、曾允译，北京：商务印书馆，2018年。

中的一个范畴的特殊性。启蒙的哲学内涵与启蒙运动的历史性密切相关,启蒙的普遍性只有在它具体的历史脉络中才能被理解和把握。新文化运动能不能被称为中国的"启蒙运动"？要回答这个问题,我们必须在更宽广的视野中,尝试着去探索、把握十八世纪欧洲启蒙运动和二十世纪中国的这场运动之间的历史关联。

二

概括地说,十八世纪欧洲启蒙运动的主要目标,是在思想文化以至社会的各个领域确立理性的原则,它的基本路径,是从哲学的认识论入手,探讨获取真正可靠的知识的方法,并将这种方法贯穿到对自然、历史、政治、法律、艺术等对象的研究中去。启蒙哲学家关心的问题是,我们怎样去认识和把握这个世界？十七世纪的思想家处理这个问题的方法是建立形而上学的体系,这些体系依托于上帝这个超验的存在,用卡西尔的话来说,"真理问题不可能独立于上帝问题得到解决,因为对神的本质的认识构成知识的最高原理,其他一切确定性都要从这里演绎出来"[1],而到了十八世纪,伴随着自然科学的突破性进展,启蒙哲学家转而从具体的经验和个别的事实入手,用分析的方法,重构人类的知识图景。理性不再是上帝的赐予,而是植根于人自身的一种禀赋和能力,人类不必依靠上帝的指引,完全通过自己的理性,就可以认识和把握这个世界,进而改变世界,建立新的世界秩序。这可以说是启蒙运动最核心的诉求。

---

[1] 卡西尔:《启蒙哲学》,顾伟铭等译,济南:山东人民出版社,2007年,第147页。

启蒙运动的这一诉求,在康德写于1784年的那篇著名的文章《什么是启蒙运动》中,得到了最为清晰的表达。康德开篇写道,"启蒙运动就是人类脱离自己所加之于自己的不成熟状态"。值得注意的是,康德强调这种不成熟状态是"自己加之于自己的",即不是别人强加的,不能以上帝或其他外在的权威为借口,可见在康德这里,基督教已经不再是人类运用理性的障碍了,这本身就是启蒙运动的成果。既然不成熟状态是自己加之于自己的,那么摆脱这种状态也只能靠自己,同样不能乞灵于上帝或其他外在的权威。简而言之,无论是成熟还是不成熟状态,人类都要对自己负责。人的主体性已经是一个不容置疑的前提条件,而人需要做的,就是拿出勇气,勇敢担负起自己的主体性来,"要有勇气运用你自己的理智!这就是启蒙运动的口号"。

但这并不意味着人类对自身理性的运用已经毫无障碍。康德接下来说:"必须永远要有公开运用自己理性的自由,并且唯有它才能带来人类的启蒙。私下运用自己的理性往往会被限制得很狭隘,虽则不致因此而特别妨碍启蒙运动的进步。"所谓"公开运用",是指学者在听众面前所能做出的那种对理性的运用,而像军官或牧师那样担任国家公职的人员,因为要服从岗位的要求和国家的权威,对理性的运用只能是私下的和受限制的。虽然康德没有明言国家对理性的限制是不合理的,但他显然认为,最好在国家事务的各个领域,在宗教、立法等部门,也允许臣民公开运用他们的自由,而且这对国家也是有利的。十八世纪后期的普鲁士王国显然还没有达到这个程度,所以康德说自己生活在一个启蒙运动(enlightenment)的时代,但还不是一个启蒙了的(enlightened)时代。[1]

在康德这篇文章问世后不久,法国大革命爆发,启蒙运动的理念开始被付诸政治实践和国家体制的设计。康德的这篇文章已经揭示了启蒙运动的内在逻辑。作为一场思想文化运动,启蒙运动是从认识论的革命开始的,但它扩展到政治领域是不可避免的,它内在地包含了按照理性的原则重新设计和构建包括国家、社会在内的整个生活世界的要求,理性要求获得这样的自由。可以说,启蒙运动开启了西方世界理性化的进程。到了十九世纪,启蒙思想家所规划的合理的世界的蓝图,许多部分已经成为现实。普遍的法律和同质化的国民构成理性化的国家,遵循理性规律的科学技术迅猛发展,直接刺激了工业化的兴起,最重要的当然是建立在对自由劳动力加以理性化组织基础上的现代资本主义生产方式。资本主义通过不断地积累资本,不断地扩大再生产,必然向外扩张,这种扩张是以理性化的国家机器,以及被现代科学技术装备的军事力量为支撑的。在十九世纪资本主义的全球扩张中,理性化包含了大规模的暴力,变成了启蒙的自我异化,启蒙运动高扬的主体成为权力的机器。启蒙哲学家呼吁用理性来认识世界,改造世界,结果是理性化的、非人性的机构和力量对世界的统治。

作为对理性化的反动,十九世纪西方出现了非理性主义和浪漫主义的思潮,资本主义扩张引发的社会危机,也为社会主义运动的萌发提供了土壤。但就总体而言,到十九世纪末二十世纪初,很少有人怀

---

[1] 康德:《答复这个问题:"什么是启蒙运动?"》,《历史理性批判文集》,何兆武译,北京:商务印书馆,2007年,第23—32页。

疑资本主义支配和统治世界的前景。韦伯在发表于1905年的《新教伦理与资本主义精神》中,把资本主义秩序描述成"钢铁般坚硬的外壳"[1],看不到任何改变的前景。而对于面对资本主义的巨大冲击的中国人来说,韦伯的忧思是过于遥远了,中国的当务之急是在西方支配的这个世界体系中生存下去,为此就不得不用理性化的逻辑来改造自身。十九世纪后半叶,中国也开始一系列改革,尝试引进西方的科学技术,接受理性化的国际法和自由贸易体系,建立新型的现代国家。从同光年间的自强运动到清末新政,清政府为挽救王朝命运所做的努力,大体上可以归结为以理性化的方式进行国家建设,而在知识分子群体中,无论是立宪派还是革命派,虽然各自的思想资源和制度设计有所不同,但基本上也都处在启蒙运动以来理性化的脉络上,都把西方国家看作中国应当效仿的模版。简单地说,在新文化运动以前,中国知识分子对现代性的想象,实际上是已经被常识化的启蒙理念,是一套已经被广泛接受,其普遍性似乎不言自明的理性化话语。虽然章太炎、康有为和早期鲁迅等少数思想家有过批判性的思考,但总体来看,晚清知识界的主流是服膺普遍性的启蒙理念的。恰恰是新文化运动,在接受一部分启蒙观念的同时,提出了不同于十九世纪文明的新的构想,打开了另外的思考和实践的空间。在这个意义上,新文化运动不仅不是西方启蒙运动的中国翻版,反而是对启蒙运动及其话语的超越。

---

[1] 韦伯:《新教伦理与资本主义精神》,苏国勋等译,北京:社会科学文献出版社,2010年,第117页。

三

新文化运动的发生，最初的动因来自民国初年现实政治的刺激。中华民国建立后，有了共和体制的架构，包括国会、政党和一整套现代国家政治运作的模式，这些构成了理性化的政治结构，然而宋教仁遇刺，二次革命，袁世凯的不断集权直至称帝等一系列事件，使得共和政治陷入到深重的危机之中。陈独秀是在这个背景下创办《青年杂志》的，他意识到要建立真正的共和国家和民主政治，仅有制度上的设计是不够的，还需要价值和伦理上的自觉。《新青年》将伦理问题提升到前所未有的高度上来讨论，由此个人与国家，个人与社会的关系被重新问题化，国家本身也成了有待重新构想的对象，国家建设不再是政治的归宿，政治被放置到个人和社会的层面上重新理解和锻造。简而言之，晚清思想家所接受的西方十九世纪的现代性方案不再被视为天经地义，在变化了的问题意识中，个人、社会、国家都需要被重新定义、想象和建构。新文化运动的意义不在于提出一个包含着一贯原则的整体性规划（像欧洲启蒙运动那样），而在于打开了一个多重的论辩和实践的空间，在这个空间里，自由主义、社会主义、无政府主义、文化保守主义等不同的思潮和派别竞相登场，相互激荡，释放出巨大的变革能量。

与此同时，第一次世界大战标志着西方资本主义危机的爆发，它构成了新文化运动不可忽视的国际背景。启蒙运动以来，理性化不断追求对越来越多的土地和人民的统治和控制，终于在西方内部制造出这场惨烈的战争，它在某种程度上宣告了启蒙理念的破产。而1917

年俄国十月革命的胜利,又给中国知识分子提供了新的参照。新文化人开始想象不同于十八、十九世纪西方启蒙规划的另外的现代性道路,如陈独秀所言,"创造二十世纪之新文明,不可因袭十九世纪以上文明为止境","吾人理想之中华民国,乃欲跻诸欧美文明国家,且欲驾而上之,以去其恶点而取其未及施行之新理想,以求夫最低限度之希望"。[1] 对这个尚未形成的包含着"新理想"的"二十世纪之新文明",中国人不是西方被动的追随者,而是主动的创造者和参与者。

今天来看,新文化运动最值得珍视的历史遗产,是它面向未来的开放性,这种开放性是无法用"启蒙"来概括和穷尽的,无论赋予它怎样丰富的内涵。我们从新文化运动的政治果实——中国社会主义革命身上,也能看到这种开放性。中国革命在具体斗争中发展出的策略和战略,它对阶级身份灵活和动态的处理,尤其是它对革命者主观能动性的高度重视,都与经典的马克思主义相距甚远。马克思主义作为产生于十九世纪西方内部的理论学说,也是高度理性化的,强调的是不以人的意志为转移的客观规律和必然性。中国革命对经典马克思主义的"偏离",在新文化运动中就已露出端倪。李大钊在《我的马克思主义观》一文中写道:"当这过渡时代,伦理的感化,人道的运动,应该加倍努力,以图划除人类在前史中所受的恶习染,所养的恶习质,不可单靠物质的变更。这是马氏学说应加救正的地方。"[2] 这段话提示我们,中国革命对情感、意志和能动性的看重,可以追溯到新文化运动

---

[1] 陈独秀:《一九一六年》,《新青年》第1卷第5期,1916年1月15日;陈独秀:《时局杂感》,《新青年》第3卷第4期,1917年6月1日。
[2] 李大钊:《我的马克思主义观》,《新青年》第6卷第5期,1919年5月(实际出版时间为9月)。

对伦理问题的关切。新文化运动所滋养的、在实践中历史地展开的中国革命,没有遵循马克思主义预设的普遍道路,它的特殊性正是创造新的普遍性的前提,中国革命之所以具有世界意义端在于此,中国革命开创的历史格局能够绵延至今,且保留未来的可能性,亦有赖于此。而新文化运动与中国革命之间这种内在的联系,恰恰为启蒙话语所遮蔽。由于我们仍然生活在中国革命的余荫之下,失去了对这种联系的把握,就无法真正理解新文化运动与今天(尤其是今天我们对未来的想象和思考)的相关性。

从比较思想史的视角来看,欧洲启蒙运动和新文化运动确有相似的地方:作为思想文化运动,它们都扩展到政治的领域,推动了整个社会的变革;在各自的历史脉络中,它们都具有为现代性奠基的意义。但这种相似性不应使我们得出结论说,新文化运动是欧洲启蒙运动的中国版本,那恰恰是对前者的贬低。新文化运动发生之际,正是启蒙理念在全球遭遇危机的时刻,而这场运动正是克服这一危机创造新文明的努力的一部分。只有在这个具体的历史语境中去理解和把握新文化运动,而不是用单一的"启蒙"标签去固化它,我们才有可能去重新激活它内在的能量,让它成为今天思考和实践的活的资源。

(原刊《读书》2016 年第 7 期)

激活历史的方法

——读陈平原《作为一种思想操练的五四》

自上世纪 80 年代末以来,陈平原教授的治学领域从小说史研究,渐次拓展至学术史、教育史等领域,气象与规模日趋阔大,然而无论研究对象如何转换,"五四"始终是他自觉去直面并着力经营的课题,是他探索中国现代文化转型的过程中不可替代的坐标和参照系,也是他借以介入当代思想讨论的最重要的思想资源。《作为一种思想操练的五四》(北京大学出版社,2018 年)是陈平原最新的"五四"论述,收入他最近几年有关"五四"的长短文章和访谈十数篇,篇幅不大,却具有某种"总结性"的意义。从标题可以看出,这本小书包含了作者讨论"五四"的某种方法论层面上的思考。同时,它也是针对当下文化思潮的有感而发之言。

何谓"思想操练"？作者引用了《触摸历史与进入五四》"导言"中的话："作为后来者，我们必须跟诸如五四（包括思想学说、文化潮流、政治运作等）这样的关键时刻、关键人物、关键学说，保持不间断的对话关系。这是一种必要的'思维操练'，也是走向'心灵成熟'的必由之路。"（第1页，文间注所标页码均为《作为一种思想操练的五四》一书页码，下同）不难看出，"思想操练"这个概念的核心是一种自觉的对话意识。既曰"对话"，就意味着对象本身并非静态的任由研究者摆布的客体，而是具有某种主体性格的活的存在。然而，如何以学术的方式，将已然成为历史的"五四"激活，使之成为对话的对象，进而砥砺我们的思考呢？陈平原"五四"论述的特出之处，就在于对这一问题的自觉，在包括本书在内的一系列关于"五四"的论著中，我们可以清晰地看到作者在这方面所付出的努力。

作为中国现代思想和文化史上无法回避的"关键时刻"，"五四"几乎从其诞生起，就不断地引发出纷繁庞杂的叙述，至今仍未有衰歇之势。经过时间的塑造和淘洗，在一般人的历史记忆中，"五四"逐渐被简化为若干具有典范性的宏大叙事。即以二十世纪二十至三十年代而论，即有"文艺复兴"说（胡适《中国的文艺复兴时代》）、"启蒙运动"说（何干之《近代中国启蒙运动史》）、"反帝国主义的民族主义运动"说（陈端志《五四运动之史的评价》）等代表性叙事。1940年毛泽东发表《新民主主义论》，将"五四"确立为新民主主义革命的开端，更是影响深远。这些"五四"叙事的形成，既有当事人的自我经典化的结果，也有政治力量的拨弄和意识形态的建构参与其中，它们都不同程度地渗入学术界，在相当长的一段时间内，极大地影响了学者对"五四"的理解和认识。

应该承认，这些深入人心的"五四"叙事，也是作为历史的"五四"

参与和介入到现实之中的重要途径。然而需要指出的是,这些简化的叙事都是单向度的,其中的"五四"基本上是内涵极为明确的具有符号意味的概念,因而在这里,"五四"是被当作工具,依附于这些叙事而作用于现实的,它不可能成为对话的对象,反而会在反复地使用中消磨掉原本的价值,甚至令人生厌。一旦时移势迁,这些叙事的有效性不复存在,"五四"也很有可能随之被弃如敝屣。

面对这种情势,如果要继续维护和保持"五四"的生命力,可以有两种策略:一种是继续发明新的"五四"叙事,然而任何叙事为了追求自身的逻辑性和连贯性,都不可避免地会将"五四"客体化乃至工具化,从而重蹈之前宏大叙事的覆辙;另外一种是放弃以"五四"作用当下现实的意图,完全秉持客观的历史研究的立场,解构宏大叙事,针对具体的"五四"人物、事件、思潮等展开实证研究,这同样是一种将"五四"客体化的方式。

陈平原进入"五四"的方式则完全不同。他对种种"宏大"叙事极为警惕,因而在《触摸历史与进入五四》一书中,选择"借助若干自以为意味深长的细节、断片、个案,来钩稽并重建历史"的研究策略,但他同时也非常警惕由此可能出现的将"五四"拆解成"一地鸡毛"的后果。他一方面特别强调回到"五四"的历史现场,甚至于会下特别大的工夫去精细地还原和考证五月四日当天的情景,但又对自己的理论意识抱有明确的自觉:"包括重建现场时多声部与主旋律的关系、'晚清'与'五四'两代人如何既合力又竞争、新文化运动中垄断舆论与提倡学术的张力、现代中国大学理想的生成与展开、媒介的作用与文体的意义等"[1]。

---

[1] 陈平原:《触摸历史与进入五四》,北京大学出版社,2005年,第7页。

这里特别值得注意的是"重建现场时多声部与主旋律的关系"一语,对陈平原来说,需要返回和重建的"五四"现场不是某种具体的思想学说、人物或事件,而是一种"众声喧哗"的状态:"谈论五四,对我来说,与其说是某种具体的思想学说,还不如说是这种'百家争鸣'的状态让我怦然心动,歆羡不已。"(第 3 页)那些孤立地来看属于客观史实的"五四"人物、思想和事件,当被重新放置到相互论辩和争鸣的历史现场的时候,就获得了它们原有的生命力,呈现出鲜活的主体姿态来。"五四"原本就是一场大型的思想论争,在这个意义上,最彻底地还原"五四"的这一本来历史面目,恰恰就是将它从各种叙事和考证中解放出来、释放出它内在的历史能量的方法。这是激活"五四"的辩证法。

即以《新青年》而论,正是在不断的论争中,这份杂志才一步步地提升了自己的影响力,搅动舆论场的波澜,成为关注的焦点。从最初的文学革命和孔教问题,到后来世界语、社会主义等论题,都产生了广泛的影响,激荡起巨大的变革能量。陈独秀在那篇著名的《本志罪案之答辩书》中这样为《新青年》申辩:"本志同人本来无罪,只因为拥护那德莫克拉西(Democracy)和赛因斯(Science)两位先生,才犯了这几天滔天的大罪。要拥护那德先生,便不得不反对礼教,礼法,贞洁,旧伦理,旧政治。要拥护赛先生,便不得不反对旧艺术,旧宗教。要拥护德先生又要拥护赛先生,便不得不反对国粹和旧文学。"[1]这一段耳熟能详的文字还值得玩味的地方,是"不得不"三个字所体现的逻辑。《新青年》的引人注目之处不在于正面树立"民主"和"科学"的价值,而是在具体的、围绕各种社会论题的论战中,激活这两个概念的潜能和

---

[1] 陈独秀:《本志罪案之答辩书》,《新青年》第 6 卷第 1 号,1919 年 1 月 15 日。

影响力。这一策略相当有效,在某种程度上,这正是新文化得以"运动"起来的内在机制。

陈平原对内在于《新青年》乃至"五四"新文化运动的这种论辩性别有会心。他在《触摸历史与进入五四》一书中讨论《新青年》的时候,特别指出《新青年》同人刻意营造"众声喧哗"的局面;在梳理《尝试集》的经典化的过程时,也强调它"很大程度上是'革新与守旧'、'文言与白话'、'诗歌与社会'等冲突与对话的产物"[1]。在《作为一种思想操练的五四》一书中,陈平原对此更是反复致意。在他看来,"通达的历史学家,会认真倾听并妥善处理'众声喧哗'中不同声部的意义,而不至于像翻烙饼一样,今天翻过来,明天翻过去"。(第14页)所谓"翻烙饼",大致就是建立和推翻种种单向度的"五四"叙事。他又提醒,"若'回到现场',你会发现,五四其实是个'众声喧哗'的时代。只不过经由几十年的阐释,某些场景凸显,某些记忆湮没,今人所知的五四,变成某种力量的'一枝独秀',那很大程度上缘于长期以来的意识形态宣传以及历史学家的误导"(第144页),同样是针对关于"五四"的宏大叙事可能导致的遮蔽和盲目。陈平原曾将"五四"界定为"成功的'文化断裂'",理由之一便是"五四""成为极具挑战性的话题,引来不断的言说。当初剑拔弩张的对立双方,都以自己特定的立场、语调与努力,介入到这一影响深远的历史事件中。倘若没有像样的反对派,你不能想象这场思想运动如此深入展开"(第138页),强调反对派的价值和意义。还原"五四"众声喧哗的历史场景,也就是拒绝将"五四"规约为某种单一的观念或立场主导下的知识和叙述,保持"五四"作为对话对

---

[1] 陈平原:《触摸历史与进入五四》,第87、263页。

象的主体性格，这可以说是陈平原"五四"论述的自觉追求。

从历史与现实之间关系的角度来看，只有当"五四"成为具有主体性格的对话对象的时候，它才能真正成为介入当下现实的活的思想资源，而不只是某种被利用的工具而已。也正因为此，陈平原的"五四"论述一方面通过重建历史现场的艰苦努力而获得了坚实的学术品格，另一方面又始终保持着与当下的某种紧张感，两者很自然地结合在一起。由此也就不难理解，作为一种方法论的"思想操练"，可以直接转换为参与当代思想论争的实践。陈平原称《作为一种思想操练的五四》是"带有论战性质的评论"，便是对这种实践的概括性的提示。

所谓"论战性质"，明显是针对近几年声势日渐浩大的文化保守主义思潮，尤其是新儒家的种种论述而言。它们对"五四"新文化基本上持一种审视甚至批评的态度，有学者提出要从儒教文明自我更新的角度来看待新文化[1]，有学者则将新文化运动的打倒孔家店看作儒家内部的自我批判[2]。这些都对"五四"新文化提出了挑战。考虑到新文化自身正是在对孔教运动的批判中成长起来的，当代新儒家对新文化的批评便不容小视，需要给以认真的回应，因其牵涉一百年来现代中国的价值奠基的大问题。

陈平原对当代思潮的这一变化非常敏感，他注意到，"近年风气陡变，随着保守主义思潮的迅速崛起，社会乃至学界对五四有很多批

[1] 参见唐文明等：《重估晚清思想：书写中国现代思想史的另一种可能》，《思想》2017年第34期。
[2] 参见吴飞：《人伦的解体——形质论传统中的家国焦虑》，北京：三联书店，2017年，第9页。

评,对此,我们需要做出回应。不管是表彰还是批评,只要能参与当下的社会变革,就是重要的思想资源"。(第155—156页)他对当下围绕"五四"的思想论争持非常开放的态度,这也正是基于他对"五四"本身的论辩性的体认。不过他自身在论争中的取向也非常明确,那就是站在新文化的立场上,质疑和批判种种保守主义思潮和新儒家论述,《作为一种思想操练的五四》的"论战性质"就表现于此。具体表述中,尤以去年接受《东方历史评论》访谈时说的一段话最为透彻:"我对作为学问以及重要思想资源的儒家充满敬意,但对作为意识形态的儒学则始终保持高度警惕……目前的状态是,国人对于'国学'乃至'儒家'的论述,颇有无限拔高的趋势,而且,容不得异议。无论政府还是民间,更愿意听到的,都是中华文明——尤其是儒家——如何'高大上'的论述。至于五四新文化人的批评与反省,如今已显得'政治不正确'了。"(第193—194页)陈平原承认"以孔夫子为代表的中国文化,是一个伟大的传统",但对现代中国而言,"五四"新文化却是"更为切近当下中国人的日常生活,与之血肉相连,更有可能影响其安身立命"的传统。(第11—12页)支撑这一鲜明的姿态和坚定的立场的,是被激活的"五四"新文化所具有的历久弥新的生命力。

在"五四"即将迎来一百周年之际,如何纪念"五四"仍然是值得深入思考的话题。也许,在以"纪念史学"的面目出现的种种叙事的建构和意识形态的宣传之外,最好的方式是返回那个激情澎湃、众声喧哗的历史现场,并在当下的公共领域中打开一个"五四"式的论辩空间,让那些关乎现代中国之基础与走向的重大课题,再次得到公开的、自由的和有深度的讨论。如果这不算是奢望,那么我们就有理由期待,

《作为一种思想操练的五四》这本分量不轻的小书,不仅是作者本人的"思想操练",也是一场新的大型思想论争的序曲。

(原刊《文艺争鸣》2018年第9期)

第四辑

长时段的视野

什么是"现代文学"的"现代"?
——中国现代文学起点问题的历史考察和再思考

我们通常在两个层面上使用"中国现代文学"这一概念,一是在学科意义上,中国现代文学是二级学科中国现当代文学的一个组成部分;二是作为研究和文学史叙述的对象,中国现代文学是在历史中生成和延续的一种文学形态和文学传统,我们所说的"中国现代文学史"指的是这个特定的文学形态的历史,而不是一个学科的历史。这两个层面有区别,但也有密切的联系,特别是当我们考察作为历史研究对象的现代文学的起点时,往往会涉及现代文学学科边界的划定。现代文学是从何时开始的?这不是一个简单的史实问题,它关系到我们对现代文学性质的判定和价值的评估,关系到我们研究现代文学时的历史视野和历史观,还牵涉到现代文学学科之成立的合法性理据。而对这个问题的回答,很大程度上取决于我们对"现代"的理解。从"现代文学"这一概念形成以来,围绕现代文学的起点问题曾展开过多次讨论,出现了不同的观点,近年来分歧且有扩大的趋势。梳理和考察相关的学术史脉络[1],不仅有助于我们重新思考现代文学的起点问题,对我们理解"现代文学"之"现代"所在也会提供有益的启示。

从"新文学"到"现代文学"

民国时期"现代文学"概念尚未通行。个别以"现代文学"或"现代中国文学"命名的著作,并未将其作为明确的概念来使用,主要是在"现时代"、"近代"的时间意义上理解"现代"的涵义,例如钱基博的《现代中国文学史》和任访秋的《中国现代文学史》。[2] 当时普遍接受的概念是"新文学","新文学"是其创立者的自我命名,包含着强烈的自我合法化的意图。在"新/旧"二元对立的框架中,以"新文学"取代"旧文学",目的是在一个历史进化的序列中,赋予这一新生的文学形态以某种不言自明的合法性。"新文学"命名中明确的价值取向,为所有参与新文学事业的人们所共享,也正因为此,二十世纪二十至三十年代有关新文学的历史叙述,常常出自新文学家自身之手,包括胡适的《五

---

[1] 程金城《关于中国现代文学史的起讫时间与历史分期问题》(《社会科学》1990 年第 4 期)和殷齐齐、王爱萍《中国现代文学起点问题研究述评》(《徐州师范大学学报》(哲学社会科学版)2006 年第 5 期)先后对现代文学起点问题做过学术史的梳理,但这两篇论文较为简略,且发表时间较早,未涵盖近十年的相关研究。本文涉及文献发表时间下限为 2014 年 12 月。

[2] 黄修己、刘卫国编:《中国现代文学研究史》(下册),广州:广东人民出版社,2008 年,第 539 页。

十年来中国之文学》、朱自清《中国新文学研究纲要》、周作人《中国新文学的源流》,以及《中国新文学大系》的各集导言。这些论述与其说将新文学建构为一个客观的认识对象,不如说是新文学家在新文学内部的自我论证。像胡适和周作人的著作,虽然将新文学置于更长时段的历史视野中来考察,但这只是一种论述策略,主旨仍是要确立新文学自身的合法性(尽管两人对新文学的理解有差异)。在这种自我讲述的逻辑中,文学革命作为新文学的起点自然是毫无疑问的。

1940年发表的毛泽东《新民主主义论》,在新文学的自我叙述之外,提供了一个新的观照新文学的视野。《新民主主义论》以1919年"五四"运动为界,把中国革命划分旧民主主义和新民主主义两个阶段,新文化被定义为新民主主义的文化,其内涵是无产阶级领导的人民大众的反帝反封建的文化。虽然没有专门提及新文学,但文学作为文化的一部门,自然也受到限定。《新民主主义论》对新文学的自我叙述构成了有力的冲击,特别是在起点的限定上。起点不只是个时间的问题,它关系到对新文学地位和意义的评估,某种程度上,起点本身就构成了意义的源泉,它在历史中确立了新文学的开端,新文学由此便获得了不同于之前所有文学的独特性乃至唯一性。在此前新文学的自我叙述中,新文学的起点是由其自身来界定的,这使得新文学成为一个独立和自足的主体,其意义与价值与生俱来,不假他物。然而按照毛泽东对新文化的构想,新文学的合法性就不是来自它的自我命名和叙述,而是由新民主主义论这一外部理论赋予的,作为新民主主义的文学,新文学的起点就被设置在1919年,而不是文学革命发生的1917年。

我们从周扬1940年代前后对新文学的历史叙述的微妙变化中,

可以看出这两种论述之间的龃龉。在1939年3月发表的《从民族解放运动中来看新文学的发展》一文中，新文学的"开始"被界定在"'五四'前一两年"的文学革命运动[1]；而写于1940年左右的《新文学运动史讲义提纲》则明显受到了《新民主主义论》的影响，称"新文学运动正式形成，是在'五四'以后，新文学运动史主要地即从'五四'叙述起"。新文学被明确地界定为"新民主主义的新文化"的一部分。[2]

建国以后，《新民主主义论》成为新文学史叙述的主要依据，新文学的性质得到了明确的规定，即无产阶级领导的人民大众的反帝反封建的文学。1919年成为新文学的起点。王瑶的《中国新文学史史稿》上册第一编的标题即为"伟大的开始及发展（1919—1927）"。不过既有的新文学的自我叙述已经深入人心，仍然支配着许多人的判断。1951年，教育部组织起草了《中国新文学史教学大纲》，规定新文学的性质是新民主主义的文学，但在分期上，则将1917年至1921年作为第一个阶段。[3] 蔡仪《中国新文学史讲话》和刘绶松《中国新文学史初稿》上册，都把新文学的发生定在1917年。张毕来显然意识到了两种坐标时间上的不一致，他在《新文学史纲》第一卷中，把1919年以前的文学革命也纳入"新民主主义革命文学的历史阶段"[4]，以弥合两种论述在起点设定上的裂隙。

"新文学"作为其创立者的自我命名，它内在的价值指向和历史内

---

[1] 周扬：《从民族解放运动中来看新文学的发展》，原载《文艺战线》第2期，1939年3月16日，《周扬文集》第1卷，北京：人民文学出版社，1984年，第266页。
[2] 周扬：《新文学运动史讲义提纲》，《文学评论》1986年第1期。
[3] 参见邢铁华：《中国现代文学史研究述评》，王瑶等著《中国现代文学研究：历史与现状》，北京：中国社会科学出版社，1989年，第51页。
[4] 张毕来：《新文学史纲》（第一卷），北京：作家出版社，1956年，第27页。

涵与新民主主义论这一外部理论不尽合拍,尤其是涉及新文学起点的设定时,常常造成某种混乱,这就产生了使用新的概念来规范和统一文学史叙述的要求。再者,1950年代中期社会主义改造完成以后,新民主主义阶段成为历史,新文学作为新民主主义的文学也成为历史,继续使用"新文学"这一从新文学内部生成的概念已经不合时宜,有必要发明一个新的概念,服务于意识形态建构的要求,来完整地把握作为特定历史阶段中的特定文学形态的新文学。[1]第三,中国进入社会主义时期以后,新的社会主义文学被命名为当代文学,与之相对应的新民主主义文学也需要重新命名。[2]最后,出于学科化的要求,为了把《新民主主义论》落实到大学教育中新文学史课程的设置中,对作为教学对象的新文学的历史范围、性质、分期加以清晰的描述和规定,也需要发明新的名称来指称这一新的学科。1957年,教育部审定通过了《中国文学史教学大纲》,其中第九篇"新民主主义革命时代的文学"被明确地界定为"现代文学",时限为1919至1949年。虽然在具体的叙述中会涉及1919年以前的文学革命和新文化运动,但1919年作为现代文学起点的地位是毋庸置疑的。

此后"现代文学"基本上成为指称新文学这一对象的正式概念。1957年作家出版社出版的丁易《中国现代文学史略》一书,是建国后第一部使用"现代文学"概念的文学史著作,但这本书仍遵循新文学史叙述的惯例,将现代文学的起点设置在1917年,同时为了强调现代文学的新民主主义性质,将新民主主义革命的时间上限也划定在1917年,

---

[1] 参见李杨:《文学史写作中的现代性问题》,太原:山西教育出版社,2006年,第173页。
[2] 参见洪子诚:《"当代文学"的概念》,《文学评论》1998年第6期。

显然不符合《新民主主义论》的正统叙述,自然不会被接受。这可以看作"新文学"概念向"现代文学"概念过渡时期的现象。在此后的文学史著作中,1919年构成了现代文学的法定起点。复旦大学中文系学生集体编著的《中国现代文学史》,把现代文学划分为四个时期:"第一时期(一九一九至一九二七)。一九一九年的五四运动,中国革命进入由无产阶级领导的新民主主义革命阶段。随着革命性质的变化,中国新文学运动成为无产阶级领导的新民主主义运动的一部分"[1],由此可见"新文学"与"现代文学"两者的微妙差异,"新文学运动"作为一种历史现象,在它没有"成为无产阶级领导的新民主主义运动的一部分"之前,是没有资格进入现代文学史的。"现代文学"的规定性由此可见一斑。

"现代文学"概念的提出和使用是取代"新文学"这一特定历史要求的结果,至于"现代文学"概念中"现代"究竟指的是什么,并没有权威的具体的说明。有研究者认为"现代"这个限定性的名词是受到了苏联的影响,在苏联的历史分期中,十月革命被认为现代历史的开端,苏联学界一般用"现代文学"指称十月革命之后的文学[2],但仍然缺少直接的材料来证实这种影响。更重要的是,由于"现代文学"概念的内涵是如此明确和清晰,追问何为"现代文学"的"现代"就变得毫无必要,也没有意义。但是一旦支撑"现代文学"概念的新民主主义论开始失去其权威,什么是"现代文学"的"现代"就不再不言自明,而成了一个需要思考和回答的问题。

---

[1] 复旦大学中文系现代文学组学生集体编著:《中国现代文学史》(第1册),上海文艺出版社,1959年,第16页。
[2] 参见黄修己、刘卫国编:《中国现代文学研究史》(下册),第540页;贺桂梅《"现代文学"的确立与1950—1960年代的大学教育体制》,《教育学报》2005年第3期。

1980年代的现代化叙事

"文革"结束以后,现代文学研究界着手纠正一度以社会主义文学为标准来评价现代文学的倾向,恢复现代文学的新民主主义性质。[1]但随着反思的深入和意识形态的松动,新民主主义论对现代文学史叙述的支配地位也不再稳固,首先就表现在对现代文学起点的重新设定上。这一时期的几部有影响的文学史著作,如唐弢主编的《中国现代文学史》第1册(人民文学出版社1979年版)、田仲济、孙昌熙主编的《中国现代文学史》(山东人民出版社1979年版)、林志浩主编的《中国现代文学史》(中国人民大学出版社1979年版),虽仍然坚持现代文学的新民主主义性质,但在处理现代文学的起点时,则采用"五四时期"、"五四运动时期"、"五四运动前夕"等较为模糊的描述,不再以1919年为统一的标准。徐源和周音的论文,更是明确地把现代文学的开端重新设置在1917年,表现出摆脱新民主主义论的阐释框架的趋向。[2]在整个1980年代,现代文学研究界逐渐形成了以文学革命发生的1917年为现代文学起点的主流意见。

由于新民主主义论不再能够垄断现代文学的阐释权,什么是"现代文学"的"现代"这个原来不成问题的问题,开始被提了出来。1985

---

[1] 王瑶:《中国现代文学研究的历史和现状》,王瑶等著《中国现代文学研究:历史与现状》,第4—5页。
[2] 徐源:《对中国现代文学的孕育、诞生、转化的初步探讨》,《江西大学学报》(社会科学版)1980年第4期;周音:《中国现代文学的发端年代应在一九一七年》,《丹东师专学报》(哲学社会科学版)1981年第1期。

年,汪晖向唐弢请教如何解释"现代文学"的"现代"或"现代性"的问题,唐弢回答说很复杂,很难一言蔽之。[1] 按照他的理解,现代不仅仅是个时间概念,还包含着某种时代的内涵,"现代文学是从内容到形式,都具有真正现代意义的文学",但何谓"现代意义",也没有进一步的解释。[2]

1980 年代确有一些学者把"现代"当作一个时间的观念,主张将这一阶段的各种文学形态都纳入到现代文学中。严家炎这样表达他对现代文学研究现状的不满:"名为'现代文学',实际上只讲新文学,不讲这个阶段同时存在着的旧文学,不讲鸳鸯蝴蝶派文学"[3],黄修己也认为"'现代'作为时间的概念,则凡在此时间之内,包括敌、我、友的文学,都应属于现代文学史研究的范围",虽然新民主主义性质的新文学是现代文学的主流。[4] 贾植芳在给《中国现代文学词典》写的序言中持同样的看法,主张区分"新文学"和"现代文学",后者还包括旧派文学和通俗文学。[5]

唐弢坚决反对这样的观点,他强调现代文学是"具有现代意义的新文学",不应纳入旧体诗词和鸳鸯蝴蝶派。[6] 王瑶的立场与唐弢接近,也反对将旧体诗词和章回体小说列入现代文学。[7] 问题在于,如

---

[1] 汪晖:《我们如何成为"现代的"》,《中国现代文学研究丛刊》1996 年第 1 期。
[2] 唐弢:《〈求实集〉序》,严家炎《求实集——中国现代文学论集》,北京大学出版社,1983 年,序第 4 页。
[3] 严家炎:《从历史实际出发,还事物本来面目——中国现代文学史研究笔谈之一》,《求实集——中国现代文学论集》,第 1 页。
[4] 黄修己:《中国现代文学简史》,北京:中国青年出版社,1984 年,第 6 页。
[5] 贾植芳:《序》,《中国现代文学词典》,上海辞书出版社,1990 年,序第 1—2 页。
[6] 唐弢:《既要开放,又要坚持原则》,《文艺报》1983 年第 8 期。
[7] 王瑶:《关于中国现代文学研究工作的随想——在中国现代文学研究会学术讨论会上的发言》,《中国现代文学研究丛刊》1980 年第 4 期。

果新民主主义论已经不能完全支撑对"现代文学"之为"现代"的理解，又不愿意把"现代"当作单纯的时间概念，那么就需要为阐释"现代"寻找新的框架。在1980年代，现代化叙事扮演了这样的角色。1986年，王瑶在《中国现代文学研究的历史和现状》一文中，提出将"文学现代化"作为评价现代文学的尺度，认为这一尺度较之新民主主义论具有更大的包容性，也有助于摆脱意识形态的干扰，认识现代文学自身的个性。[1] 王瑶认为"五四"文学革命是现代文学的起点，也是文学现代化的开端："现代文学是从'五四'文学革命开始的，而文学革命的精神扼要地讲来，就是要求用现代人的语言（白话文）表现现代人的思想和愿望（民主、科学、社会主义），实际上它就是要求中国实现现代化的思想情绪在文学上的反映。"[2] 这段话解释了他对文学现代化的理解。

1980年代的现代化叙事为改革开放提供了意识形态的基础，同时也取代革命史叙事，成为重构中国近现代史的基本框架。在这样的历史语境中，文学现代化作为"现代文学"概念的新内涵，被研究者普遍接受。然而文学现代化是一个比较有弹性的观念，不像新民主主义论有那么强烈的规定性，它会溢出既定的现代文学的边界。例如严家炎和黄修己虽然主张将扩大现代文学的研究范围，但同样接受文学现代化的尺度。这一点并不难理解，通俗文学也可以是现代化的文学。在时段的限定上，也出现了不同的看法。严家炎、黄修己、唐弢、王瑶在

---

[1] 王瑶：《中国现代文学研究的历史和现状》，王瑶等著《中国现代文学研究：历史与现状》，第6页。
[2] 王瑶：《在现代文学研究创新座谈会上的讲话》，《中国现代文学研究丛刊》1985年第4期。

是否容纳旧体诗词和通俗文学的问题上有明显分歧，但都以"五四"文学革命为现代文学的起点。同样是在文学现代化的框架下，有的学者则主张将现代文学的起点前移，邢铁华就认为中国文学的现代化从晚清就开始了，现代文学的发端不在"五四"，而在1894年中日甲午战后。[1] 宋剑华也对以1917年文学革命的发动为现代文学起点的主流观点提出异议，他认为，"中国现代文学是中国文学'现代化'的整体过程，而'现代'的含义不能只看文学形式的演变，主要是它的思想内容方面的更新。白话文学固然大张在五四时代，但它的理论探讨和文学实践都是产生于本世纪初"，于是将从清末"诗界革命""小说界革命"到1917年这一时段都称作现代文学的"发生期"。[2]

1980年代后期，围绕包括现代文学起点问题在内的文学史分期问题，曾经展开了一系列讨论。1986年，王瑶撰文专门讨论现代文学史的起讫时间问题，他驳斥了邢铁华将现代文学起点提至1894年的主张，指出晚清的文学改革与"五四"文学革命之间并没有承继的关系，"'五四'文学革命是在晚清文学改革运动萎缩、退化和偃旗息鼓之后，才在新的历史条件下，以更为激进和彻底的姿态，要求文学从思想内容到语言形式都进行现代化的一次文学运动"，是现代文学当然的起点。[3] 1986年9月，专门召开了近、现、当代文学史分期问题的讨论会，会上王瑶、曾庆瑞、樊骏、许志英、郭延礼、朱金顺等老一代学者都坚持"五四"起点说，反对将近代文学和现代文学合并，但也有人提出接近邢铁华、宋剑华的意见，认为中国文学的现代化进程可以追溯到

---

[1] 邢铁华：《中国现代文学之背影——论发端》，《苏州大学学报》1984年第4期。
[2] 宋剑华：《论中国现代文学的发生期》，《青海师范大学学报》1986年第4期。
[3] 王瑶：《中国现代文学史的起讫时间问题》，《中国社会科学》1986年第5期。

清末的文学改良。[1]

文学史分期和断代问题引起的争议,实际上反映了现代文学学科对自身研究格局的某种不满。虽然现代文学的起点被设置在1917年,一定程度上摆脱了新民主主义论的束缚,但1917年仍然属于"五四"时期,讨论现代文学的发端,仍旧不可避免地要纠缠于关于"五四"文学革命和新文化运动的性质及领导阶级这一类意识形态色彩很强的论辩。对新一代的研究者来说,这表明现代文学研究并未从根本上改变隶属于革命史的地位。据钱理群回忆,1983年学术界关于"五四"文学革命的领导权问题产生争议,官方曾试图压制不同的声音,这成了他和黄子平、陈平原提出"二十世纪中国文学"概念的动机之一,即通过把时间从"五四"提前,消解这一类政治问题,摆脱意识形态的干扰,确立现代文学研究的自主性。[2]

"二十世纪中国文学"概念的提出"首先意味着文学史从社会政治史的简单比附中独立出来,意味着把文学自身发生发展的阶段完整性作为研究的主要对象"[3],为此提出者特别强调"二十世纪中国文学"自身的完整性,抽绎出走向"世界"文学、艺术思维的现代化等命题,作为"二十世纪中国文学"的整体特征。然而不难看出,这些特征性的描述,仍然是以1980年代的现代化叙事和启蒙主义论述为依据的。正如龚鹏程所注意到的,"二十世纪中国文学"在摆脱庸俗社会学倾向的

---

[1] 李葆琰、王保生:《认真求实,共同探索——中国近、现、当代文学史分期问题讨论会纪实》,《中国现代文学研究丛刊》1987年第1期。
[2] 钱理群:《"二十世纪中国文学"和80年代的现代文学研究——答来访者问》,《中国现代文学史论》,桂林:广西师范大学出版社,2011年,第188—189页。
[3] 钱理群、黄子平、陈平原:《二十世纪中国文学三人谈·漫谈文化》,北京大学出版社,2004年,第29页。

同时，又采用了现代化的历史解释模型，文学自身的自主性并没有真正确立起来。[1]虽然革命史范式被有意屏蔽，但作为一种意识形态的现代化叙事，却内在地支配了提出者对"二十世纪中国文学"的理解。[2]

更有意味的是，在"二十世纪中国文学"的完整图景中，"五四"所占据的颇为暧昧的位置。提出者一方面确认"二十世纪中国文学"的完整性，另一方面又指出"二十世纪中国文学"是一个从十九世纪末开始的、由古代中国文学向现代中国文学转变、过渡和完成的进程。[3]完整性和过程性两者之间充满了张力，表征之一便是对"五四"的叙述。中国文学的现代进程被上溯到1898年，但是这个进程同时包含了与古代文学的断裂，断裂不是发生在1898年这个作为上限的节点，而是一直持续到"五四"文学革命才告终。此后"二十世纪中国文学"才"无可阻挡地汇入了世界文学的现代潮流"。[4]显然，提出者既要把中国文学现代化的开端往前追溯，又不愿意完全放弃"五四"的某种中心地位，于是在一个完整的文学史阶段中，出现了长达二十年的"断裂期"，"五四"被摆在了一个突兀而又有些尴尬的位置上，这事实上造成了"二十世纪中国文学"图景内在的断裂。

"二十世纪中国文学"论没有正面涉及现代文学的起点问题，甚至有意回避"现代文学"这一概念。在1898年作为中国文学现代化的开

---

[1] 龚鹏程：《"二十世纪中国文学"概念之解析》，陈国球编《中国文学史的省思》，香港：三联书店，1993年，转引自李杨：《文学史写作中的现代性问题》，第95页。
[2] 参见贺桂梅：《"新启蒙"知识档案——80年代中国文化研究》，北京大学出版社，2010年，第304—313页。
[3] 钱理群、黄子平、陈平原：《二十世纪中国文学三人谈·漫谈文化》，第11页。
[4] 钱理群、黄子平、陈平原：《二十世纪中国文学三人谈·漫谈文化》，第14—15页。

端与"五四"作为与古代文学断裂的结束这两种叙述之间,存在着明显的缝隙,暴露出提出者对现代文学的起点这一问题的某种犹疑不决的态度。这牵涉到对"五四"的理解。事实上,提出者对"二十世纪中国文学"完整性的描述,在很大程度上还是以"五四"文学革命为尺度的,像"改造民族的灵魂"这一总主题,就明显带有"五四"启蒙主义论述的色彩。启蒙主义是80年代阐释五四新文化运动的主导框架,在摆脱革命史范式的限制这一点上,它和现代化叙事具有某种同构性,这也是两者能够共存于"二十世纪中国文学"概念中的前提。但它们也有微妙的差异,较之启蒙主义,现代化叙事对"五四"新文化传统的依赖程度要低得多,这种错位是造成"五四"在"二十世纪中国文学"中的暧昧位置的内在原因,也使得"二十世纪中国文学"对"五四"的处理引起了争议。从启蒙主义的视角看,"二十世纪中国文学"的理论基点还是建立在"五四新文化的基本价值框架与理论预设系统"之中[1],但放在现代化的视野中,"二十世纪中国文学"把文学现代化的发端置于晚清,就构成了对"五四"的消解。[2]

文学现代化虽然为理解"现代文学"之"现代"提供了新的内涵,然而在现代化叙事的框架中,"五四"作为现代文学之起点的地位却开始显得岌岌可危,长时段的视野使得晚清的意义逐渐凸现出来,有可能成为现代文学新的开端。相比之下,80年代初期研究者在"五四"内部所作的1917年和1919年的分辨,已经变得无关紧要了,整个"五四"新

---

[1] 吴晓东:《直面新的文化挑战》,《中国现代文学研究丛刊》1997年第4期。
[2] 在1986年关于"二十世纪中国文学"的座谈会上,孙玉石就表示"不能忽略五四在文学史上划时代的作用",见钱理群、黄子平、陈平原:《二十世纪中国文学三人谈·漫谈文化》,第97—98页。

文化运动都面临着被边缘化的危险。在现代文学研究界，摆脱意识形态和革命史范式的束缚，回归文学自身的努力，却在某种程度上，不期然地造成了与"五四"的疏离，这从反面提示我们，使得"五四"具有起源性意义的，可能恰恰是它与中国革命的内在关联。

同样，在主导1980年代的"五四"观的启蒙主义论述中，"五四"新文化运动的激进一面，它诉诸集体性的社会实践从而与中国革命相联系的一面，也同样被遮蔽了。事实上，当"五四"新文化运动仅仅被理解为一个启蒙运动的时候，它为中国现代文学和现代文化奠基的意义，已经被削弱了。从这个角度反观毛泽东对"新文化"的阐释和构想，不得不承认新民主主义论虽然是一种外部理论，但却敏锐地抓住了"五四"新文化运动与中国革命的内在联系[1]，进而确立了"五四"在现代中国历史叙述中的原点性的地位。

1990年代以来的现代性话语

1995年，严家炎在一篇总结1980年代以来现代文学研究的文章中写道："最近十多年来，人们对这段文学历史开始形成新的观念——着重从中国文学的现代化进程和这段文学所特有的现代性质来考虑，认为'五四'以来的中国文学，是向现代化迈进的与世界文学相沟通的民族文学，是清末以来（也就是20世纪以来）中国文学现代化进程中的一个特定的段落"。[2] 尽管作者遵循惯例，把"现代文学"理解为

---

[1] 参见汪晖：《中国的"五四观"：兼论中国现代文学史和思想史研究的历史前提》，《无地彷徨："五四"及其回声》，杭州：浙江文艺出版社，1994年，第223页。
[2] 严家炎：《新时期十五年的中国现代文学研究》，《中国现代文学研究丛刊》1995年第1期。

"'五四'以来的中国文学",但现代文学作为清末以来中国文学现代化进程的一个特定阶段,已不再能垄断中国文学现代化的主题,"五四"在整个中国文学现代化进程中也不再具有开端的意义。不难发现,除了在现代文学的起点上还沿袭旧说,严家炎的论述大体沿袭了80年代邢铁华、宋剑华和"二十世纪中国文学"论者的思路,"五四"的地位被进一步淡化了。

事实上,在经历了1989年的政治转折以后,1990年代前期思想界对激进主义展开了深入的反思,保守主义随之兴起,"五四"的地位和意义遭受了更为严重的质疑。[1]颇为吊诡的是,正是在对激进主义的批判中,1980年代现代化叙述刻意忽略的"五四"新文化运动的激进面向,反而得以——尽管是作为反面——被再次呈现。针对保守主义思潮的冲击,王富仁在《当前中国现代文学研究中的若干问题》一文中肯定和强调了"五四"对于中国现代文学的奠基性意义,重申"五四"作为现代文学起点的地位,这在某种程度上等于重新确认了"五四"新文化运动的激进面向,确认了现代文学以"五四"为原点的价值取向,同时也构成了对1980年代现代化叙事的某种反省。王富仁表达了对"二十世纪中国文学"概念的不满,认为它"把新文化和新文学起点迁移就大大降低了'五四'文化革命和'五四'文学革命的独立意义和独立价值"。[2]

"二十世纪中国文学"概念的提出者之一钱理群,也对这一概念中

---

[1] 关于90年代初对激进主义的反思,参见汪晖:《中国"新自由主义"的历史根源——再论当代中国大陆的思想状况与现代性问题》,《去政治化的政治:短20世纪的终结与90年代》,北京:三联书店,第124—129页,2008年。
[2] 王富仁:《当前中国现代文学研究中的若干问题》,《中国现代文学研究丛刊》1996年第2期。

的现代化内涵进行了深刻的自我反思。他坦言在1980年代的时代氛围中,对现代化的理解充满了理想主义和乌托邦色彩。1990年代现代化神话的破产,使他不得不从前提上追问究竟何谓"现代":"如何理解'现代文学'这一概念中的'现代'两个字?它是一个'时间'的概念,还是包含了某种性质的理解?那么,文学的现代性指的是什么?"与此密切相关的正是现代文学的起点问题:"现代文学历史的起端:它究竟应按我们所提出的'20世纪中国文学'的概念从上一世纪末(晚清)开始,还是从五四开始?"[1]钱理群没有给出明确的回答,但显然1980年代理解"现代文学"之"现代"的现代化叙事框架已经不再有效了。

钱理群在文中提到了"现代性"的概念,这是1990年代现代文学研究的一个关键词。在此一时代的中国思想界,现代性话语正是作为反思1980年代的现代化叙事和启蒙主义论述的思想资源而被引入的,在这个新的视野下,一些学者对中国革命和社会主义的历史作了不同于前一个十年的评价。[2]然而在现代文学研究界,借用现代性概念对1980年代的反思,却常常是在1980年代的历史延长线上,继续将"五四"相对化,消解其原点地位。如吴晓东就认为"五四"新文化传统是以"现代性"为基本价值及存在依据,这个"现代性"构成了一个"普遍主义的知识体系",具有强大的整合力,反思现代性就意味着在"五四"之外,寻找另外的叙述空间。[3] 这是一种颇具代表性的思路,现代性话语使得现代文学史图景更加趋于多元化,旧体诗词、通俗文

---

[1] 钱理群:《矛盾与困惑中的写作》,《文艺理论研究》1999年第3期。
[2] 参见陶东风:《从呼唤现代化到反思现代性》,《二十一世纪》1999年6月号。
[3] 参见吴晓东:《直面新的文化挑战》,《中国现代文学研究丛刊》1997年第4期;《中国现代文学中的审美主义与现代性问题》,《文艺理论研究》1999年第1期。

学和晚清文学作为现代文学组成部分的资格被进一步合法化。[1] 在这样的视角下,"五四"作为"合法的、不容置疑的现代历史源头"[2],已经显得非常可疑。正如李杨所总结的,以反思现代性面目出现的种种文化多元主义思潮,事实上为向前延伸现代文学起点的努力提供了新的理论动力。[3]

在1980年代,现代化观念还支撑着关于中国文学变革的宏大叙事,1990年代以后,现代性概念则更多地转向日常生活层面,成为一种常识化和弥散性的话语,被广泛地用来描述中国进入现代以后社会生活各层面的变化,以及中国人经历这些变化时的日常经验,而不再具有某种方向感。王一川认为中国现代文学实际上就是中国现代性文学,即中国现代性体验在文学中的表现,而这种现代性体验早在鸦片战争时期就已经开始了,为此他把现代文学的起点放置到了1840年。[4] 如果我们在宽泛的层面上把文学现代性理解为文学对现代经验的表达,那么确实很容易在晚清文学中发现现代性。这方面影响更大的是王德威提出的"被压抑的现代性"命题。在王德威看来,较之沉溺于"感时忧国"的宏大叙事的"五四"新文学,晚清小说中包孕着更为丰富多彩的现代性,却长期处在被"五四"正统压抑的状态。王德威把"现代"界定为一种"自觉的求新求变"的意识,表现在晚清小说中便是种种令人眼花缭乱的文学试验乃至游戏,它们为大变革时代个人欲望

---

[1] 姜涛:《"重写文学史"与90年代的学术进展》,温儒敏等《中国现当代文学学科概要》,北京大学出版社,2005年,第132页。
[2] 贺桂梅:《80—90年代对"五四"的重构》,《中国现代文学研究丛刊》1999年第4期。
[3] 李杨:《"没有晚清,何来五四"的两种读法》,《中国现代文学研究丛刊》2006年第1期。
[4] 王一川:《中国现代性体验的发生:清末民初文化转型与文学》,北京师范大学出版社,2001年,第390—391页。

和情感的倾泻提供了多重表达模式。[1]

王德威虽然大力表彰晚清小说的现代性,但涉及现代文学之起点问题时却不免犹疑,他肯定晚清小说为现代文学之肇始和发端,但又声称无意"'颠覆'已建立的传统,把中国现代文学的源头界定在他处"。这大概是因为他深受后结构主义的影响,把起源话语本身就视为有待破除的神话[2],但在他的论述中,晚清比"五四"更有资格"代表现代中国文学兴起的最重要阶段"这一点却是毫无疑问的。[3]"没有晚清,何来五四?"这句著名的"口号"已经将他的用意和盘托出。

王德威的论述在大陆学界产生了广泛的影响,尤其是苏州大学的通俗文学研究群体,对晚清小说现代性的发掘不遗余力,而且较之王德威,他们更为明确地把现代文学的起点置于晚清。范伯群在"市民大众文学"的范畴里,把1892年开始连载的《海上花列传》视为中国文学现代化的起点。[4] 栾梅健更是自觉地运用现代性的概念,确认《海上花列传》是中国第一部具有现代性的小说,他把这部作品对上海现代都市生活及由此引发的伦理观念的变化的表现,看作现代性的特征,肯定它作为"中国现代文学中的开山之作"的地位。[5] 汤哲声也

---

[1] 王德威:《被压抑的现代性:没有晚清,何来'五四'?》,《想像中国的方法:历史·小说·叙事》,北京:三联书店,1998年,第3—17页。
[2] 见李杨:《"没有晚清,何来五四"的两种读法》,《中国现代文学研究丛刊》2006年第1期。
[3] 王德威:《被压抑的现代性:晚清小说新论》,宋伟杰译,北京大学出版社,2005年,第24—29页。
[4] 范伯群:《在19世纪20世纪之交,建立中国现代文学的界碑》,《复旦学报》(社会科学版)2001年第4期;范伯群:《〈海上花列传〉:现代通俗小说的开山之作》,《中国现代文学研究丛刊》2006年第3期。
[5] 栾梅健:《〈海上花列传〉与中国现代文学的起源》,《文汇报》2006年5月2日;又见栾梅健:《1892:中国现代文学的起源——论〈海上花列传〉的断代价值》,《文艺争鸣》2009年第3期。

持同样的观点,他特别强调了大众媒体作为"现代文学的生产基础"的意义,将其视为现代文学之现代性最重要的一个层面,这显然是由上海这样的现代都市提供的。[1]在另一篇文章中,汤哲声进一步提出,现代通俗文学作家是"将中国传统文化(特别是道德文化)作为是非的价值标准付诸于现代生活的文学实践者",这是现代通俗文学独特的现代性的体现,从这个角度来看,现代文学的发生期应该从晚清的通俗文学算起。[2]

对于王德威和苏州大学通俗文学研究群体挖掘晚清小说现代性并将现代文学起点前移的努力,学术界反响和评价不一。[3]不难看出,他们对晚清小说现代性的理解,相当程度上侧重于晚清都市(特别是上海)繁复多样、混杂多变的生活经验,正是现代都市的日常体验和文化生产条件为晚清小说的新变和繁荣提供了温床,那么在多大程度上,晚清小说的现代性来自于作家自身"自觉的求新求变"的意识,来自于作家对置身其中的现代世界的能动而富于创造性的反应,仍然是一个疑问。

晚清文学有多"现代"?

1990年代现代文学研究者对晚清的关注,并非都出于现代性的问

---

[1] 见陈国恩、范伯群等《百年后学科架构的多维思考——关于中国现代文学史起点问题的对话》中汤哲声的发言,《学术月刊》2009年第3期。
[2] 汤哲声:《通俗文学入史与中国现代文学格局的思考》,《中国现代文学研究丛刊》2013年第1期。
[3] 较为深入的剖析见李杨《"没有晚清,何来五四"的两种读法》。批评的声音可见刘成勇《"没有晚清,何来五四"与中国现代文学起点问题》,《吉首大学学报》(社会科学版)2008年第6期;陈美兰:《晚清小说的"现代"辨析——兼议"现代文学的起点在晚清"一说》,《长江学术》2013年第3期。

题意识。"二十世纪中国文学"的提出者之一陈平原,很早就致力于晚清小说的研究,在他那里,晚清主要是作为一种视野和方法,用来建构更宽阔的语境来理解"现代文学的地位和作用"[1],他并不否认"五四"作为现代文学开端的地位,只是强调不应被新文学的自我叙述所限制。陈平原无意将现代文学的起点往前延伸,相反,他对以"五四"为标尺,在晚清文学中寻找新文学的源头的倾向,实际上持警惕的态度。[2]

有意味的是,一些研究者将现代文学的起点移至晚清的时候,恰恰是以"五四"新文学为衡量的标准。范伯群、汤哲声对晚清小说现代性的阐释,除了强调都市现代性的层面外,也包含了对晚清小说启蒙主义特征的发现和辨认,这种启蒙主义论述带有明显的"五四"印记。[3] 另外一些学者则关注梁启超、鲁迅等思想家的表达。章培恒发现,"五四"新文学的一些基本特征,如对人性解放的关注,融入世界文学的自觉,在梁启超、鲁迅晚清时期的论著中就已经出现了。因此他认为应该把现代文学的开端提前至 20 世纪初。[4] 郜元宝更强调鲁迅早期论著中体现的现代文学观念,他倾向于将现代文学的起点限定在 1907 年

---

[1] 陈平原:《走出"现代文学"》,《书生意气》,上海:汉语大词典出版社,1996 年,第 170 页。

[2] 陈平原:《学术史上的"现代文学"》,《中国现代文学研究丛刊》1997 年第 1 期,收入《假如没有"文学史"……》,北京:三联书店,2011 年,第 16—17 页。

[3] 见范伯群:《论中国现代文学起点的"向前移"问题》,《江苏大学学报》(社会科学版)2006 年第 5 期;汤哲声:《通俗文学入史与中国现代文学格局的思考》,《中国现代文学研究丛刊》2013 年第 1 期。此外,杨联芬《晚清至五四:中国文学现代性的发生》(北京大学出版社,2003 年)一书把晚清小说放置在中国文学现代性的发生期,也是着重其启蒙主义的内涵,见第 54—83 页。

[4] 章培恒:《关于中国现代文学的开端——兼及"近代文学"问题》,《复旦学报》(社会科学版)2001 年第 2 期。

左右。[1]这些在十九世纪末二十世纪初出现的接近"五四"新文学的观念,也被视为现代性的表现(或可称为"启蒙现代性"),它们与同时期晚清小说的都市现代性一起,共同构成了中国现代文学的起点。[2]

这样一种混合着都市现代性和启蒙现代性的现代性观念,被孔范今和严家炎自觉地落实到文学史的叙述中。在孔范今看来,梁启超提倡的"诗界革命""文界革命"和"小说界革命"和韩邦庆的小说《海上花列传》,都具有丰富的现代性意味,都可以看作现代文学的起点。[3]在孔范今主编的《中国现代文学史》中,他作了进一步的区分,前者代表了主流文学的现代转型,后者代表了通俗文学的现代转型。前者借助了域外的异质性资源,后者则是承接古典小说的传统,在上海这一现代都市环境中自然演变生成的。两者共同构成了现代文学的发端,时间是在十九世纪末二十世纪初。[4]

严家炎主持编撰的《二十世纪中国文学史》,在处理现代文学的起点时也是类似的思路。这部著作涵盖了十九世纪八十年代至二十世纪末约一百二十年的时段,虽然题为"二十世纪中国文学史",但"其实就是中国现代文学史",也就是说,中国现代文学的起点就在1880年代"中日甲午战争之前的若干年"。[5]严家炎的依据是三个方面的史

---

[1] 郜元宝:《尚未完成的"现代"——也谈中国现当代文学的分期》,《复旦学报》(社会科学版)2001年第3期。
[2] 朱立元、王文英:《以现代性为衡量的主要尺度——也谈中国现代文学史的开端》,《复旦学报》(社会科学版)2002年第4期。
[3] 孔范今:《论中国文学的现代转型与文学史重构》,《文学评论》2003年第4期。
[4] 孔范今:《中国现代文学史》,北京:人民教育出版社,2012年,第5—6页。
[5] 严家炎:《拓展和深化中国现代文学史研究的几个问题》,《山东师范大学学报》(人文社会科学版)2013年第1期。

实,一是1887年定稿的黄遵宪《日本国志》一书中已经提出"言文合一"的主张,比胡适的类似观点早了三十年;二是陈季同现代文学观念引导下的法语文学创作及"世界的文学"观念;三是标志性的文学作品,包括陈季同1890年在法国出版的第一部现代意义上的中长篇小说《黄衫客传奇》及1892年开始连载的韩邦庆的小说《海上花列传》。[1]除了陈季同这一人物的身份较为特殊外,黄遵宪和韩邦庆作为晚清文学改革运动和通俗小说创作的代表人物,恰好分别体现了启蒙现代性和都市现代性,这与孔范今的思路如出一辙。

在《二十世纪中国文学史》的引论中,严家炎明确提出"现代性"构成了二十世纪中国文学(也即现代文学)的重要特征,他对现代性的理解是:"所谓'现代性',除了现代物质生活条件外,更指传统社会转变为现代社会过程中形成的一系列新的知识理念与价值标准。"[2]这一看似全面的定义,将现代性化约为处于同一层面上的一系列指标,忽略了现代性内部不同层面间可能存在的冲突和张力。事实上,启蒙现代性所凭借的"五四"启蒙主义论述,和晚清小说的都市现代性之间,本来就存在着难以调和的紧张关系。因而不难理解,王德威在着力表彰晚清小说的现代性的同时,对严复、夏曾佑、梁启超及早期鲁迅的启蒙论调却大加挞伐,认为与"五四"正统一脉相承。[3]李怡也发出质问:"在晚清的世俗情欲与'五四'的文化启蒙之间,矛盾力量究竟是怎样'整合'的?"[4]

---

[1] 严家炎主编:《二十世纪中国文学史》上册,北京:高等教育出版社,2010年,第7—13页。又见严家炎:《中国现代文学的"起点"问题》,《文学评论》2014年第2期。
[2] 严家炎主编:《二十世纪中国文学史》上册,第3页。
[3] 王德威:《被压抑的现代性:晚清小说新论》,第30—36页。
[4] 李怡:《中国现代文学史的叙述范式》,《中国社会科学》2012年第2期。

将不同层面的现代性强加"整合"和通约,实际上把现代性下降为某种类似最大公约数的东西,从而稀释了现代性概念可能具有的理论含量(如对现代化叙事和启蒙主义论述的反思),现代性几乎成为"现代"的同义反复,逐渐失去了价值指向和阐释效力。

再者,严家炎提出的三条史实相互之间缺乏有机的联系,尽管它们都被贴上现代性的标签。这进一步说明,这里的现代性是仅仅是一系列抽象的指标,可以脱离具体的历史进程而存在。现代文学不再是一个从诞生起便自具形态且不断在历史中绵延生长的文学传统,而成了一系列具有现代性的文学现象的集合。如果是这样,那么现代文学的起点便只是一些可疑的时间标记,而不再具有赋予现代文学自身以价值和方向感的意义。更重要的是,在这样的逻辑下,现代文学的起点可以不断地向前延伸,只要我们能找到更早的具有现代性的文学现象。吴福辉就感慨:"在晚清要寻找文学'现代性'的发生是如此顺理成章,而确定一个公认的起点却难而又难。"[1]刘纳也不无忧虑地指出,如果以"现代性"作为界定的依据,现代文学的起点可以不断往前移动。[2]造成这种令人困惑的局面的,正是新世纪以来把现代性当作一系列抽象的指标这一颇具普遍性的倾向。现代性逐渐蜕变为一种描述性的概念,不再具备分析、反思和批判的效力,也无法为现代文学史的叙述提供内在的动力。

随着对现代性的理解日趋宽泛,晚清文学的现代性和晚清作为现代文学起点的地位,也变得越来越不容置疑。然而,晚清的凸显在很

---

[1] 吴福辉:《寻找多个起点,何妨返回转折点》,《文艺争鸣》2007年第7期。
[2] 刘纳:《新文学何以为"新"——兼谈新文学的开端》,《中国现代文学研究丛刊》2012年第5期。

大程度上只是模糊了之前以"五四"为基点的文学史图景，它本身并没有生产出一种具有内在的清晰视野的文学史叙事，就此而言，即便晚清作为现代文学起点的地位被普遍承认，它也无法获得"五四"曾经具有的原点性的意义。如果我们还愿意把"现代文学"看作一个伟大的文学传统，一种以其持久的意义生产能力深深介入现代中国人精神生活的文学形态，那么晚清真的足以担当它的开端么？

现代文学起点问题的再思考

伴随着现代文学起点的不断前移，现代文学在空间上的范围也在扩大，如果说1980年代，旧体诗词和通俗文学能否纳入现代文学尚引发争议，到了新世纪，"尽管目前仍有学者坚持绝对排斥的立场，但现代文学界越来越趋于将其视为现代文学的组成部分"。[1] 现代文学领域的扩展，使得其整体面目和价值取向日益模糊，"'现代文学'之'现代'，越来越趋近于一种历史概念、时间概念，而非一种排斥性的价值概念"。[2] 这也引起了一些学者的疑虑，甚至认为会危及学科的合法性。在陈国恩看来，把晚清文学当作现代文学的起点，实际上"取消了学科独立存在的基础"[3]。温儒敏注意到，现代文学的起点向晚清前移，通俗文学等"非新文学"登堂入室，这些趋势使得"五四"新文学的地位日渐下降。如果不能确立某种价值评价标准，多元共生就会流

---

[1] 秦弓：《现代文学研究60年》，《文学评论》2009年第6期。
[2] 姜涛：《"大文学史"与历史分析视野的内在化》，《文学评论》2013年第6期。
[3] 见陈国恩、范伯群等《百年后学科架构的多维思考——关于中国现代文学史起点问题的对话》中陈国恩的发言，《学术月刊》2009年第3期。

于相对主义,这会牵涉到现代文学学科"安身立命"的问题。[1] 陈平原的态度相对平和,他认为"现代文学"从哪里开始,可以自己确定,只要言之成理即可。不过他也提醒道:"学者必须有自己的价值立场,拣到篮里都是菜,凡20世纪生产的文化产品,全都等量齐观,那不是学者应有的态度"。[2]

事实上,在关于现代文学起点的讨论中,一直有学者坚持以1917年"五四"文学革命为现代文学的起点[3]。除了孔范今和严家炎主编的文学史外,大多数现代文学史著作和教材也都固守着这一立场。[4]然而,要提出新颖且有说服力的阐释,却不是一件容易的事。关键的问题仍在于,如何理解"现代文学"的"现代"?

一般情况下,大部分人都同意,"现代"不只是个时间的概念,或者

---

[1] 见温儒敏:《现代文学研究的"边界"及"价值尺度"问题——对中国现代文学研究现状的梳理与思考》,《华中师范大学学报》(人文社会科学版),2011年第1期;温儒敏《再谈现代文学史写作的"边界"与"价值尺度"——由严家炎〈二十世纪中国文学史〉所引发的研讨》,《学术月刊》2011年第12期。

[2] 见陈平原、王德威、藤井省三《中国现代文学研究的方向》中陈平原的发言,《学术月刊》2014年第8期。

[3] 除了前面提到的王富仁以外,持这一立场的还有朱文华、许志英、瞿业军、施军、陈国恩、温儒敏等人,见朱文华:《我的几个基本观点》,《复旦学报》(社会科学版)2001年第5期;许志英:《量变起点与质变起点》,《东方论坛》2002年第4期;瞿业军:《现代文学史起点小议》,《东方论坛》2002年第4期;施军:《谈中国现代文学的起点问题》,《齐鲁学刊》2004年第2期;陈国恩:《文学革命:新文学历史的原点》,《社会科学辑刊》2007年第1期;温儒敏:《再谈现代文学史写作的"边界"与"价值尺度"——由严家炎〈二十世纪中国文学史〉所引发的研讨》,《学术月刊》2011年第12期。

[4] 如钱理群、温儒敏、吴福辉《中国现代文学三十年》(修订本)(北京大学出版社1998年版)、黄修己主编《20世纪中国文学史》(中山大学出版社1998年版)、郭志刚、孙中田主编《中国现代文学史》(高度教育出版社1999年版)、程光炜等主编《中国现代文学史》(中国人民大学出版社2000年版)、朱栋霖、朱晓进、龙泉明主编《中国现代文学史(1917—2000)》(北京大学出版社2007年版)等。

不应该只是个时间的概念,然而在现代文学研究界,"现代"确实有向单纯的时间概念滑动的趋势,这是因为既有的新民主主义论、现代化叙事、现代性话语都不再能够令人满意地解释"现代"了,新的研究成果也未能赋予"现代"以新的意义。在这种情况下,有的学者提出放弃或搁置语义含混的"现代文学"概念,重新启用内涵明晰的"新文学"概念[1];或者对"现代文学"和"新文学"做出新的区分,用"新文学"指称"发端于文学革命的一个新的文学传统","现代文学"则"包容源于二十世纪初年的一切文学,是多个传统的集合"。[2]

如前所述,"新文学"是新文学创立者的自我命名,其隐含的新/旧二元对立的结构包含着强烈的价值指向,这种价值指向是由其自身赋予的。这样便带来一个两难的局面,如果我们在历史现象的层面上,把"新文学"作为对一个研究对象的命名,就意味着放弃它内在的价值指向,那么"新文学"之"新"便充满了不确定性而无法落到实处。[3]如果我们在使用"新文学"概念时还想兼顾对象的意义与性质,那么我们就只能回到新文学内部,而无法获得一个从外部考察和评价的立足点。命名本身应该包含着我们对对象的认识和理解,"新文学"作为概念无法满足这样的要求。

---

[1] 朱寿桐和刘纳持这种主张,见朱寿桐:《"汉语新文学"概念建构的理论意义与实践价值》,《学术研究》2009年第1期;徐志啸、朱寿桐:《宏观认识中国文学——关于文学史若干问题的对话》,《文艺研究》2014年第4期;刘纳:《新文学何以为"新"——兼谈新文学的开端》,《中国现代文学研究丛刊》2012年第5期。
[2] 王风:《文学革命的胡适叙事与周氏兄弟路线——兼及"新文学"、"现代文学"的概念问题》,《中国现代文学研究丛刊》2006年第1期。
[3] 李怡正是在这个意义上指出了"新文学"概念的有限性,"新/旧"的二元对立关系在历史中总在不断移动,很难将对象的性质确定下来,见李怡:《中国现代文学史的叙述范式》,《中国社会科学》2012年第2期。

另外一些学者则试图发明新的概念,如"现代中国文学"[1]、"民国文学"[2]等,但它们显然无法取代"现代文学"这一概念,也不能真正解决"现代文学"之为"现代"的问题。我们终究还是要面对这个具有原理性的问题:什么是"现代文学"的"现代"?

在这里笔者尝试给出自己的粗浅的回答,并由此对现代文学的起点问题作一些初步的再思考。首先我们可以把现代理解为西方十五至十六世纪发生的一系列巨大的全方位社会变革的结果,伴随着文艺复兴、宗教改革和启蒙运动的兴起,西方进入了一个新的历史阶段,在与古代和中世纪断裂的意义上,这个历史阶段被界定为"现代",它一直绵延至当下。而对中国这样的非西方国家来说,现代是伴随着西方资本主义的扩张和入侵而来临的。这样来看,可以说中国自1840年鸦片战争后进入了现代。中国人开始意识到他们身处在一个与此前截然不同的现代世界,但这种意识充分地表现在文学上却相对滞后,大概要等到1890年代以后。如果我们把现代性不是当作一系列指标,而是看作一个历史过程及其在政治、经济、文化、社会各个领域带来的变化的话,那么可以说1890年代以后的中国文学获得了某种现

---

[1]"现代中国文学"的提出者有周晓明和朱德发,见周晓明:《从"中国现代文学"到"现代中国文学"——关于现代文学基本学科意识和文学史观念的思考》,《文学评论》2000年第4期;朱德发《重构"现代中国文学"学科意识》,《福建论坛》2002年第2期。

[2]"民国文学"最早是由陈福康提出的,见陈福康:《应该"退休"的学科名称》,原载1997年11月20日《文学报》,收入《民国文坛探隐》,上海书店出版社,1999年。后来经由张福贵、李怡、丁帆、张仲良等人的阐发,影响逐渐扩大,在近年来的现代文学研究界颇为引人瞩目。需要指出的是,张福贵和丁帆直接把"民国文学"的上限1911或1912年当作现代文学的起点,显然是没有说服力的,见张福贵:《从"现代文学"到"民国文学"——再谈中国现代文学的命名问题》,《文艺争鸣》2011年第7期;丁帆:《给新文学史重新断代的理由——关于"民国文学"构想及其他的几点补充意见》,《中国现代文学研究丛刊》2011年第3期。

代性。

然而，是不是具有现代性的文学就可以被称为"现代文学"了呢？答案并没有那么简单。当晚清的思想家和文人意识到中国所经历的前所未有的巨变，而且这种巨变给中国带来了深重的危机的时候，他们尝试用文学来应对和表现这种变化。但是这种应对和表现自觉或不自觉地仍是借助于传统的文学体裁和表达模式。梁启超对小说寄予刷新中国政治的厚望，将其提升到前所未有的高度，然而这一期待却是以小说固有的感染读者的效力为前提的。另一方面，依托于上海的现代都市文化生产的条件，晚清的小说繁盛一时，但现代都市文化并没有从根本上改变小说的形态，恰恰相反，它使得小说作为一种文化消费品的传统功能得到了淋漓尽致的实现。晚清的小说家对现代中国的表现虽然也融入了一些新观念，但这些观念大多是以"文明"面目出现的现代都市生活赋予他们的，很难说是一种自觉的倡导。换言之，他们更多地是在被动地适应变化，而不是主动地寻求改变。因而，无论是梁启超、黄遵宪的理论主张，还是晚清小说家的创作实践，都没有完全脱离中国文学既有的传统。传统成了他们应对和表现"数千年未有之变局"的工具和资源。

晚清小说及此后的通俗小说仍处在古代文学的历史延长线上，"五四"新文学的创立者虽然发明了"新/旧"二元对立的模式，强调新文学取代旧文学的正当性，但这不过是为了确立新文学的合法性而采用的论述策略，实际上新文学并未取代传统文学。新文学兴起后，传统体式的旧体诗文、通俗小说依然存在和发展。[1] 这样看来，晚清文

---

[1] 参见刘纳：《五四能压抑谁？》，《社会科学战线》2009年第1期。

学和"五四"以后的传统文学可以看作古代文学在现代的延续,它们可以具有某种"现代性",但却还不能称为真正的"现代文学"。

只有"五四"文学革命创立的新文学,是在已有的传统之外自觉地开辟的全新的文学形态,称得上是真正意义上的"现代文学"。与晚清文学不同,以1917年"五四"文学革命为开端的现代文学,运用全新的文学语言,在创造性地表达了中国人丰富多样的现代经验的同时,主动将自身与中国的现代进程紧密地联系起来。现代作家有意识地赋予个人的文学事业以意义,这种意义并非西方的话语所能限定,也不是既定的传统所能涵盖,它来自主体能动的实践。从诞生起,现代文学所理解的"文学"就不是一个完全自律的范畴,而是一种自觉地与民众联结的文化实践,一个向社会生活敞开的、不断扩展其边界的空间,一个向不确定和有待召唤的未来延伸和展开的传统。现代文学也由此成为现代中国人建构自身之主体性的努力的一部分,这就是现代文学之为"现代"的所在。

当我们把现代文学的开端界定在"五四"的时候,我们针对的是作为研究对象的"现代文学",至于作为学科的"现代文学",则没有必要受此限制,固守"五四"的边界。至少,我们在处理和把握现代文学的诞生这一课题的时候,晚清仍是不可或缺的参照和背景。作为学科的"现代文学",可以也应该容纳一切对"现代"有所意识的文学形态,不必为缺少一致的价值取向而感到焦虑。或许,只要摆脱了因价值立场多元化而生的学科危机感之后,我们才能够平心静气地讨论现代文学的起点和发生的问题。

(原刊《文学评论》2015年第4期)

"早期现代中国"论述的谱系与可能性

近四十年来,欧美中国学界出现了一系列以"早期现代中国"(early modern China)为主题的论著。早期现代中国论述体现了从长时段和全球视野中探索中国现代性的起源与路径的努力,在观点和方法上均代表了欧美(主要是美国)中国学研究某种新的路向,其得失利病均有值得借鉴和参考之处。本文以其中较有代表性的论著为线索,梳理早期现代中国论述的脉络,并尝试探讨其为近现代中国史——尤其是文学史——研究提供的可能性。

"早期现代"概念在欧美中国史研究中的运用

"早期现代"概念最早由二战后的德国历史学家提出,用来指称中世纪和现代之间的过渡阶段,大体涵盖自十五世纪初文艺复兴至十八世纪末法国大革命和英国工业革命之间约四百年的时间。[1]随着1960至1970年代现代化思潮的兴起,"早期现代"在英、德学界逐渐发展为独立的学科,它强调从将近四百年的长时段的历史演化进程来理解西方现代性的发生,同时注重欧洲不同区域内历史变迁节奏之间的差异与可比性。[2]上世纪70年代,"早期现代"概念开始被系统地引入中国史的研究。1973年,研究中国和内亚的历史学家傅礼初(Joseph Fletcher)在《整体史:早期现代的平行现象与相互联系(1500—1800)》这篇具有开创性的论文中,总结了1500—1800年间欧亚大陆出现的包括人口增长、城市化、商业阶层崛起等在内的七种平行现象,认为它们代表了早期现代世界的共同特征。傅礼初指出,这些在看似相互隔绝的不同地区(特别是欧洲和中国)发生的平行现象之间存在着相互联系(interconnections)和横向连续性(horizontal continuity),它们是"某些相同、互相联系的,或至少是相似的人口的、经济的甚至是社会的力量"的产物。[3]

---

[1] Wolfgang Reinhard, "The Idea of Early Modern History", in Michael Bentley ed. *Companion to Historiography* (Abingdon: Routledge, 1997), p. 272.

[2] 刘寅:《勒高夫与"长中世纪"》,《文汇学人》2018年03月23日。

[3] Joseph Fletcher, Jr., "Integrative History: Parallels and Interconnections in the Early Modern World, 1500 - 1800," *Journal of Turkish Studies* 9(1985),中文译文见傅礼初:《整体史:早期近代的平行现象与相互联系(1500—1800)》,《清史译丛》第十一辑(2013年)。

傅礼初的论文为在长时段视野中探讨中国现代性的起源提供了启示,同时也奠定了此后早期现代中国研究的比较范式。战后美国的中国近代史研究基本上处于费正清学派的"冲击—回应"范式的笼罩之下,以鸦片战争作为现代中国的起点,对于那些想要摆脱这一历史叙述框架的研究者来说,"早期现代"概念的吸引力是显而易见的。1980年代出现了一系列运用"早期现代"概念分析中国现代性历程的论著,其中较有代表性的是罗威廉(William T. Rowe)对汉口的研究。作者"尝试着提供了一幅所谓'现代早期'汉口城市社会的全景,时段是从十六世纪后期远距离商业的长足发展开始,到十九世纪最后十年工厂工业出现之前,并且试图把这些认识扩展到对全国城市的一般性认识。一个潜在的前提条件乃是这一时期的许多中国城市与同一阶段的西方城市一样拥有许多相同特征,这说明可以将两者看作可供比较的社会单元。"[1]在一篇访谈中,罗威廉明确表示"不赞成过分强调来自西方的影响",认为早在鸦片战争之前,中国就已经出现了一系列"早期现代"现象,包括人口的增长和跨地域的流动,商会、慈善机构等强大而又形式多样的地方性组织的建立等等。[2]不难看出,罗威廉一方面强调中国的现代源于其自身的内在动力,另一方面他用以衡量中国早期现代性的标准仍然取自同时期的西方经验。前者使他接近柯文倡导的"中国中心观",后者则让他有陷入欧洲中心主义的危险。这种历史观与方法论之间的内在冲突,在1980年代的早期现代中国

---

[1] 罗威廉:《汉口:一个中国城市的冲突和社区(1796—1895)》,鲁西奇、罗杜芳译,北京:中国人民大学出版社,2008年,第413页。该书英文版出版于1989年。
[2] 褚国飞:《美国中国史研究模式呈现多样化:访美国约翰·霍普金斯大学罗威廉教授》,《中国社会科学报》2010年7月29日。

研究中并不鲜见。

1998年,《代达罗斯》(Daedalus)杂志推出了一期"早期现代性"专号,也在某种程度上表现出这种历史观与方法论之间的矛盾。社会学家艾森斯塔德和施路赫特为这个专题撰写的导论中指出,"早期现代性"理论实际上是对1950至1960年代以来的现代化理论的一种反思,现代化理论主张西方为世界各地的现代化提供了一个统一的标准,"早期现代性"理论则认为非西方地区的现代性虽然以西方原初现代性为参照,但并非后者的翻版,而是有着各自的路径。他们由此提出复数的"早期现代性"概念(early modernities),主张在跨文化的意义上探讨早期现代性现象的丰富性。然而,当他们从欧洲的早期现代经验抽绎出若干用于比较的基准——民族国家的形成、市民社会的出现、资本主义经济的兴起——时,某种欧洲中心主义的尺度已隐含其中。[1] 这一期专题上魏斐德的文章,便引入"公共领域"(public sphere)的概念探讨明清士大夫阶层的思想与政治实践,尽管他强调中国的公共领域与国家的关系与西方的迥然不同。[2]

事实上,早期现代中国研究惯常使用的比较方法,往往自身就包含了欧洲中心主义的前提,因为比较需要标准,而这些标准的选择除了比照西方的历史经验之外似乎别无他途。柯文后来在《在中国发现历史·新版序言》中对这种倾向表达了担忧:"在克服了一种视中国无

---

[1] Shmuel N. Eisenstadt and Wolfgang Schluchter, "Introduction: Paths to Early Modernities: A Comparative View," *Daedalus*, Vol. 127, No. 3, Early Modernities (Summer, 1998).

[2] Frederic Wakeman Jr., "Boundaries of the Public Sphere in Ming and Qing China," *Daedalus*, Vol. 127, No. 3, Early Modernities (Summer, 1998). 关于魏斐德的论述,可参见孔诰烽《从"早期现代性"、"多元现代性"到"儒家现代性"》,《读书》2002年第4期。

力自我转变而要靠西方引进现代化的偏见后,我们是否无意中又对中国历史形成了另一种偏见,即中国历史只有那些符合西方现代化定义的发展轨迹才值得研究?"[1]杨念群也认为,"早期现代"的核心论述似乎仍难逃用西方标准考量中国历史成败得失的嫌疑。[2]

不过,同样值得注意的是,早期现代中国论述通过引入西方作为参照系,重新把中国纳入到跨文化的全球的视野中,一定程度上突破了"中国中心观"单纯的内部取向。[3]一些早期现代中国的研究者,更强调中国自十六世纪起,就已经被整合入世界体系(而不是等到鸦片战争之后),他们是在更长时段的中国与西方以及世界其他地区的互动中,发现了中国的早期现代特征。正如克劳森所指出的,早期现代中国论述在全球史的框架中,打开了新的比较的视野,这也构成了早期现代中国研究最有启发的一面。[4]

例如,柯律格(Craig Clunas)在指出明末的物质文化和消费主义与早期现代欧洲的相似之处的时候,就认为明末的商品经济,正是由

---

[1] 柯文:《〈在中国发现历史〉新序》,朱政惠编《美国学者论美国中国学》,上海辞书出版社,2009年,第247页。

[2] 杨念群:《中国人文学传统的再发现——基于当代史学现状的思考》,《中国人民大学学报》2015年第6期。

[3] 董玥对柯文的"中国中心观"有过中肯的批评:"中国在历史上长期以各种方式与世界交往,而在19世纪以后更是与世界上发生的一切息息相关。可以说如果我们不在全球视野下把握中国问题,便不可能对近现代中国有真正的理解。'中国中心的历史'是不可能的,甚至会误导视线。近现代的中国,不论是在历史实践还是在思想上,都不是孤立于世界之外的,史学家所采用的研究的视角当然也应当是世界视角",见《导言》,董玥编《走出区域研究:西方中国近代史论集粹》,北京:社会科学文献出版社,2013年,第5页。

[4] Søren Clausen, "Early Modern China: A Preliminary Postmortem", http://www.hum.au.dk/ckulturf/pages/publications/sc/china.htm. 原文发表于2000年4月。

于当时中国日渐融入发展中的世界贸易体系而兴盛起来的。[1] 有趣的是,柯律格将晚明界定为"早期现代",并非认同欧洲经验的普遍性,反而是要挑战欧洲学者对非西方经验的无视,指出欧洲学者的盲区,破除他们惯有的那种将中国作为对立面而他者化的认知。"早期现代"并非欧洲的专利,在中国也同样可见,且表现毫不逊色。[2] 在这里我们看到,在全球史的视野中,一个来自西方经验的概念,以一种微妙的方式被用来挑战西方知识的霸权。

"早期现代中国"论述的目的论难题

当研究早期现代中国的学者运用比较的方法,在 1500 至 1800 年间的中国和欧洲发现诸多平行和类似现象的时候,他们不得不面对一个难题:为何两者最终分道扬镳? 为何中国并未像欧洲那样,从早期现代发展出成熟的现代? 克劳森用一种略带讽刺的口吻说道:"我们越是努力地在 1500 至 1800 年间的欧洲和中国发现平行的轨迹,我们就越是想不通该如何解释这些平行轨迹最终导向的完全不同的结果。"[3] 实际上,傅礼初一开始就意识到:"我们强调了早期近代的种种连续性。十九世纪,各种连续性继续存在并增多,但到了 1850 年,现代的巨大断裂(discontinuity)令我们惊讶不已:西方的巨大发展很

---

[1] 柯律格:《长物:早期现代中国的物质文化与社会状况》,高昕丹、陈恒译,北京:三联书店,2015 年。该书英文版出版于 1991 年。
[2] 柯律格:《长物:早期现代中国的物质文化与社会状况》,第 148 页;又见 Craig Clunas, *Pictures and Visuality in Early Modern China* (London: Reaktion Books, 1997), p. 10.
[3] Søren Clausen, "Early Modern China: A Preliminary Postmortem", http://www.hum.au.dk/ckulturf/pages/publications/sc/china.htm.

快就使它在全球占据了主导地位。"[1]但傅礼初并未对这一令人惊讶的巨大断裂做出阐释。柯律格也注意到,"资本主义萌芽"在早期现代欧洲最终得以兴盛和壮大,而在同时期的中国则不可避免地以"失败"告终。他认为对于"资本主义社会在欧洲的独特发展",还需要在更深入的层面上做出解释。[2]然而,欧洲的"独特"性与早期现代世界的平行现象之间如何协调,依然悬而未决。

另外一些学者正是由此认为,所谓早期现代中国与欧洲的相似性只是表面现象,掩盖了中西之间更深层次的差异,他们因而反对将"早期现代"的概念运用于中国研究。这方面的代表人物是高彦颐(Dorothy Ko),她在《闺塾师:明末清初江南的才女文化》一书的绪论中表示:"本书探讨的许多社会趋势和制度,确实与早期现代欧洲有许多表面的相似,明显之处有:女性文学水平的提高、女作家的出现、作为文化消费者的城市读者和观众的重要性的增加、对家庭生活和情感这样一些私领域的重新认识等。然而,这些表面的相似,却掩盖了社会结构、政治制度和历史变化等方面的本质差异。"她因此"抑制住把中国和其他国家历史作比较的冲动",她认为"用'早期现代'并不能说明问题,而是使人更加迷惑",从而选择"明末清初"这一更简单的指称。[3]金士杰(Jack A. Goldstone)亦持大致类似的观点:"尽管我非常赞同(同时也希望能对此类研究尽一份力)在工业化之前,整个欧亚大陆经济和政治的主要发展过程有着重要的相似性,但是这种在早期

---

[1] 傅礼初:《整体史:早期近代的平行现象与相互联系(1500—1800)》。
[2] 柯律格:《长物:早期现代中国的物质文化与社会状况》,第130页。
[3] 高彦颐:《闺塾师:明末清初江南的才女文化》,李志生译,南京:江苏人民出版社,2005年,第26—27页。该书英文版出版于1995年。

现代性的大标题下的认可仅仅是废除了某些旧错误,并未解决依然困扰我们的'西方崛起'问题。"他强调了欧洲尤其是英国的特殊性,进而认为"早期现代"的提法本身是一种误导。[1] 有意思的是,金士杰之前亦曾用"早期现代"来概括十六世纪末至十七世纪初欧亚大陆各国共同面临的危机及其引发的动乱,他当时即已认识到,尽管承受着类似的压力,但各国应对挑战和重建秩序的方式却非常不同,并最终导致完全不同的结果。[2] 或许正是对这种路径差异性的认识,使得他最终放弃了"早期现代"这一概念。

与金士杰相比,加州学派的另一位代表人物彭慕兰(Kenneth Pomeranz)对"早期现代"这一概念的态度更为复杂。他的名作《大分流:欧洲、中国及现代世界经济的发展》探讨的正是十八世纪以降欧洲和中国的分道扬镳。彭慕兰认为,1800年以前欧洲和中国的日常经济具有大致相似的发展水平和发展趋势,不存在足以解释十九世纪的工业化或欧洲人的巨大成就的西欧优势。欧洲——特别是英国——的异军突起,看上去更像是一种历史的偶然,取决于英国特殊的资源禀赋、地理环境和国内外的政治形势。[3] 彭慕兰认可"早期现代"的概念具有合理性,但他同时提醒"这并不意味着'现代性'注定会随之而来"。世界各地的早期现代化并不必然走向现代化,这一转化所依赖

---

[1] 金士杰:《既非帝国后期,亦非早期现代:盛期与世界历史中清的形成》,司徒琳主编《世界时间与东亚时间中的明清变迁》下卷,赵世瑜等译,北京:三联书店,2009年,第309—310页。
[2] Jack A. Goldstone, *Revolution and Rebellion in the Early Modern World* (Berkeley: University of California Press, 1991).
[3] 彭慕兰:《大分流:欧洲、中国及现代世界经济的发展》,史建云译,南京:江苏人民出版社,2004年。该书英文版出版于2000年。

的种种条件"绝不是必然发生的,甚至不是可能发生的"。[1] 这种诉诸"偶然性"来消解"早期现代"论述中的目的论困境的做法,似乎并不是那么有说服力,"大分流"说在历史学界也引起了很大的争议。[2]

汪晖对"早期现代"概念做出了自己的解释,他强调,使用"早期现代"这一概念并不等同于认可现代性的目的论。在他看来,"早期现代"概念针对的主要是那种将十九世纪欧洲资本主义及其扩张作为现代性根源的叙事,因此它包含着将"现代"从欧洲资本主义的单一框架中解放出来的可能性。换言之,"早期现代"是现代资本主义之前那个包含了其他更丰富的脉络的"现代",对汪晖来说,这只是个临时性的概念,因为找不到其他合适的语词来描述西方殖民主义势力侵入之前中国已经发生的种种变化及其蕴含的可能性。因而在汪晖那里,"早期现代"观念恰恰是反目的论的,"早期现代"正因为不必走向资本主义现代性而获得了自己的价值,成为一种反思性的框架。[3] 然而,当汪晖更多地把"早期现代"当作一种反思现代性的思想资源和批判性的视角的时候,他并没有回答作为历史现象的"早期现代"的归宿及其与"现代"之关系的问题。"早期现代"中"早期"一词所暗含的线性叙事的意味,依然是一个棘手的难题。

概念的交错:"近世"、"近代"与"早期现代"

美国的早期现代中国研究除了受到欧洲史学的影响,还有一条来

---

[1] 朱天元、彭慕兰:《"历史的终结"只是偶然的历史产物》,《经济观察报》2018 年 3 月 26 日。
[2] 对彭慕兰的批评,参见裴广强:《想象的偶然——从近代早期中英煤炭业比较研究看"加州学派"的分流观》,《清史研究》2014 年第 3 期。
[3] 参见汪晖:《关于"早期现代性"及其他》,《中华读书报》2011 年 1 月 19 日。又见汪晖、邹赞:《绘制思想知识的新图景——清华大学汪晖教授访谈》,《社会科学家》2014 年第 3 期。

自日本汉学的脉络,即京都学派的"宋代近世说"。1922年,内藤湖南发表《概括的唐宋时代观》一文,提出"唐代是中世的结束,而宋代则是近世的开始",并从政治、经济和文学等各个方面加以论述。[1]后来宫崎市定继承了内藤的观点,在《东洋的近世》一书中进一步深入而细致地阐述宋代作为近世社会的特征,认为宋代社会经济的发展、城市的发达、知识的普及以及民族主义的勃兴,可与欧洲的文艺复兴相比。[2]如果说在内藤湖南史学中,"中国的'近世'归根结底是在中国的历史发展中具有独自的内在整合性的时代"[3],那么宫崎市定则自觉地在东西比较的视野中界定和描述东洋的近世现象。值得注意的是,宫崎市定指出宋代的文艺复兴发生在欧洲文艺复兴之前,后者反而是通过跨越欧亚大陆的蒙古帝国而受到前者的影响。而宋代之所以能够走向"近世",也与大运河的开通这一具有世界史意义的事件有关。大运河将横贯亚洲的南北海陆两大干线的东端贯通了起来,大运河由此成为世界循环交通路线中的一环,这极大地推动了唐代以后的商业发展,为宋代近世文明的出现奠定了基础。[4]宫崎市定的世界史的眼光,拓展了"近世"的内涵。

不过,中国虽然比欧洲更早地进入"近世",却从此停滞不前。而欧洲在经历了工业革命之后,则率先从"近世"迈入"近代"。需要说明的是,日语中的"近代"即"现代"(modern)之意。宫崎市定没有详细论

---

[1] 内藤湖南:《概括的唐宋时代观》,刘俊文主编《日本学者研究中国史论著选译(第一卷)·通论》,黄约瑟译,北京:中华书局,1992年,第10—17页。
[2] 宫崎市定:《东洋的近世》,张学锋等译,北京:中信出版社,2018年,第3—127页。
[3] 傅佛果:《内藤湖南:政治与汉学》,陶德民、何英莺译,南京:江苏人民出版社,2016年,第237页。
[4] 宫崎市定:《东洋的近世》,第120—121、25—28页。

述欧洲取得这一飞跃的原因,只是简单地说,"个中原因,应该归结为西洋文艺复兴本身所具有的内发性的动力,而这股动力要远胜于东洋",虽然西洋与东洋的交往始终没有断绝。宫崎市定接下来指出,构成欧洲工业革命和政治革命之动力的那些养分,长远来看,最终会"渗透到整个世界"。[1] 言下之意是,东洋的"近代",仍有待于欧洲现代性在全球范围的扩展。在京都学派的论述中,中国的"近世"和"近代"之间隔着巨大的鸿沟,中国无法靠自己的力量从"近世"走向"近代",而只能等待欧洲的冲击。

京都学派的历史分期观念,战后被美国日本研究的奠基人赖肖尔(Edwin O. Reischauer)引入到他与费正清合著的教科书《东亚:伟大的传统》中,对美国的中国研究产生了深远影响。[2] 该书第六章《晚唐和宋:中国文化的黄金时代》专门列一节论述"中国的早期现代社会",宋代以降中国社会出现了很多类似现代都市文明的特征,称其为"早期现代社会"并无不妥,同时又强调与欧洲相比,这只是一种"半途而废的发展"(a truncated development)。[3] 后面又从贵族制的消失、新的"士绅"阶层的出现、社会的城市化等方面描述"中国早期现代社会"的面貌,基本上都取自京都学派。1983 年,杨联陞在一封信中明言,内藤湖南"以宋代为'近世'(Early Modern),从政治、经济、社会文化诸方面立论,……此断代法(所谓'时代区分')影响颇巨。不但日本有"内藤史学'之说,欧美亦复风靡,学报且有专文

---

[1] 宫崎市定:《东洋的近世》,第 126 页。
[2] 见黄宗智:《探寻中国的现代性》,《读书》2008 年第 8 期。
[3] Edwin O. Reischauer,. and John K. Fairbank, *East Asia : The Great Tradition*. (Boston: Houghton Mifflin Company, 1960), p. 220.

论列"。[1]可见 early modern 已成为"近世"的通译。

需要指出的是,由于京都学派强调"近世"(early modern)与"近代"(modern)之间的断裂,因而与费正清学派的"传统/现代"二元对立的图式在根本上并不冲突。在费正清和赖肖尔的论述中,"早期现代"仍然属于传统内部的变动。而到了1980年代以后,在欧洲史学的影响下,美国中国学界的"早期现代"论述逐渐开始形成独立的论域。[2]与"宋代近世说"不同的是,一般而言,1980年代以来的早期现代中国论述更强调十六世纪的断代意义,且对"早期现代"与"现代"之间关系的认识和思考包含着更强烈的紧张感。不过,无论是像罗威廉那样倾向于从"早期现代"中寻找中国现代性发生的内在根源,还是如柯律格那般在全球史框架中定位中国的"早期现代",均可从京都学派中寻找到其端绪,可以说,京都学派构成了后来的早期现代中国研究的一个重要的参照系和对话对象。[3]

与此同时,日本的中国史研究者也开始重新思考"近世"的意义。岸本美绪注意到,日语中的"近世"(kinsei)带有从传统社会中演化出"现代性"的意味(这里主要指内藤湖南的近世观),而"近代"(kindai)一词则侧重于传统社会崩溃后面向西方的努力,后者对西方的压力更

---

[1] 杨联陞:《莲生书简》,北京:商务印书馆,2017年,第446页。
[2] 另外,美国80年代以来的早期现代中国研究,还受到了中国大陆有关资本主义萌芽的研究的启发,参见王晴佳:《创新与求变:欧美中国史研究的传承与新潮》,朱政惠、崔丕主编《北美中国学的历史与现状》,上海辞书出版社,2013年,第89页。
[3] 例如,利伯曼(Victor Lieberman)在指出宋代显示出早期现代的特征之后,又强调1550—1850年间中国的发展既深化又转变了宋代的模式。见 Victor Lieberman, "Transcending East-West Dichotomies: State and Culture Formation in Six Ostensibly Disparate Areas," *Modern Asian Studes*, Vol. 31, No. 3 (Jul., 1997), p. 539.

敏感,价值取向也更明显。[1] 她进而从美国的早期现代中国研究获得启发,提出在"近世"与"early modern"两个概念的对译与对话中,重新激活"近世"概念的理论潜力,"不再试图给'近世性'下实体定义,而是关注过程,即当时世界许多地区在受到大规模变动的冲击时,是怎样以各自不同的方式摸索新秩序的",由此构想"多种多样的'近世化'"。[2]

20世纪初的中国学术界,也曾广泛使用"近世"概念,但并没有明确和统一的内涵。1920至1930年代,"近世"与"近代"经常被混用,到了1940年代,"近世"用例逐渐减少,而被"近代"所取代。[3] 建国后,用作历史分期概念的"近代",获得了明晰的界定,鸦片战争被视为"近代"的开端。尽管史学界和文学界对"近代"下限的划定并不一致(近代史以1949年为下限,近代文学则以1919年为下限),但1840年的起点地位是毫无争议的。有趣的是,美国学界在翻译中文"近代"一词时,也经常使用"early modern"[4],尽管两者的含义并不一致。

虽然没有一个被广泛使用的意义相对明确的分期概念,但自上世

---

[1] 岸本美绪,"Chinese History and the Concept of 'Early Modernities',"方行主编《中国社会经济史论丛:吴承明教授九十华诞纪念文集》,北京:中国社会科学出版社,2006年,第834—835页。

[2] 岸本美绪:《中国史研究中的"近世"概念》,黄东兰主编《新史学(第四卷):再生产的近代知识》,北京:中华书局,2010年,第97页。

[3] 参见:方秋梅:《"近代"、"近世",历史分期与史学观念》,《史学史研究》2004年第3期;周以量:《东亚语境中的中日近世文学》,《日语学习与研究》2009年第2期。

[4] 特别是在翻译"近代文学"概念时,如 David E. Pollard, *Translation and Creation: Readings of Western Literature in Early Modern China*, 1840‐1918 (Amsterdam: John Benjamins Publishing Company, 1998); David Der-wei Wang, "How Modern was Early Modern Chinese Literature? On the Origins of *Jindai wenxue*", *Chinese Literature: Essays, Articles, Reviews*, Vol. 30 (Dec., 2008).

纪1950—1960年代以来,中国学术界也存在着突破鸦片战争的分界,在更长的时段中寻求中国现代性的根源的努力。例如历史学界早就有关于"资本主义萌芽"的讨论,曾经产生广泛而深远的影响。[1] 在文学研究界,任访秋接续民国时期周作人的思路,将新文学的渊源上溯到晚明的文学革新运动。他的理论依据正是晚明"资本主义萌芽"说。[2] 思想史家朱维铮也依据有关晚明出现资本主义萌芽的论述,认为从晚明时起,"近代"即已萌芽,从那时起中国就开始了三百多年的"走出中世纪"的历史过程。他也提到"域外的若干汉学家,很早就有一种看法,认为十世纪即北宋王朝建立后,中国社会曾进入'准近代'时期"[3],这显然指的是京都学派的"宋代近世说","准近代"亦可理解为early modern的译语。饶有意味的是,柯律格亦曾引用朱维铮的观点,来为他使用"早期现代"概念辩护。[4] "近世"(kinsei)、"近代"、early modern三个概念之间的微妙交错,反映了不同学术传统之间的对话与交流,这也提醒我们,"早期现代中国"的概念并非欧美中国学的闭门造车,而是一面通过吸收欧美主流的史学观念、一面在与日本和中国学界的互动中发展起来的,虽然备受争议,但其理论潜力和活力均不可小视。

回到中国学界的历史分期观念上来,囿于已有的"近代"概念,虽然任访秋和朱维铮都认识到晚明在文学史和思想史上的某种划时代

---

[1] 对这一讨论的学术史梳理,见仲伟民:《资本主义萌芽问题研究的学术史回顾与反思》,《学术界》2003年第4期。
[2] 任访秋:《中国新文学渊源》,北京:河南人民出版社,1986年,第53页。有意味的是,任访秋的近代文学研究在时间范围上仍就恪守鸦片战争的上限。
[3] 朱维铮:《走出中世纪》(增订本),上海:复旦大学出版社,2007年,第4—5、15页。
[4] 柯律格:《长物:早期现代中国的物质文化与社会状况》,第18页。

意义，但并没有赋予这个从晚明开始的新阶段以新的诸如"近世"或"早期现代"这样的命名。在文学研究界，近年来有学者提出"近世文学"的概念，用以指称从古代文学向现代文学转变的过渡时期，其开端划在金末元初，以与以鸦片战争为起点的"近代文学"相区别。[1] 虽然在时段的划分上与"宋代近世说"不同，但"近世文学"的思路显然受到了内藤湖南的影响[2]，大体上仍着眼于中国文学传统的内部。如果说"近世文学"概念有其天然的局限性，而固有观念的惯性使得我们很难想象一个漫长的"近代文学"的话，那么有没有可能在一个长时段而又跨文化的全球视野中，设想某种中国"早期现代文学"呢？

中国"早期现代文学"如何可能

事实上，傅礼初《整体史：早期现代的平行现象与相互联系（1500—1800）》一文在谈到城市新兴商业阶层的崛起这一欧亚大陆各地都发生的平行现象时，就提到了以小说为代表的通俗文化领域的兴起。有趣的是，美国中国学界最早以"早期现代中国"为题的专著正是一部研究清代小说《儒林外史》的著作。罗溥洛1981年出版的《早期

---

[1] 参见郑利华：《中国近世文学与"近代文学"》，《复旦学报》（社会科学版）2001年第5期；郑利华：《论中国近世文学的开端问题》，《复旦学报》（社会科学版）2002年第2期。章培恒、骆玉明主编的《中国文学史新著》，也采用了上古、中世和近世的分期法，并明确指出"中国的近世文学至迟在金末元初就已开始"，见《中国文学史新著》上卷，上海：复旦大学出版社，2007年，第18页。

[2] 参见邵毅平：《章培恒先生学术因缘述略》，载《中国古典文学论集》，上海古籍出版社，2013年，第629页。

现代中国的异议:〈儒林外史〉与清代的社会批评》[1]一书透过《儒林外史》涉及的种种社会问题以及小说对这些问题的处理方式,来把握十八世纪中国社会、思想和文学上的变动,作者的观点是,明末清初思想与文学中社会批评的广度、深度及形式,标志着中国已经进入了一个新的阶段,即它自身的现代时期。更重要的是,这一趋势是在不受西方影响的情况下发生的。[2]作者反复强调这一点,体现了柯文所谓的"内部取向"。然而与此同时,罗溥洛又将《儒林外史》《红楼梦》等小说与同时期的英国小说相比较,认为前者表现出与伊恩·瓦特(Ian Watt)在十八世纪英国小说中所发现的"形式现实主义"相类似的特征,从而在中英文学之间建立起某种平行关系。[3]显然,罗溥洛的著作中已经表现出后来的早期现代中国研究中常见的历史观与方法论之间的矛盾。

罗溥洛之后,美国的早期现代中国研究主要集中在社会史领域,以文学为专题的并不多见,不少学者对中国是否存在"早期现代文学"持怀疑态度。如高彦颐虽然承认明末清初女性文学的兴起与发展代表了新的、与早期现代欧洲类似的趋势,且在某种程度上"一直长期延续到现代"[4],但她拒绝使用"早期现代"的标签。另一位女学者罗友

---

[1] Paul S. Ropp, *Dissent in Early Modern China*: "*Ju-lin wai-shih*" *and Ch'ing Social Criticism* (Ann Arbor: University of Michigan Press, 1981). 有意味的是,该书英文原版的封面上有中文题名,原文为"清代中期之社会批评:吴敬梓与其《儒林外史》",并未使用"早期现代"一词。

[2] Paul S. Ropp, *Dissent in Early Modern China*: "*Ju-lin wai-shih*" *and Ch'ing Social Criticism*, pp. 224 - 225, 244.

[3] Paul S. Ropp, *Dissent in Early Modern China*: "*Ju-lin wai-shih*" *and Ch'ing Social Criticism*, 242.

[4] 高彦颐:《闺塾师:明末清初江南的才女文化》,第 25 页。

枝(Evelyn Rawski)在多民族帝国的建构方面承认清朝的早期现代性，但她认为"'早期现代'这个词对探讨清代文学和艺术作品中所表现出的现代意识诸因素没有什么帮助"，清代前期的文人并没有产生与过去相断裂的"现代"心态。[1]

近年来在中国"早期现代文学"研究方面用力最勤的当属密歇根大学文理学院英文系与比较文学系教授博达伟(David Porter)，2010年以来他发表了一系列相关论文，并通过主编刊物专号和专题论文集的形式，推动对中国文学与文化的"早期现代性"的探索。博达伟基本上沿用了比较的方法，特别关注十七和十八世纪的中国小说表现出来的类似英国小说的早期现代特征。他注意到两个国家都出现了白话小说的繁荣，这些小说越来越关注普通民众的生活，尤其引人注目的是情感主题(theme of sensibility)在两国文学中都非常突出。博达伟也意识到比较方法可能隐含着欧洲中心主义陷阱，他的建议是采取一种"更微妙的比较方法"(a more nuanced comparative methodology)。[2]在给《牛津中国现代文学手册》撰写的专题论文中，博达伟回顾了美国的早期现代中国研究，对比较方法引发的质疑做出了回应。他表示，重要的不是从比较中得出的结论是否靠得住，而是这种比较能够帮助我们做出新的发现。类比本身是临时性的，其目的是引出对被比较的两方进一步的洞见。归根结底，比较是一种产生新知识的方法。他以《儒林外史》和同时期英国小说的比较为例，展示了在欧洲中心主义的

---

[1] 罗友枝:《清的形成与早期现代》，司徒琳主编《世界时间与东亚时间中的明清变迁》(下卷)，第255—256页。

[2] David Porter, "Sinicizing Early Modernity: The Imperatives of Historical Cosmopolitanism," *Eighteenth-Century Studies*, vol. 43, no. 3 (2010), pp. 301-302.

框架之外将早期现代的"讽刺"(satire)加以理论化的可能性。[1]

2017年,博达伟为《早期现代文化研究》(*Journal for Early Modern Cultural Studies*)杂志编辑了一期中国专号,其中数篇论文都是以明清小说为主题,采用的也是中西比较的方法。包世潭(Philippe Postel)提出了一个"比较早期现代文学"的计划,他在早期现代的中国和欧洲文学中发现了共同的"情感转向"(sentimental turn)。[2] 另一位作者马宁的论文聚焦于流动性的主题,从贸易、印刷和旅行三个方面考察了明清小说中的早期现代性,并将其与十八世纪英国小说中的"情感文化"("culture of sensibility")相类比。[3] 不难发现,博达伟和这两位学者无论在研究方法、论题还是关注的焦点上都非常接近,可以说代表了欧美(包世潭是一位法国学者)的中国"早期现代文学"研究的一种共同趋向。

除了比较方法隐含的欧洲中心主义陷阱外,博达伟及其同道的研究也无法避免早期现代中国论述中常见的目的论难题。马宁承认明清时期中国文化的本土演进并未导向西欧式的资本主义,正因为此,早期现代中国积累起来的流动性力量只扮演了潜在的颠覆性而非主导性的角色。包世潭也认为,清初才子佳人小说和后来的《红楼梦》对

---

[1] David Porter, "Early Modern Comparative Approaches to Literary Early Modernity", in Carlos Rojas, Andrea Bachner eds., *The Oxford Handbook of Modern Chinese Literatures* (Oxford: Oxford University Press, 2016), pp. 312 - 331.

[2] Philippe Postel, "The Novel and Sentimentalism in Seventeenth and Eighteenth-Century Europe and China: A Modest Proposal for Comparing Early Modern Literatures", *Journal for Early Modern Cultural Studies*, Vol 17, No 2 (Spring 2017), pp. 6 - 37.

[3] Ma Ning, "Cultural Mobility and Chinese Literary 'Early Modernity': Trade, Printing, and Travel in Ming-Qing Vernacular Fictions", *Journal for Early Modern Cultural Studies*, Vol 17, No 2 (Spring 2017), pp. 38 - 81.

情感的关注,没有像欧洲那样向自我意识方向发展。中国没有经历十九世纪欧洲的浪漫主义,个人在意识形态上的重要地位并未得到确认。这些论述实际上多少削弱了比较方法的有效性。在这个问题上,博达伟的态度更为灵活,在他看来,即便二十世纪中国文学并非依照线性的进程从十七和十八世纪中国文学发展而来,将较早的时期界定为"早期现代"也仍然有助于启发我们重新思考现代与过去的关系。"早期现代"概念的价值在于其作为一个可供探讨的观念的实用性(practical utility),而不是作为历史分期的适用性(suitability)。[1] 但这依然只是理论上的设想,很难在具体研究中落到实处。

如前所述,早期现代中国论述的目的论困境正是其比较方法带来的。有没有可能跳出比较研究的范式,在全球史的视野下,通过具体的历史关联来探讨中国"早期现代文学"呢?这里有两个可能的方向。一是将明清文学置于具体的社会史语境中,把握通俗小说兴起等文学变革背后的结构性的社会力量,并将这种力量与早期现代世界体系的形成与重组联系起来。例如,晚明白话小说的兴盛与当时出版市场的繁荣密不可分,而这又与白银输入带来的商品经济的发达有着紧密的联系。通过对一系列中间环节的考察,我们或许可以辨识出文学史动向与全球贸易网络之间隐秘而微妙的关联。另一个方向是重新考察晚明以来以西方传教士为媒介的中西文化交流与接触。以前一般的观点认为明末清初耶稣会士对中国传统文化的冲击有限,其影响只局限于少数士大夫,而且随着清代中期的禁教戛然而止。近年来李奭学

---

[1] David Porter, "Early Modern Comparative Approaches to Literary Early Modernity", in Carlos Rojas, Andrea Bachner eds., *The Oxford Handbook of Modern Chinese Literatures*, p. 314.

等人的研究证明上述观点过于简单化了,耶稣会士的文学翻译已经在中国文学中埋下了"早期现代性"的种子,其用白话译《圣经》的实践更是为"五四"新文学的欧化白话文导夫先路。[1] 有鉴于此,有学者提出"四百年的'现代中国文学史'"的说法[2]。我们未必需要把"现代文学"往前追溯到明代,但在一个跨文化的互动的全球视野中,建立一个上至晚明下迄清末民初的中国"早期现代文学"的概念框架,不失为有意义的尝试,或许能够为中国近现代文学研究打开新的天地。

余论:重思"早期现代"与"现代"

如果我们大体承认晚明(十六世纪中期)以来,中国日益整合到世界体系之中,从而接受"早期现代中国"这一概念的合理性,那么究竟该如何在避免目的论的叙述的情况下,理解和把握"早期现代中国"与"现代中国"之间的联系呢？在这里我想初步地提出自己的一些并不成熟的看法,或者说另外一种思考的可能性。在我看来,中国的"现代"并不是"早期现代"的发展,而是在"早期现代"之外(和之后)另起的"现代",两者并不在一条时间线上。在这里,"早期"只具有时间标记的意义,没有目的论的意义。这个另起的"现代"毋宁说是对"早期现代"的抗衡和纠正,是对后者的一种创造性的反应。

---

[1] 参见李奭学《中国"文学"的现代性与明末耶稣会的文学翻译》、《近代白话文·宗教启蒙·耶稣会传统》等文,均收入作者《明清西学六论》(杭州:浙江大学出版社,2016年)一书。关于传教士对"五四"白话文的贡献,又见袁进主编:《新文学的先驱——欧化白话文在近代的发生、演变和影响》,上海:复旦大学出版社,2014年。
[2] 参见张治:《长达四百年的"现代中国文学史"》,《汉语言文学研究》2018年第2期。

大体而言，晚明以降，伴随着中国深度卷入全球贸易网络和世界体系，中国社会和文化的流动性不断增加，出现了诉诸情感的个体意识，传统的价值体系日益受到侵蚀和挑战。这些趋势或许可以用查尔斯·泰勒的"大脱嵌"(the Great Disembedding)概念来概括，在这些方面中国确实与同时期的欧洲有许多相似之处，尽管在程度上或有所不及。鸦片战争并没有真正改变中国的早期现代道路，只是标志着中国从世界体系的参与者，在暴力胁迫下变成西方主导下的这一体系的受害者。在西方的冲击下，中国实际上沿着"早期现代性"的轨道滑向更深的危机，传统价值体系加速崩坏。清政府和知识阶层都曾尝试按照西方的路径，努力从"早期现代"过渡到西方式的"现代"，把中国转变成一个现代民族国家。从原有的文化传统和价值体系中脱离出来的个体，被召唤为"国民"参与到国家建设中。然而，这样一种现代性方案无法提供新的价值体系。即使是在民国建立以后，价值失落和道德失范的焦虑依然挥之不去。"五四"新文化运动和之后的中国革命之所以被看作中国"现代"的起点和展开，正因为它们为现代中国确立了真正的价值基础，通过大规模的社会动员和民众运动，建立了个体之间新的联结，这种联结不只是为了完成国家建设，更是要新确立中国作为新的政治体和文明体在世界上的位置。

从文学的角度来看，我们也可以清晰地辨认出以"五四"新文学为核心的现代文学与晚明至民初的"早期现代文学"之间的差异。以小说为例，如果说明清白话小说的兴盛很大程度上是商品经济发展的结果，那么晚清小说的繁荣所依托的经济基础并无本质不同，晚清上海的都市现代性可以说是"早期现代性"的一种更高级的形态，依托现代印刷技术和殖民资本主义，它为小说这种文化商品提供了比之前的江南更为发达的市场。简而言之，从晚明至民初，白话小说作为文化消费品的性质并未根本改变，这也是梁启超等知识分子利用小说的这一性质来启蒙民众的尝试最终失败的原因。在这个意义上，可以说"早期现代文学"是一种消费型的文学，与之相比，"现代文学"则是一种生产型的文学，它把阅读和写作变成一种社会性的实践，作者和读者在此过程中转变成新的相互联结的主体。1928年，鲁迅在题为《文艺与政治的歧途》中说过一段话，可以看作对这两种文学形态的概括：

> 十九世纪以后的文艺，和十八世纪以前的文艺大不相同。十八世纪的英国小说，它的目的就在供给太太小姐们的消遣，所讲的都是愉快风趣的话。十九世纪的后半世纪，完全变成和人生问题发生密切关系。我们看了，总觉得十二分的不舒服，可是我们还得气也不透地看下去。这因为以前的文艺，好像写别一个社会，我们只要鉴赏；现在的文艺，就在写我们自己的社会，连我们自己也写进去；在小说里可以发见社会，也可以发见我们自己；以前的文艺，如隔岸观火，没有什么切身关系；现在的文艺，连自己也烧在这里面，自己一定深深感觉到；一到自己感觉到，一定要参加到社会去！[1]

十八世纪的英国小说，正是诸多研究者讨论中国小说的"早期现

---

[1] 鲁迅：《文艺与政治的歧途》，《鲁迅全集》第7卷，北京：人民文学出版社，2005年，第120页。

代性"的参照系,但由于缺少鲁迅的"现代文学"视野,他们并不能真正把握中国"早期现代文学"的性质。在这个意义上,鲁迅的论断是极有启发性的。"早期现代"与"现代"的这种参差对照,将是探索中国文学现代性的一个新的入口。

图书在版编目（CIP）数据

新文化的位置："五四"文学与思想论集/季剑青著.
-- 上海：上海文艺出版社，2021
（微光·青年批评家集丛.第三辑）
ISBN 978-7-5321-7864-3
Ⅰ.①新… Ⅱ.①季… Ⅲ.①新文学(五四)）－文学研究－文集 Ⅳ.①I206.6-53
中国版本图书馆CIP数据核字(2021)第070171号

发 行 人：毕　胜
策 划 人：金　理
责任编辑：胡远行
封面设计：胡斌工作室

书　　名：新文化的位置："五四"文学与思想论集
作　　者：季剑青
出　　版：上海世纪出版集团　上海文艺出版社
地　　址：上海市绍兴路7号　200020
发　　行：上海文艺出版社发行中心
　　　　　上海市绍兴路50号　200020　www.ewen.co
印　　刷：崇明裕安印刷厂
开　　本：890×1240　1/32
印　　张：10.125
插　　页：2
字　　数：226,000
印　　次：2021年6月第1版 2021年6月第1次印刷
Ｉ Ｓ Ｂ Ｎ：978-7-5321-7864-3/I · 6236
定　　价：53.00元
告 读 者：如发现本书有质量问题请与印刷厂质量科联系　T:021-59404766